外国文学名著丛书

〔英〕华兹华斯 柯尔律治／著

华兹华斯柯尔律治诗选

杨德豫／译

"外国文学名著丛书"编委会

人民文学出版社

William Wordsworth and Samuel Taylor Coleridge
SELECTED POEMS OF WORDSWORTH AND COLERIDGE

图书在版编目(CIP)数据

华兹华斯、柯尔律治诗选／(英)华兹华斯,(英)柯尔律治著；杨德豫译.—北京：人民文学出版社,2022(2025.5 重印)
(外国文学名著丛书)
ISBN 978-7-02-015293-3

Ⅰ.①华… Ⅱ.①华…②柯… ③杨… Ⅲ.①诗集—英国—近代 Ⅳ.①I561.24

中国版本图书馆 CIP 数据核字(2021)第 241644 号

责任编辑　张海香
装帧设计　刘　静
责任印制　王重艺

出版发行　人民文学出版社
社　　址　北京市朝内大街 166 号
邮政编码　100705

印　　刷　北京盛通印刷股份有限公司
经　　销　全国新华书店等

字　　数　176 千字
开　　本　850 毫米×1168 毫米　1/32
印　　张　15.125　插页 3
印　　数　5001—7000
版　　次　2001 年 1 月北京第 1 版
印　　次　2025 年 5 月第 3 次印刷

书　　号　978-7-02-015293-3
定　　价　78.00 元

如有印装质量问题,请与本社图书销售中心调换。电话:010-65233595

华兹华斯

柯尔律治

出版说明

人民文学出版社自一九五一年成立起,就承担起向中国读者介绍优秀外国文学作品的重任。一九五八年,中宣部指示中国科学院文学研究所筹组编委会,组织朱光潜、冯至、戈宝权、叶水夫等三十余位外国文学权威专家,编选三套丛书——"马克思主义文艺理论丛书""外国古典文艺理论丛书""外国古典文学名著丛书"。

人民文学出版社与中国科学院文学研究所,根据"一流的原著、一流的译本、一流的译者"的原则进行翻译和出版工作。一九六四年,中国社会科学院外国文学研究所成立,是中国外国文学的最高研究机构。一九七八年,"外国古典文学名著丛书"更名为"外国文学名著丛书",至二〇〇〇年完成。这是新中国第一套系统介绍外国文学作品的大型丛书,是外国文学名著翻译的奠基性工程,其作品之多、质量之精、跨度之大,至今仍是中国外国文学出版史上之最,体现了中国外国文学研究界、翻译界和出版界的最高水平。

历经半个多世纪,"外国文学名著丛书"在中国读者中依然以系统性、权威性与普及性著称,但由于时代久远,许多图书在市场上已难见踪影,甚至成为收藏对象,稀缺品种更是一书难求。在中国读者阅读力持续增强的二十一世纪,在世界文明交流互鉴空前频繁的新时代,为满足人民日益增长的美好生活的需要,人民文学出版社决定再度与中国社会科学院外国文学研究所合作,以"网罗经典,格高意远,本色传承"为出发点,优中选优,推陈出新,出版新版"外国文学名著丛书"。

值此新版"外国文学名著丛书"面世之际,人民文学出版社与中国社会科学院外国文学研究所谨向为本丛书做出卓越贡献的翻译家们和热爱外国文学名著的广大读者致以崇高敬意!

"外国文学名著丛书"编委会
二〇一九年三月

编委会名单

（以姓氏笔画为序）

1958—1966

卞之琳	戈宝权	叶水夫	包文棣	冯 至	田德望
朱光潜	孙家晋	孙绳武	陈占元	杨季康	杨周翰
杨宪益	李健吾	罗大冈	金克木	郑效洵	季羡林
闻家驷	钱学熙	钱锺书	楼适夷	蒯斯曛	蔡 仪

1978—2001

卞之琳	巴 金	戈宝权	叶水夫	包文棣	卢永福
冯 至	田德望	叶麟鎏	朱光潜	朱 虹	孙家晋
孙绳武	陈占元	张 羽	陈冰夷	杨季康	杨周翰
杨宪益	李健吾	陈 燊	罗大冈	金克木	郑效洵
季羡林	姚 见	骆兆添	闻家驷	赵家璧	秦顺新
钱锺书	绿 原	蒋 路	董衡巽	楼适夷	蒯斯曛
蔡 仪					

2019—

王焕生	刘文飞	任吉生	刘 建	许金龙	李永平
陈众议	肖丽媛	吴良柱	吴岳添	陆建德	赵白生
高 兴	秦顺新	聂震宁	臧永清		

目 次

译本序 …………………………………… 江 枫 1

上卷　华兹华斯诗选

序诗 ……………………………………………… 3
无题(我一见彩虹高悬天上) …………………… 5
致蝴蝶 …………………………………………… 6
麻雀窝 …………………………………………… 8
远见 ……………………………………………… 10
阿丽斯·费尔 …………………………………… 12
露西·格瑞 ……………………………………… 16
我们是七个 ……………………………………… 20
宝贝羊羔 ………………………………………… 24
自然景物的影响 ………………………………… 28

以上选自《有关童年的诗》

路易莎 …………………………………………… 32
无题(我有过奇异的心血来潮) ………………… 34
无题(她住在达夫河源头近旁) ………………… 36
无题(我曾在陌生人中间做客) ………………… 37

1

致——	39
无题(女士呵！你神采超凡的微笑)	40
最后一头羊	41
迈克尔	46

以上选自《基于眷爱之情的诗》

瀑布和野蔷薇	67
致雏菊	70
绿山雀	73
致云雀	76
纺车谣	78
诗人和笼中的斑鸠	80

以上选自《幻想的诗》

有一个男孩	82
致杜鹃	84
夜景	86
无题(记得我初次瞥见她倩影)	88
无题(哦,夜莺！我敢于断定)	90
无题(三年里晴晴雨雨,她长大)	92
无题(昔日,我没有人间的忧惧)	95
水仙	96
苏珊的梦幻	98
阳春三月作	100
鲁思	102
坚毅与自立	115
鹿跳泉	122
廷腾寺	133

2

水鸟 ·· *141*

以上选自《想象的诗》

无题(修女不嫌修道院房舍狭小) *143*
咏乔治·博蒙特爵士所作风景画一帧 *144*
致睡眠 *145*
无题(当欢乐涌来,我像风一般焦急) *146*
无题(好一个美丽的傍晚,安恬,自在) *147*
无题(海上的航船,要驶向何方陆地) *148*
无题(这尘世拖累我们可真够厉害) *149*
无题(别小看十四行;批评家,你皱起双眉) *150*
无题(怀着沉静的忧思,我久久凝望) *152*
无题(不必唱爱情,战争,内乱的风涛) *153*
一八一五年九月 *155*
十一月一日 *157*
作于风暴中 *158*
无题(牧人翘望着东方,柔声说道) *159*
无题(月亮呵!你无声无息,默默登天) *160*
无题(好比苍龙的巨眼,因睡意沉沉) *162*
威斯敏斯特桥上 *163*
无题(楞诺斯荒岛上,僵卧着,寂然不动) *164*
致杜鹃 *166*
赠一位年届七旬的女士 *167*
无题(你为何沉默不语?难道你的爱) *169*
致海登,观其所绘《拿破仑在圣海伦娜岛》 *170*
无题(汪斯费尔山!我一家真是有福) *172*

以上选自《十四行杂咏》

致山地少女 *173*

往西走	177
孤独的割麦女	179
罗布·罗伊之墓	181
未访的雅鲁河	188
已访的雅鲁河	192

以上选自《苏格兰纪行,一八〇三年与一八一四年》

作于加莱附近海滨	197
加莱,一八〇二年八月	199
为威尼斯共和国覆亡而作	201
致图森·路维杜尔	203
登岸之日作于多佛尔附近山谷中	205
一个英国人有感于瑞士的屈服	207
作于伦敦,一八〇二年九月	209
伦敦,一八〇二年	210
无题(不列颠自由的洪流,从古昔年代)	212
无题(我记得一些大国如何衰退)	214
献给肯特的士兵	215
预卜	217
为"禁止贩卖奴隶法案"终获通过致托马斯·克拉克森	219
有感于辛特拉协定,为之撰一短论,并赋此诗	220
霍弗尔	222
蒂罗尔人的心情	224
有感于蒂罗尔人的屈服	225
一八一〇年	227
西班牙人的愤怒	229

| 法国兵和西班牙游击队 | 230 |
| 为滑铁卢之战而作 | 232 |

以上选自《献给民族独立和自由的诗》

无题(不羡慕拉丁姆幽林,它浓荫如盖)	234
踏脚石	236
无题(阿尔法秀丽的教堂,在游客看来)	237
追思	238

以上选自《十四行组诗:达登河》

| 无题(这样的旅人最愉悦:低垂着两眼) | 239 |

以上选自《一八三三年夏旅途杂咏》

劝导与回答	240
转折	243
早春命笔	245
给妹妹	247
西蒙·李	250
责任颂	255

以上选自《感想与反思》

布莱克老大娘和哈里·吉尔	258
无题(我爱人见过世间美妙的种种)	264
来吧,睡眠	266
乔治和萨拉·格林	267
让抱负不凡的诗人	270

以上选自《杂诗》

| 小白屈菜 | 271 |

以上选自《有关老年的诗》

| 哀歌 | 273 |

以上选自《悼念与哀挽》

永生的信息 ·················· 277

下卷　柯尔律治诗选

致秋月 ·················· 291
温柔的容态 ·················· 292
一个幼童的墓志铭 ·················· 293
在美洲建立大同邦的展望 ·················· 294
风瑟 ·················· 296
十四行 ·················· 300
题一位女士的画像 ·················· 302
这椴树凉亭——我的牢房 ·················· 304
老水手行 ·················· 308
克丽斯德蓓 ·················· 341
烈火、饥馑与屠杀 ·················· 373
午夜寒霜 ·················· 378
咏法兰西 ·················· 382
柳蒂 ·················· 389
孤独中的忧思 ·················· 393
夜莺 ·················· 404
黑女郎 ·················· 410
忽必烈汗 ·················· 414
幼稚却很自然的心事 ·················· 418
乡愁 ·················· 420
爱 ·················· 422

瞻望坎伯兰郡马鞍峰断想 …………………… 427
歌星 …………………… 428
失意吟 …………………… 429
日出之前的赞歌,于沙莫尼山谷 …………………… 437
换心 …………………… 442
爱神瞎眼的缘由 …………………… 443
云乡幻想 …………………… 444
致自然 …………………… 445
青春和老境 …………………… 446
爱情的初次来临 …………………… 449
无所希望的劳作 …………………… 450
歌 …………………… 451

关于《华兹华斯、柯尔律治诗选》(译后记) …………… 452

译 本 序

华兹华斯和柯尔律治,英国十九世纪初叶文学地平线上两颗明亮的星,通过历史的暗夜远眺,从那一特定的空间传送入我们视野的首先是他们的光辉,毕竟距离并不遥远,这两颗明星不平坦球面上起伏凹凸的阴影也都清晰可辨。

如果在介绍外国作家和作品时过分看重阴影而宁愿忽略其光照深远的明辉,只读中文译本的读者就难以一窥英国浪漫主义诗歌运动的渊源、流程和全貌。杨德豫这个选译本的问世,是中国读者之幸,也是华兹华斯和柯尔律治之幸。

威廉·华兹华斯(William Wordsworth),一七七〇年出生在英格兰西北部坎伯兰郡的一个律师家庭。八岁丧母,十三岁丧父,由舅父照管。童年就读于湖区的寄宿学校,深受当地自然景物的陶冶。一七八七年进入剑桥大学。一七九〇年和一七九一年两次游历欧陆,对法国大革命充满热情。一七九二年回国。后来,舅父因他同情法国革命而中止对他的接济,在窘迫中,一个患重病的朋友由于仰慕他的诗才,在去世之前把九百镑遗产留赠给他,使他得以不愁衣食,写诗度日。一七九九年定居于湖区;一八〇二年结婚;一八一三年被任命为印花税务官;一八四三年,继骚塞之后被任命为年金三百镑的桂冠诗人。一八五〇年,度过八十周岁之后去世。

塞缪尔·泰勒·柯尔律治(Samuel Taylor Coleridge),比华兹华斯年轻两岁,是英格兰西南部德文郡一个乡间小镇清贫牧师的儿子。九岁父死,十岁被送往伦敦基督慈幼学校。一七九一年入剑桥耶稣学院;一度化名从军,当过几个月龙骑兵;一七九四年,不曾获得学位便离开了大学。同年,与当时的牛津大学生罗伯特·骚塞相识,二人曾有过前往北美建立一个"大同邦"的计划,并合作写成了一部三幕剧《罗伯斯庇尔的覆亡》。

对于英国文学和对他们本人都更重要的,是华兹华斯和柯尔律治的相识和合作成果。一七九五年九月,柯尔律治第一次见到华兹华斯便断定他是"当代最优秀的诗人"。他们出身不同,境遇各异,但是这时却都在思想上经历着青少年时代的民主共和观点、劳动人民悲惨处境所激起的愤怒、对于法国大革命的热情欢迎,逐渐被放弃一切政治活动而寄希望于人类精神完善的态度所代替的类似过程。

华兹华斯和柯尔律治的亲密交往开始于一七九七年,这种交往甚至导致华兹华斯兄妹二人搬到了离这位新朋友更近的地方去住。华兹华斯有较多的生活经验,能理解现实中的各种现象,对故乡的自然风貌十分熟悉。柯尔律治受过极好的教育,对抽象的哲学思维有更优异的能力。他们出色地互相取长补短,形成了许多极为一致的观点:他们都认为英国诗歌自弥尔顿以后早已江河日下,都反对所谓新古典主义或伪古典主义的矫揉造作、陈词滥调和清规戒律,都主张诗歌应该是真实情感的自然流露,而强调激情和想象在诗歌创作中的重要作用。

为了振兴英国诗歌,他们相识不久便酝酿着合写一部诗集。据柯尔律治后来回忆,"华兹华斯和我成为邻居的第一年,我们经常谈起诗歌中的两个问题:在遵循自然真实性的情况下唤起读者共鸣的能力;借助想象力改变一切的色彩赋予诗歌以新颖趣味的能力。当时决定出版一部两种诗的合集:一种诗中的事件和出场人物应该是超自然的(即使部分是也行),以便用描绘不可避免要和有关环境伴随在一起的戏剧性感情来吸引读者";另一种诗则写普通人普通事而"赋予日常现象以新颖的魅力……把人们的注意力从昏睡中唤醒,使之转向我们这充满奇迹和无尽宝藏的美丽世界"。

柯尔律治只为合作的诗集写了四首较短的诗和一篇长诗《老水手行》,其余均为华兹华斯所作。这部诗集就是一七九八年出版的《抒情歌谣集》,一八〇〇年再版时,华兹华斯又增写了一篇长序,竟成了浪漫主义诗歌在英国正式诞生的里程碑。这篇序言既是两位诗人共同的宣言,也隐伏着导致他们日后激烈争执的分歧。

处理超自然题材而表现出非凡才能的杰作《老水手行》,和以未完成残篇传世的《克丽斯德蓓》和《忽必烈汗》,就几乎构成了柯尔律治大诗人声誉的全部基础。他认为"没有一个伟大诗人不同时又是思想深刻的哲学家。因为诗是人类一切知识、一切思想、激情、感情、语言的花朵和芳香"。柯尔律治本人就同时是一位思想家和理论家,他作为浪漫主义诗歌美学奠基人的独特贡献,更是没有人能望其项背。

华兹华斯以平凡的语言写平凡人物、平凡事件的成功尝试,仿佛是单枪匹马在诗歌领域实现了他已在政治领域退出甚至反对的一场民主主义革命。他相信只有最普通、最朴素的语言才能和真理相称,"诗歌是强烈的激情送到人们心里的真理"。他的长诗《序曲》及其实际上的前奏《廷腾寺》,在英国文学史上第一次赋予哲理诗以强烈的个人色彩,给哲学理念插上了能够有效叩开人们心扉的感情羽翼。

柯尔律治在他那部最重要的自传性散文著作《文学传记》(1817)中对华兹华斯有精辟的评论。虽然写在他们交恶之后,他仍公正地肯定,华兹华斯的突出优点是"深刻的思想和深厚的感情的结合,所观察到的事物的真实性和使观察的事物发生变化的想象力之间的惊人的平衡;尤其出色的是将观念世界的色彩、气氛、深刻性和崇高性推及在习惯的观念中失去光泽的人物、事件、情景的独特天赋"。同时,他也指摘华兹华斯修辞的前后不一,文体上雅俗变化的突兀,诗人强烈感情与所写无足轻重事物的不相称,人物语言与作者语言的不协调或混同,特别对他关于诗的语言应是实际生活语言,而最好的语言是社会下层田间地头语言的理论提出异议,并正确地指出,华兹华斯的好诗恰恰是摆脱了这一理论影响的作品。

两位诗人的大多数优秀诗篇都完成在他们密切交往期内,甚至可以认为是那段美好友情的成果,因为他们对彼此的创作都互有贡献,以至有些诗句并见于双方的作品。一八〇五年后,柯尔律治就很少写诗了,此后健康日渐恶化,而于一八三四年病逝于伦敦。华兹华斯活得更久些,创作生命也更长一些,却由于政治和社会思想日甚一日保守乃至于反动,充当桂冠诗人的条件是具备了,诗的灵感却渐告枯竭而鲜有佳作。

杨德豫这个选译本,不仅收入了柯尔律治的全部杰作,也包罗了华兹华斯较短篇幅的全部精品,因而既是华兹华斯和柯尔律治的代表作合集,也是英国早期浪漫主义和湖畔诗人诗作的精华。他们正是或主要是凭借这些作品开了一代诗风,而且在不同程度上影响了司各特、雪莱、济慈、拜伦、德·昆西、兰姆、赫兹利特、亨特,和较晚的胡德、丁尼生、勃朗宁、罗斯金、斯蒂文森、哈代、吉卜林等人。

这部诗集也可以认为是杨德豫的译诗代表作。华兹华斯和柯尔律治都不用汉语写作,没有译者的创造性劳动,就不会有这部汉语诗集;如果译者在译作中不追求既要忠实于原作内容又要忠实再现原作形式,汉语读者也就无从通过近似于英语原貌的汉语形式去领略这两位英国大诗人的原作内容。

杨德豫是已故国学大师杨树达的哲嗣,于诗、于文、于驾驭语言文字,有深厚的家学渊源,自幼聪慧过人,而且博闻强记,凡有所事莫不精益求精,对于译诗艺术的不懈探求更是从不知有穷尽。译《朗费罗诗选》和莎士比亚长诗《鲁克丽丝受辱记》,起点就很高;主持编译"诗苑译林"丛书期间又有机会较深入地明辨译诗各家之长短、不同方法之优劣,并因而创造性地接受了卞之琳有关"以顿代步"翻译英语格律诗的主张,译《拜伦抒情诗七十首》又达到一个全新的境界;《华兹华斯、柯尔律治诗选》应该说是他更高的成就,几乎可以称得上是我国以现代汉语格律诗译外国格律诗的典范之作。

江　枫
一九九四年十二月十日
北京昌运宫

上卷 华兹华斯诗选

序　诗*

你的光焰若真是得自上天,
诗人呵！就按照上天给你的能量,
在你的位置上发光吧,要怡然知足:——
太空诚然有煌煌巨星,诚然有
从苍穹绝顶吐射明辉的星座,
半个世界都望见它们的丰姿,
半个天球都感受它们的光照;
但也有像燐火那样不大显眼的
在幽暗山岗上荧荧照射的孤星,
也有像寒灯那样闪烁不定的
在枯树枝丫间隐现的疏星点点;
和它们相比,那些煌煌巨星呵,
未必身份更尊贵,素质更纯洁;
全都是同一天父的永生的儿女;

﹏﹏﹏﹏﹏﹏﹏﹏﹏

* 华兹华斯于一八四五年决定,把这首素体诗作为序诗,置于他的诗集的卷首。

诗人呵！就按照上天给你的能量，
在你的位置上发光吧，要怡然知足。

　　　　　　　　　　　一八二七年发表

无　题[*]

我一见彩虹高悬天上，
　　心儿便跳荡不止：
从前小时候就是这样；
如今长大了还是这样；
以后我老了也要这样，
　　否则，不如死！
儿童乃是成人的父亲；①
我可以指望：我一世光阴
自始至终贯穿着对自然的虔敬。

　　　　　　　　一八〇二年三月二十六日

- * 译诗每行顿数与原诗音步数一致；但韵式有改动：原诗为 abccabcdd，译诗为 abaaabccc。
- ① 参看弥尔顿《复乐园》第四卷第二二〇—二二一行："儿童预示成人，像晨光预示白昼。"并参看本书第 277 页题注。

致 蝴 蝶

别飞走,留下吧,留在我身边!
多留一会儿,多让我看几眼!
咱俩在一起,话儿说不尽,
你呀,我童年历史的见证人!
飞过来,别走!过去的时光
　在你的身影中重现;
快乐的生灵!你在我心坎上
勾画出一幅庄严的图像——
　我童年时代的家园!

那些日子呵,好快活,好快活,
我们孩子家,整天玩乐,
多少次,我和妹妹艾米兰,
两个人一起把蝴蝶追赶!
林子里,小树间,我东奔西跑,
　向前猛一扑,活像个猎人,
追过来,追过去,连蹦带跳;

可她呢？老天爷！她生怕碰掉
蝶翅上面的薄粉。

一八〇二年三月十四日

麻 雀 窝

快瞧,这绿叶浓荫里面,
藏着一窝青青的鸟蛋!
这偶然瞥见的景象,看起来
像迷人的幻境,闪烁光彩。
我惊恐不安——仿佛在窥视
　别人隐秘的眠床;
这个窝靠近我们的住室,
不分晴雨,也不问干湿,
我和艾米兰妹妹总是
　一道去把它探望。

她望着鸟窝,好像有点怕:
又想挨近它,又怕惊动它;
她还是口齿不清的小姑娘,
便有了这样一副好心肠!
我后来的福分,早在童年
　便已经与我同在:
她给我一双耳朵,一双眼,
锐敏的忧惧,琐细的挂牵,

一颗心——甜蜜泪水的泉源,
　　　思想,欢乐,还有爱。①

一八〇一年

---

① 这首诗和前面那首《致蝴蝶》中的"艾米兰",都是指诗人的妹妹多萝西。为诗人兄妹作传的人们曾指出:多萝西对自然景物和人事的感受比诗人更锐敏,观察更细致,体会也更精微;有时是在她的启发和引导下,诗人才加深了对事物的理解和领悟;一些优秀诗篇的写成,也是首先由她触发了诗人的灵感。在这首诗中,诗人说他的妹妹给他以眼、耳、心等等,就是指多萝西使他目明耳聪,心灵开窍。

远　见

那样做简直是破坏,是糟蹋——
来学学我和查理的做法!
瞧这儿开了这么多草莓花,
　　可是这种花我们不能采;
它们挺美的,比谁也不差,
　　可是你瞧——花儿小,枝子矮;
别动手,别碰它,安妮妹妹!
听我的,我好歹比你大两岁。

安妮妹妹呵!快来采樱草,
采得了多少你就采多少。
这儿有雏菊,由你尽量采;
　　还有三色堇,还有剪秋萝;
高高的水仙花,你也采些来
　　装扮你床铺,装扮你住所;
盛满你衣兜,插满你前襟;
只有草莓花,手下要留情!

樱草的好日子是在春天,

一到夏天它们就少见；
紫罗兰只开花不结果实，
　到时候就枯了，倒在尘埃；
小小的雏菊花模样标致，
　谢了，也没有果子留下来；
这些花你采吧，到了明年
它们照样开，一开一大片。

草莓够交情，有果子让人吃，
这是上帝给它的本事。
过不了多久，春天就溜啦，
　你我和查理再到这儿来；
那时候，莓子都红啦，熟啦，
　挂在枝子上，有叶子遮盖；
为了那一天吃个痛快，
草莓的花儿呵你可不能采！

一八〇二年

阿丽斯·费尔[*]

含雨的乌云把月亮遮住,
　　马车夫加鞭催马向前;
我们正急急忙忙赶路,
　　惊心的哭叫传到我耳边。

如同悲风呼啸在四周,
　　听到的哭声越来越清楚;
它仿佛紧跟在马车后头,
　　老是在耳边不断地号呼。

我听了一会儿,把车夫喊叫,
　　他连忙勒马停止前进;
可是,我们再也听不到
　　刚才那悲啼哀叫的声音。

马车夫猛响一鞭,于是

---

[*] 这首诗是作者应友人格雷厄姆之请而写的。诗中所述乃格雷厄姆所亲历(诗中的"我"便是格雷厄姆),阿丽斯·费尔也是真名。

拉车的驿马又冒雨奔腾；
这时，那哭声又随风而至，
　　我再次喊叫车夫暂停。

我急忙下车，四面察看，
　　问道："这哭声从哪儿传来？"
蓦地，我看见车厢后面
　　坐着一个小小的女孩。

她大声哭喊，悲悲切切：
　　"我的斗篷！"再没有别的话；
纯真的心儿仿佛要碎裂；
　　她从她坐的地方跳下。

"怎么啦，孩子？"她呜咽着："您瞧！"
　　我一看：乱糟糟，卷在车轮里，
是久经风雨的一团烂布条，
　　就像稻草人披着的破衣。

在轮毂和轮辐中间缠住，
　　绞紧了，一下子难以解脱；
我们都使劲，才把它弄出，——
　　可真是破烂流丢的好家伙！

"路上是这样荒凉冷清，
　　孩子，今晚你要去哪里？"

"达勒姆①,"她回答,心神不定;
　"那就上车吧,跟我在一起。"

安慰和劝说全都没有用,
　她坐在那里,抽泣不休,
看来,这可怜孩子的悲痛
　永远、永远也没有尽头。

"你的家可在达勒姆,孩子?"
　她勉强忍住悲啼,回答:
"我叫阿丽斯·费尔,可是
　我没有爸爸,也没有妈妈。

"我是住在达勒姆,老爷。"
　仿佛被心事堵塞了心胸,
这孩子哭得越来越悲切,
　全为了那件稀烂的斗篷!

马车前行,终点渐近;
　我身边坐着这小小女孩;
就像失去了仅有的亲人,
　她一路啼哭,平静不下来。

我们来到小客栈门前;

---

① 达勒姆城是达勒姆郡的首府,在英格兰东北部。

我讲了阿丽斯为什么悲痛,
向客栈老板付了一笔钱,
　给她买一件簇新的斗篷。

"选一件厚实的灰呢子斗篷,
　那是最最暖和的衣服!"
第二天,她变得那样高兴,
　阿丽斯·费尔,幼小的遗孤!

　　　　　一八〇二年三月十二至十三日

露西·格瑞

我多次听说过露西·格瑞;
　当我在野外独行,
天亮时,偶然瞥见过一回
　这孤独女孩的形影。

露西的住处是辽阔的荒地,
　她没有同伴和朋友;
人世间千家万户的孩子里
　就数她甜蜜温柔!

你还能瞧见嬉闹的小山羊,
　草地上野兔欢跳;
露西·格瑞的可爱脸庞
　却再也不能见到。

"今天夜里准会起暴风,
　你得进城去一趟;
孩子,你得带一盏提灯,
　雪地里给你妈照亮。"

"我很乐意走一趟,爸爸!
　　晌午刚过了不久——
教堂的大钟刚敲过两下,
　　月亮还远在那头。"

这时,她父亲便举起镰刀,
　　砍断柴捆的围箍;
他忙着干活,露西便趁早
　　提着那盏灯上路。

山上的小鹿哪有她活泼:
　　她步子变换不定,
脚儿扬起了白雪的粉末,
　　像一阵烟雾腾腾。

大风暴提前来到了荒原,
　　荒原上走着露西;
她上坡下坡,越岭翻山,
　　却没有走到城里。

整整一夜,焦急的爹娘
　　四下里奔跑喊叫;
听不到声音,看不到迹象,
　　上哪儿把她寻找!

天亮了,他们俩登上山头——
　　山头俯临着荒地;
那座桥(离家门两百米左右)
　　显露在他们眼底。

他们哭起来,往回走,哭叫:
　　"在天国再见吧,亲人!"
雪地里,那母亲忽然看到
　　露西的小小脚印。

他们走下陡峭的山崖,
　　紧跟着那一线脚印;
穿过残破的山楂篱笆,
　　傍着石头墙行进;

他们踏过那一片荒地,
　　脚印还历历可见;
他们紧跟着,寸步不离,
　　终于来到了桥边。

他们紧跟着,从积雪的河滨
　　直到木桥的中段;
那一个挨着一个的脚印
　　到此便陡然中断!

有人坚持说:直到如今,

露西还活在人间；
　　看得见她那美妙的形影
　　　出没在幽静的荒原。

　　石块上，沙土上，她只顾前行，
　　　从来不回头望望；
　　唱着一支歌，寂寞凄清，
　　　歌声在风中回荡。

一七九九年

我们是七个

——天真的孩子,
　呼吸得那样柔和!
只感到生命充沛在四肢,
　对死亡,她知道什么?

我碰到一个乡下小姑娘,
　她说,她今年八岁;
拳曲的头发盘绕在头上,
　密密丛丛的一堆。

她一身山林乡野气息,
　胡乱穿几件衣衫;
眼睛挺秀气,十分秀气,
　那模样叫我喜欢。

"你兄弟姐妹一共有几个?
　说给我听听,小姑娘!"
"几个?一共是七个。"她说,
　惊奇地向我张望。

"他们在哪儿?说给我听听。"
　　她说:"我们是七个;
两个当水手,在海上航行,
　　两个在康韦①住着。

"还有两个躺进了坟地——
　　我姐姐和我哥哥;
靠近他们,教堂边,小屋里,
　　住着我妈妈和我。"

"你说有两个在康韦住着,
　　有两个到了海上,
却又说你们还有七个!
　　是怎么算的,好姑娘?"

这位小姑娘随口回答:
　　"我们七兄弟姐妹,
有两个睡在那棵树底下——
　　那儿是教堂的坟堆。"

"你到处跑来跑去,小姑娘,
　　你手脚多么活泼;
既然坟堆里睡下了一双,

---

①　威尔士北部的海港,濒爱尔兰海。

　　　　那你们还剩五个。"

"坟堆看得见,青绿一片,"
　　这位小姑娘答道,
"离我家门口十二步左右,
　　两座坟相挨相靠。①

"那儿,我常常织我的毛袜,
　　把手绢四边缝好;
我常常靠近坟头坐下,
　　给他们唱一支小调。

"先生,只要碰上了好天气,
　　太阳下了山,还不暗,
我便把我的小粥碗端起,
　　上那儿吃我的晚饭。

"我姐姐珍妮先走一步:
　　她躺着,哼哼叫叫,
上帝解除了她的痛苦,
　　她便悄悄地走掉。

"她被安顿在坟地里睡下;

---

① 原诗的其他各节,基本上都是第一行与第三行押韵,第二行与第四行押韵;这一节略有不同:第一行与第三行不押韵,但这两行各用了行内韵。译诗依原诗。

等她的墓草一干，
我们便在她坟边玩耍——
　　我和我哥哥约翰。

"等到下了雪，地下一片白，
　　我可以乱跑乱滑，
我哥哥约翰却又离开，
　　在姐姐身边躺下。"

"有两个进了天国，"我说，
　　"那你们还剩几个？"
小姑娘回答得又快又利索：
　　"先生！我们是七个。"

"可他们死啦，那两个死啦！
　　他们的灵魂在天国！"
这些话说了也是白搭，
小姑娘还是坚持回答：
　　"不，我们是七个！"

一七九八年

宝贝羊羔

露水已悄悄降临,星星也开始闪烁;
我听到一声呼唤:"喝吧,小乖乖,快喝!"
从篱笆上边望过去,我看见:在我前方
有一头雪白的野羊羔,旁边是一个小姑娘。

附近再没有牛羊,野羊羔独自一个,
拴在一块石头上,用一根细长的绳索;
小姑娘屈下一膝,半跪在草地上面,
给她心爱的羊羔,喂一顿香甜的晚饭。

羊羔从她的手里,把这顿晚饭吃下;
只见它尽情受用,喜滋滋摇着尾巴。
"喝吧,小乖乖,快喝。"她嗓音那样柔和,
我觉得她那番心意,融入了我的心窝。

她是少有的俏姑娘,名叫巴巴拉·柳穗;
我欣然注视着她俩——真是可爱的一对!
小姑娘喂完了晚饭,便提着空罐子走开;
走了还不到十码,脚步又停了下来。

她定睛望着羊羔；这时，我躲进阴影——
为了不让她发现，看她脸上的表情；
要是老天爷作美，让她能出口成章，
她就会向着羊羔，把这支歌曲吟唱：

"你是怎么了，小乖乖？干吗拽你的绳子？
在这儿不是挺好吗？不是有睡又有吃？
这块草地挺软和，草儿呵，又嫩又青；
歇着吧，小乖乖，歇着吧；你怎么心神不定？

"你还想要些什么？心里有什么不踏实？
你的四肢挺健壮，你的模样也标致；
这儿有鲜嫩的草地，这儿有最美的香花；
整日里沙沙直响的，是一片青绿的庄稼！

"要是太阳晒得慌，你便把绳子拉直，
到这棵山毛榉底下，找一块阴凉的位置；
也不必害怕阵雨，害怕山地的风暴：
狂风暴雨的天气，在这儿难得见到。

"歇着吧，小乖乖，歇着吧；你已经忘了那一天：
我爹在老远的外乡，第一次把你发现；
山上那么多羊群，都不是你的族类，
你娘把你撇下了，她去了，一去不回。

"我爹瞧你怪可怜,抱起你,带回家里:
那是你走运的日子!你还想跑到哪里?
有一个好心的保姆,在这儿为你操劳,
高山上生你的亲娘,也不会比她更好!

"你知道,一天两回,我用这罐子喂你
小河里汲来的淡水,那淡水洁净无比;
同样是一天两回,当露水沾湿地面,
我给你送来奶汁,奶汁又热又新鲜。

"不多久,你的四肢,会变得加倍粗壮,
那时,你套在车前,像马驹套到犁上;
我会陪着你游玩;到冬天,北风猛刮,
这家宅给你当羊栏,炉边给你当卧榻。

"它不肯,不肯歇着!——可怜的小家伙,也许
是你娘对你的恩情,搅动着你的心绪?
你这样痴心挂念的,是什么,我全不知道,
是梦中出现的往事——你再难看到或听到?

"那边高高的山岭,看起来青绿可爱,
却常有吓人的风暴,漆黑的长夜也难挨;
一条条小河,看起来,仿佛又快活又逍遥,
一旦发了脾气呢,像狮子恶狠狠吼叫!

"天上有凶猛的大鸟,在这儿却不必担心;

在我们家宅旁边,你白天黑夜都安稳。
干吗拽你的绳子?干吗跟着我叫唤?
睡吧!明天天一亮,我就来到你跟前!"

我顺着那条小路,缓步向家里走去,
一路上老是哼着——哼着这一支歌曲;
一句一句琢磨着,仿佛觉得这支歌
只有一半属于她,却有一半属于我。

我老是唱着这支歌,唱了一遍又一遍,
"那属于她的,"我说,"肯定超过了一半:
她眼神那样慈爱,她嗓音那样柔和,
她的那番心意呀,早融入我的心窝。"

一八〇〇年

自然景物的影响[*]

无所不在的宇宙精神和智慧![①]
你是博大的灵魂,永生的思想!
是你让千形万象有了生命,
是你让它们生生不息地运转!
早在我童年最初的日日夜夜,
你就把种种情感(构成人类
灵魂的要素)交织于我的身心;
不是用凡俗鄙陋的人工制品,
而是用崇高景象,用恒久事物,
用自然,用生命,涵煦滋养,使我们
思想感情的元素都趋于净化;
凭这种化育之功,使痛苦、忧惧
都超凡脱俗,——我们由此意识到
心房搏动的节律也雄伟庄严。

~~~~~~~~~~

[*] 原题较长,全文译出为《自然景物在引发与激励童年和少年时期的想象力方面的影响》。《序曲》一八〇五年本第一章第四二八至四八九行、一八五〇年本第一章第四〇一至四六三行与此诗大同小异。

[①] 作者认为:宇宙精神是无所不在、无所不包的。日月星辰,山川草木,鸟兽虫鱼,都受宇宙精神的制约,又都是宇宙精神的体现。这是一种泛神论的观点。参看《廷腾寺》第九三至一〇二行。

你以恢宏大度的仁慈，容许我
与自然结交做伴。初冬十一月，
潮雾漫出了山谷，荒凉的景色
更显得凄清；或者，林间的中午；
或者，静静的夏夜，柔波荡漾的
湖水旁边，昏黑的山脚下，我独自
徐行于幽寂的归途：这些时机，
我便有幸与自然亲密交往。
整整一长夏，我日夜栖身野外，
徜徉水滨，以这种交往为至乐。
到隆冬，严霜凛凛，残阳西坠，
虽相隔数里之遥，我也能望见
村子里家家窗口亮起了灯光；
我不顾灯光的召唤：此时此刻
对我们大伙来说，是快活的时辰，
而对我来说，是狂欢极乐的时辰！
小教堂钟敲六点，清晰嘹亮，
我左旋右转，得意，欢腾，像一匹
未倦的奔马，无意于踏上归途。
我们都穿着冰鞋，嗤嗤滑行于
光洁的湖冰之上；成群结伙
做模仿狩猎的游戏：有的当猎人，
吹响号角；有的当猎狗，又吠
又追；有的当野兔，慌忙逃窜。
黑洞洞，冷飕飕，我们飞驰向前，

鼓噪喧呼,谁的嗓门也不弱;
只听得嘈音震耳,峭壁响应;
枯树,冰岩,呜响着,铮铮似铁;
还有远方的山峦,以异样的音调
加入这合唱,听起来凄神寒骨;
这时,东方的天宇星斗粲然,
而西方,橙红的晚霞已悄然隐没。

  好几回,我从喧嚣中退出,避入
清静的湖湾;也有时趁着兴致,
离开扰攘的人群,向一旁滑去,
想用铁齿去划破冰上的星影;①
星影却向前飞逃,荧荧闪烁于
平如明镜的湖面。还有好几回,
我们凭风力推送,越滑越快,
沉沉暗夜里,两侧朦胧的崖岸
风驰电掣般从旁边掠过;而我
只觉得它们在急速回旋摇荡,
赶紧把身子一仰,稳住脚跟,
陡然停下来;而两岸荒凉的岩壁
兀自在那里转动不停——就像是
地球以肉眼可见的运动在旋转!
逐渐,崖岸变成了一长串黑影,

---

① 作者所穿的冰鞋是老式的,装有铁齿。格拉斯密湖作者旧居"鸽舍"保存至今的作者遗物中,还有一双这样的冰鞋。

越来越暗淡;我伫立凝神,直到
万象俱宁,静穆如夏日的碧海。①

一七九八年

---

① "夏日的碧海",《序曲》中作"无梦的酣眠"。

路 易 莎

陪她游山之后写成

林荫里,路易莎与我相遇;
我见了这位可爱的少女,
　　怎能不连声赞美
她像仙女般轻灵矫健,
蹦蹦跳跳地奔下山岩,
　　好似五月的溪水?

她迷人的微笑世上难寻;
这微笑,以它独具的风韵
　　浮现,舒展,隐匿;
它忽来忽去,游戏不休,
有时消失了,其实仍旧
　　潜藏在她的眼底。

她喜爱她的村舍和炉火;
旷野荒山,她常常走过,
　　当真是风雨无阻;
狂风里,又见她奋然前进,

这时候,我呵,多想亲一亲
　她脸上晶亮的雨珠!

沿着清溪,她曲折向前
去追寻瀑布;我呵,我情愿
　把世间一切都舍弃——
只要在一处岩洞里,石壁下,
或一隅青苔地上,我和她
　有片时坐在一起!

约一八〇一年

无 题[*]

我有过奇异的心血来潮，
　也敢于坦然诉说
（不过，只能让情人听到）：
　我这儿发生过什么。

那时，情人像六月玫瑰花，
　每天都鲜妍悦目；
沐着晚间的月光，我骑马
　走向她那座茅屋。

我目不转睛，向明月注视，
　越过辽阔的平芜；
我的马儿加快了步子，
　踏上我心爱的小路。

---

[*] 这一首，还有另外四首无题诗——"她住在达夫河源头近旁""我曾在陌生人中间做客""三年里晴晴雨雨，她长大""昔日，我没有人间的忧惧"，共五首，作于一七九九至一八〇一年间，都与一位名叫露西的女子有关，往往合称为"露西抒情诗"或"露西组诗"。

我们来到了果园，接着
　　又登上一片山岭，
这时，月亮正徐徐坠落，
　　临近露西的屋顶。

我沉入一个温柔的美梦——
　　造化所赐的珍品！
我两眼总是牢牢望定
　　悄然下坠的月轮。

我的马儿呵，不肯停蹄，
　　一步步奔跃向前；
只见那一轮明月，蓦地
　　沉落到茅屋后边。

什么怪念头，又痴又糊涂，
　　会溜入情人的头脑！
"天哪！"我向我自己惊呼，
　　"要是露西已死掉！"

一七九九年

无　题[*]

她住在达夫河①源头近旁
　　人烟稀少的乡下，
这姑娘，没有谁把她赞赏，
　　也没有几个人爱她。

像长满青苔的岩石边上
　　紫罗兰隐约半现；
像夜间独一无二的星光
　　在天上荧荧闪闪。

露西，她活着无人留意，
　　死去有几人闻知？
如今，她已经躺进墓里，
　　在我呢，恍如隔世！

一七九九年

～～～～～～～～～～

* 这首诗是"露西组诗"之一。
① 英格兰中部德比郡、北部约克郡、西北部威斯特摩兰郡各有一条达夫河，这三条小河华兹华斯都到过，这里指的是哪一条，难以断定。

无　题*

我曾在陌生人中间做客,
　在那遥远的海外;
英格兰!那时,我才懂得
　我对你多么热爱。

终于过去了,那忧伤的梦境!
　我再不离开你远游;
我心中对你的眷恋之情
　好像越来越深厚。

在你的山岳中,我才获得
　称心如意的安恬;
我心爱的人儿摇着纺车,
　坐在英国的炉边。

你晨光展现的,你夜幕遮掩的

---

* 这是"露西组诗"之一。在这首诗中,作者对英格兰的爱与对露西的爱密不可分,露西的形象几乎与英格兰融为一体。诗中的"你"是指英格兰。

是露西游憩的林园；
露西,她最后一眼望见的
是你那青碧的草原。①

一八○一年

---

① 露西,即上节的"我心爱的人儿"。这一节暗示露西已死——死在英格兰故土上。

致——*

让别的歌手唱他们的天使①
　　像明艳无瑕的太阳；
你何尝那样完美无疵？
　　幸而你不是那样！

没有人说你美，别放在心上，
　　由他们去吧，玛丽——
既然你在我心中的形象
　　什么美也不能比拟。

真正的美呵，在幕后深藏；
　　揭开这层幕，要等到
爱的，被爱的，互相爱上，
　　两颗心融融齐跳。

一八二四年

---

*　这首诗的命意，似乎受到莎士比亚十四行诗第一三〇首的影响。该诗的第一行便是"我爱人的眼睛一点也不像太阳"。
①　"天使"，指"别的歌手"所爱慕的女子。

无 题[*]

女士呵!你神采超凡的微笑
把我的心灵朗照;
这神采若在我眉宇间映出,
就请你欣然注目——
像高天皓月,怡然自得,
　望见自己的明辉
照亮了下界的静静山坡,
　照亮了滔滔流水。

一八四五年发表

---

[*] 原诗基本上是单数行四音步,双数行三音步;但第四行例外,为四步。译诗将第四行改为三顿,以求全诗节奏更为整齐匀称;此外悉依原诗。

最后一头羊

外国外乡,我到过不少,
不论在哪儿,也难得见到
一条大汉子,五大三粗,
公然在路上咧嘴直哭。
这回,在英国,堂堂大路上,
 我碰见这样一条大汉子:
他独自一个,沿大路走来,
 眼泪流满了脸蛋子;
身板结实,神色却悲凄,
把一头羊羔抱在怀里。

他一瞧见我,便闪向一边,
好像要躲开,不让人看见;
用外衣袖子擦了擦脸蛋,
想把他那些眼泪擦干。
我向他走去,叫一声:"伙计!
 为了什么事,你这样悲伤?"
"真寒碜,先生!是这头羊羔,
 它叫我眼泪直淌。

今天从山上,我把它抱回家;
我那一群羊,单单剩下它!

"我年轻的时候,还没娶老婆,
愣头愣脑的,只会寻快活,
事事不操心,什么都不想;
却也买来了一头母羊。
它下的羔子我都养起来,
　那些羊儿呵,要多肥有多肥;
我娶了老婆,有了家业,
　小日子要多美有多美;
羊儿二十头,一头也不少;
一年又一年,年年下新羔!

"靠那头会生会养的母羊,
我的羊群越来越兴旺;
后来,我足足有了五十头,
那么棒的一群,世上少有!
它们在匡托克山①上吃草,
　羊群兴旺,我家也热闹;
可是到今天,我那一大群
　只剩下这一头羊羔;
我们完蛋啦,成了穷鬼,
　倒不如全家死光了干脆!

---

① 即匡托克丘陵,在英格兰西南部萨默塞特郡。

"先生！我六个孩子要吃饭！
饥荒年月里,我拼命苦干！
穷急了,饿慌了,顾不得脸皮,
我去找教区,请求救济。
他们却说我是个富户,

　说我有羊群在山上吃草,
要我在羊儿身上打主意,

　把一家肚皮填饱。
'就这么办吧！'他们喊道,
'给穷人的救济,你怎么能要？'

"照他们说的,我卖了一头羊,
给我的娃娃们买来了口粮;
娃娃们有了吃的,长好啦;
我的光景呢,可就变糟啦。
真是祸事呵！这些日子里,

　眼看这一份家当丢光;
操了多少心,受了多少罪,

　才挣来这一份家当;
眼睁睁看它像雪堆化掉——
这样的祸事,谁能受得了！

"又一头卖啦！再加上一头！
羔子刚卖掉,它娘又牵走！
像血管裂了口,血就止不住——

43

一滴滴,都从我心里流出!
一头,又一头,挨个儿走掉,
　剩下的,活着的,三十头不到;
到后来,我简直巴望它们
　全都走光了拉倒!
只求苦差事①早早交卸,
哪管到头来怎么了结!

"我起了坏念头,像鬼迷心窍,
巴不得去试试邪门歪道;
不管碰见谁,我都猜疑:
莫非他知道了我的坏主意?
心里乱糟糟,不得安生,
　在家里,在外边,都不痛快;
昏头昏脑的,就像中了邪,
　干活也没精打采;
好几回,真想从家里逃走,
躲进山林去陪伴野兽。

"先生! 这群羊是我的心肝!
就像我亲生儿女一般!②
当我的羊儿一天天多起来,
我对我儿女也更加疼爱。

----

① 指接连不断地卖羊。
② 《旧约·撒母耳记》下篇第十二章第三节:"羊羔在他家里和他儿女一同长大,……在他看来如同儿女一样。"

44

好景不长,苦日子来啦,
　老天爷罚我受苦受难;
一星期,一星期,一天,一天,
　羊群像雪堆消散!
我祷告,可是我心里明白:
对儿女我已经没心思疼爱!

"越来越少啦,见了真难受!
十头剩五头,五头剩三头——
　母羊、阉羊、羔子,就这仨;
又走了一头,只两头留下;
到昨天,我那五十头绵羊
　只剩这最后一头:
您瞧,就是它,靠在我怀里;
　别的我啥也没有。
今天从山上,我把它抱回家;
我那一大群,单单剩下它!"

一七九八年

迈 克 尔

要是你离开大路,沿着那一条
喧闹的山溪——"格林赫吉尔"①走上去,
你就会猜测:前边的山径很陡,
要辛苦攀登,而在攀登的路上
就只有荒山野岭立在你面前。
别泄气!你瞧,那喋喋的溪水四周,
群山已经敞开了它们的怀抱,
让出地盘来,形成了一片幽谷。
远近看不到人烟;要是有旅客
来到这里,会发觉:除自己而外,
就只有大大小小的岩石,几头
吃草的羊儿,和几只盘旋的老鹰。
这里可真是荒凉满目;我本来
不会提到这地方,若不是为了
一样东西——你可能走过它跟前,
虽然看到它,却毫不在意——瞧呵,
溪水旁边那一堆散乱的石头!

---

① 一条山间小溪的名称,这条小溪流入罗塞河,罗塞河又流入格拉斯密湖。

多么平凡的一样东西,却藏着
一个故事——没什么离奇的情节,
然而,当冬季在炉边闲坐,或夏天
在树下纳凉,讲起来却也动听。
谷地里住着牧羊人,他们的故事
我听过不少,听得最早的是这个。
我喜爱这些牧羊人,倒不是由于
他们自身,而是由于这一片
原野和山岭——他们游息的地方。
那时,我是个孩子,不喜欢念书,
而由于自然景物的温柔感染,
已经体会到造化的神奇力量;
那时,这故事引导过我,去探索
我自身之外的别人的悲欢,去思考
(当然,杂乱无章,也很不充分)
人,人的心灵,和人的生活。
因此,尽管这故事平凡而粗陋,
我还是把它讲出来,相信有一些
天性淳朴的有心人会乐于听取;
我还痴心地指望:它能够打动
年轻的诗人们——他们,在这些山岭中,
我离去以后,将会接替我歌唱。

  在格拉斯密谷地①里,森林旁边,

---

① 位于英格兰北部威斯特摩兰郡,附近有格拉斯密湖和格拉斯密村。华兹华斯的旧居"鸽舍"和他的墓园都在这一带。

住着一个牧羊人,名叫迈克尔;
老了,性子可刚强,手脚也硬朗。
从少到老,他那一副身子骨
一直是强健非凡;又俭省,又勤快,
心灵手巧,干什么活计都在行;
在他们牧羊人当中,他也比别人
遇事更留神,办事更干脆利落。
不论刮的是什么风,狂风唱的是
什么调,他都明白其中的含义;
往往,当别人谁也不曾留神,
他却听到了南风在隐约吹奏,
仿佛远处高山上传来的风笛。
这个老牧人,听到了这个信号,
便想起他的羊群,便自言自语:
"这股风,它想派点活计给我干!"
这话不假:不论是什么时辰,
只要风暴一来,行人趋避,
老汉便上山;不知有几千几百回,
他在山上被浓雾重重围裹,
独自坚持着,从雾起直到雾散。
就这样,这老汉活过了八十个年头。
谁要是猜想,这里的青山、翠谷、
溪流、岩石,都与牧羊人的心境
漠不相关,那可就大错特错了。
这原野,他常在这里畅快地呼吸;
这山岭,他曾多少次健步攀登;

这些熟悉的老地方,把多少往事
(他的辛劳和艰险,本领和胆量,
欢乐和忧愁)铭刻在他的心底;
这些老地方,像书本一样,记录着
那一群哑巴畜生的经历——它们
他喂过,掩护过,风暴里多次抢救过;
凭这些辛劳,保住他正当的收益;
原野和山岭(它们会短缺什么?)
已经牢牢执掌了他的心灵;
他对它们的热爱,几乎是盲目的,
却又是愉悦的,是生活本身的愉悦。

　迈克尔并不是独自一人过日子。
他老伴,原先长得挺秀气,如今
也老了,却比他足足年轻二十岁。
她是个整天手脚不闲的家主婆,
一心扑在家务上;房里有两架
老式的纺车:大号的用来纺羊毛,
小号的纺麻;要是有一架停了,
那是因为另一架转得正欢。
老两口跟前还有个独生儿子;
这孩子出世那年,迈克尔数了数
自己的一把年纪,寻思自己
也该算老啦,——正像乡下人说的,
一条腿已经入土啦。老两口,儿子,
风暴里磨练出来的两条看羊狗

(有一条真厉害,简直是千金难买),
这五口便是迈克尔一家。说真的,
这一家勤劳刻苦,干起来没个完,
谷地里无人不晓。老汉和儿子
白天在外边干活,晚上才回来;
回来以后,也还要忙这忙那;
要歇息一会儿,只有吃饭的时刻——
到那时,他们才坐到干干净净的
饭桌旁边:篮子里堆着燕麦饼,
一个人一碗脱脂奶,一碗菜汤,
还有家里自做的粗淡干酪。
这顿晚饭一吃完,老汉和儿子
(他名叫路克)又赶紧做起事情来,
免得两手在炉火旁边闲得慌;
他们总有那么多事情要做:
不是把羊毛梳理好,供纺车使用,
便是把残缺破损的农具、家具——
镰刀啦,弯刀啦,连枷啦——再给拾掇好。

　　天光一昏暗,家主婆便把一盏灯
挂在天花板下面、烟囱旁边;
烟囱是老式的,又粗笨,又土里土气,
它挡在那里,把下边一大块地方
都遮成黑糊糊一片;他们那盏灯
也老掉牙了,要是问它的工龄,
准保超过了所有的同类。天一黑,

它就亮起来;到了深更半夜,
单单剩下它,跟无数的时辰做伴——
这些时辰,一年又一年地流走,
看到,又只得撇下,这一对公婆,
没多少乐趣,心情也未必舒坦,
可总是悬着目标,怀着希望,
过着这种勤苦操劳的生活。
如今,路克长大了,到了十八岁。
半夜里,爷儿俩还坐在那盏灯底下;
家主婆摇着纺车,专心干活,
四外静悄悄,只有这一座小屋
像夏天的蝇子一样嗡嗡直叫。
这灯光,在附近一带出了名,正好是
老两口所过的勤俭生活的象征。
说来也凑巧,他们的这座小屋
孤零零立在一块隆起的高地上,
看的地方可远啦:北边和南边
望得见伊斯山谷、丹美尔高阜,
西边望得见靠近湖边的村子;
这一点灯光,每晚都准时出现,
又照得那么远,所以这片谷地里
老老少少的居民,给这座小屋
起了个外号,叫作"晚上的金星"。

　　长年累月,他们就这样过下去。
老牧人爱他自己,也爱他老伴;

可是从迈克尔心里来说,他晚年
得来的这个儿子却更为亲爱——
那原因,除了天生的骨肉之情
(这一种痴情,人人心里都会有),
主要还在于:一个垂暮的老人,
本来没什么指望了,偏偏却得了
一个孩子,这可比什么都强——
这叫他有了希望,有了奔头,
叫他振奋,也叫他激动不安。
他对儿子的热爱胜过了一切,
儿子是他的心肝,是他的幸福!
路克还是个偎在怀里的婴儿,
迈克尔就跟慈母一样照料他,
并不是单单为了逗乐开心——
就像一般做父亲的通常那样,
而是下苦功学会耐心和温柔,
像妇人一般,把摇篮轻轻摇晃。

  又过了一些日月,他们这娃娃
快要穿上童装了;别看迈克尔
性子又硬又倔,他可最喜欢
让这小家伙待在他身边——不论他
是干地里活,还是坐在凳子上,
前面是一头羊,拴住了,趴在那里,
紧挨着一棵又高又大的橡树;
这棵树,孤零零立在小屋的门外,

绿叶稠密,剪羊毛的时候,正好
靠它来遮阴,乡下人给它起个名,
叫作"剪毛树",——至今还这么叫它。
那时,他们爷儿俩坐在树荫里,
旁边是剪毛的帮工们,干得正欢,
剪刀底下,羊儿都趴着不动;
要是这孩子捣乱,拽住羊腿,
或是他大声嚷嚷,惊吓了羊儿,
迈克尔就会硬起心肠,用那种
又疼爱又责备的神情,瞪他几眼。

  蒙老天恩典,这小子越长越结实,
红扑扑两块脸蛋,活像是两朵
开不败的玫瑰。他五岁那年冬天,
迈克尔亲手从一片矮树丛里
砍下来一棵树苗,用铁箍箍好,
上上下下,缺什么装上什么,
做成了一根地地道道的放羊棍,
把它交给这娃娃。有了这玩意儿,
他便活像个小羊倌,兴冲冲站在
门边或缺口,把羊儿拦住或赶开。
要他干这种差事,未免早了点:
你不难想象,小淘气站在羊群里,
又像给他爹帮忙,又像帮倒忙;
别看他举棍子,喊叫,瞪眼,晃拳头
吓唬羊群,哪一样也没少干,

53

我还是相信:这小子难得有几回
从他爹那儿得到夸赞和奖赏。

　路克满了十周岁,已经顶得住
山上的狂风;一天又一天,跟他爹
爬山过岭,不怕劳累,也不嫌
路远难熬,爷儿俩成了好搭档。
老牧人向来喜爱的原野和山岭,
这时仿佛都变得更加可爱了;
是这个孩子给了他柔情和活力,
好比太阳的光辉,天风的音乐;
老人的心境就像是转世重生——
这些,还用得着我来一一细讲?

　就这样,父亲眼看着儿子长大了;
如今,路克到了十八岁;老牧人
每天的希望,安慰,全在他身上。

　这一户淳朴人家,日子就这样
一天一天过下去,直到有一天
老牧人耳边传来了恼人的音讯。
原来,迈克尔早在多少年以前
就给他一个侄子当了保人;
那侄子,辛苦发家,钱财不少;
意想不到的祸事从天而降,
把家财赔损一空;如今迈克尔

既然是保人，免不了要替他还债：
是一笔大数目，说起来叫人心疼，
差不多抵得上他的家业的一半。
这个意外的消息，他刚一听说
便灰心丧气，觉得这样的祸事
天底下哪个老年人也经受不起。
后来，他打起精神，想方设法
对付眼前的难关；想来想去，
只有一条路好走：马上卖掉
他家里那份祖传的田产。开头，
他这么决定了；后来，他左思右想，
心里实在舍不得。他听到这消息
两天以后，对他老伴说："伊莎贝，
七十多年来，我一直辛辛苦苦；
这些年，咱们谁不是靠上帝恩典，
在太阳底下过日子？咱们那块地
要是落到了外人手里，往后，
我就是入了土，在土里也睡不安稳。
咱们命苦哇！天天从东头往西头
猛跑的太阳，也不比我更勤快；
我活了这些年，到头来稀里糊涂
捅了这么个娄子，带累了一家。
那个人要是骗咱们，他就是坏蛋；
要是他没有骗咱们，这笔钱也不该
咱们出，世上有成千上万的阔人
出这么一笔钱简直不当一回事。

我不怪罪他;——说这些还不如不说。

"我本来不想说这些,我想说的是
对付这件事,咱们有办法,有指望。
伊莎贝,我想叫路克出门走走;
可是那块地,咱们一定得保住;
那块地会是路克的,会是自由的,
自由得就像它上边刮过的轻风。
咱们还有个亲戚,这你也知道;
他走运,做生意发了财;咱们出了事,
他会帮忙的。叫路克上他那儿去;
靠亲戚帮忙,再靠他自己节省,
很快能攒下钱,补上这一笔亏空;
这事一办妥,咱们就叫他回来。
眼下他留在家里,又能干什么?
这地方人人都穷,上哪儿挣钱去?"

老汉说完了;伊莎贝坐着不吭气,
心里可忙着呢,想着从前的事情。
她想起:有个男孩,叫理查·贝特曼,
是孤儿,靠教区公费养活;乡亲们
在教堂门口给他募了一次捐,
得了些先令、便士、半便士,给他
买了个篮子,装上些日用杂货;
这小子挎着篮子,上了伦敦;
后来,在那儿跟上了一位大老板,

那老板见他本分,便不派别人,
单单派他去照管海外的分店;
他在那边发了财,成了阔佬;
临死的时候,把财产送给穷人,
还出钱给老家新盖了一座教堂,
地下铺的大理石也是外国货。①
伊莎贝想起这件事,接着又想起
别的几件事,想着想着,她也就
舒眉展眼了。老头子满心高兴,
又接着往下说:"伊莎贝,你听我说呀,
这两天,我这么一盘算,可把我乐坏了。
咱们能挣的,比咱们丢了的多得多。
有这些也够了;——我要是年轻点多好啊;——
眼下有这么个盼头,也就不错啦。
给路克找几件好衣裳,不够,再给他
买几件顶好的;明天就叫他动身;
要不然,就是后天;要不然,今晚:
只要今晚走得成,今晚就走。"

迈克尔说完了,松松爽爽,起身
向地里走去。接着,整整五天,
家主婆从早到晚,片刻不停,
拿出她最好的手艺,给儿子添制

---

① 这里叙述的乃是真人真事,但贝特曼的教名不是理查而是罗伯特。"海外"指意大利西海岸的里窝那。贝特曼为故乡修建的小教堂至今犹存。

这次出门需要的衣服、用品。
星期天到了,伊莎贝倒也乐意
把活计停下来;因为接连两晚上
她躺在迈克尔身边,听见老头子
翻过来转过去,唉声叹气没个完;
早晨爬起来以后,她看得出来
他灰头土脸,就像丢了魂一样。
这天晌午,娘儿俩在门口坐着,
她对路克说:"孩子,你千万不能走;
我们就生你一个,丢了你,就没啦;
丢了你,就没什么人可想啦;——别走,
你要是走了,你爹非死了不行。"
小伙子却乐呵呵的,劝母亲宽心。
伊莎贝,把担心的事儿一说了出来,
心里也就踏实了。晚上,她做了
最好的饭菜,一家人坐在一起,
又开心,又热火,像过圣诞节一样。

天一亮,伊莎贝又去忙她的事情。
接着,整整一星期,这座小屋里
喜气洋洋,赛似春天的树林子。
他们那位亲戚的回信来了,
好心好意向他们担保:他一定
尽力而为,给这个孩子帮忙;
接着又补上一笔:事不宜迟,
叫孩子马上动身,上他那儿去。

这封信,他们至少念了十来遍;
伊莎贝走东家串西家,拿信给邻舍们
传看;那时,偌大的英国国土上,
再没有什么人比路克更扬扬得意啦。
伊莎贝回到家里,老头子对她说:
"他明天就动身。"家主婆听了这话,
便说:有不少事情还没有办好,
走得这么急,准保会丢三落四,
不是忘了这,就是忘了那。后来
她总算答应了,迈克尔也就放了心。

　　靠近那喧闹的山溪——"格林赫吉尔",
在那片幽谷里,迈克尔早就打算
给他的羊群砌一座新的羊栏。①
当他还不曾听到那恼人的音讯,
便已经从附近搬来了不少石头,
靠那条溪水旁边堆放在一起,
为这座羊栏动工做好了准备。
那天傍晚,他特意带着路克
到那儿走了一遭;刚一到那儿,
老汉便停下脚步,说道:"孩子,
明天你就要走了。我满心疼爱,
眼巴巴瞅着你。是你呀,正是你,当初

---

① 据作者原注,当地山民的羊栏由几堵石墙围成,没有顶棚;常位于溪涧旁边,以便取水。

还没生下来,就成了我的盼头;
生下来以后,天天是我的甜头。
咱们爷儿俩从前的一些事,我要
说给你听听;你在外边的日子里,
想想这些事有好处;有的事我不说
你就根本不知道。——你刚生下来,
便迷迷糊糊,睡着了两天两夜
(才生的娃娃,这种事倒也常见);
那时候,为你祷告祝福的话儿
便从你爹舌头上滚下来。日子
一天天过去,我爱你越来越深。
记得咱们家火炉子旁边,头一回
听到你哼哼唧唧——没有词儿,
是天然的调子——那时候你还吃奶呢,
一高兴,便在你妈怀里哼起来。
比这更好听的声音,天底下什么人
也没听见过!多少年,我的日子
都丢在地里,丢在山头了;要不然
我会把你抱在膝头上养大的。
可是,咱俩还是玩伴儿呢,路克,
你总该记得,在这些山头上,咱俩
老是一块玩;有这老家伙陪着,
小家伙开心的事儿哪一样也不缺。"
路克本是个硬汉子,听了这番话
也抽抽搭搭哭起来。这时老牧人
抓住他的手说道:"别,别这样,

我明白,我本来用不着再提这些事。
为你,我心也操尽了,劲也使完了,
待你这么好,算得上一个好爸爸;
其实无非是:人家怎么样待我,
我也怎么样待人。别看我今天
早过了世上一般人入土的年纪,
我可还记得小时候疼我的爹妈。
他们俩一块睡下了,在这块地方
他们过了一辈子,祖宗、老祖宗
也全是这样,日子一到,都乐意
把身子交给祖传的坟山。本来,
我指望你也像他们那样,一辈子
不离家;可是往回看,日子这么长,
六十年也只挣下这么点家业。
咱们这块地,刚到我手里的时候,
租子重着呢;到我四十岁那年,
这一份产业还有一半不属我。
我拼死拼活地苦干;靠上帝恩典,
到三个星期以前,它全是我的啦。①
看起来,叫它再换个新主子,它可
受不了。路克,我给你出的主意
要是错了,那就求老天饶恕;
不过,照我看起来,你还是去的好。"

---

① 当时英国持有土地的农民分为"自由持有农"(freeholders)和"公簿持有农"(copyholders)两种。后者需向地主缴纳固定地租;但也可以出钱买下自己持有的土地,从而转化为前者。迈克尔所叙述的情况即属此类。

这时,老汉停了一会儿,然后
便指着身旁那一堆石头,又说:
"本来,这是咱俩的差事;如今
得我一个人来干了。我要你,在这儿,
先摆好一块基石——你亲手给我摆。
别难过,孩子,咱们有指望;日后的
好光景,我看咱俩都亲眼见得着。
我八十四了,身子骨还硬朗,还结实;
你去尽你的本分吧,我来尽我的。
好些事,本来是交给你干的,又得
靠我了。往后,我得一个人去放牧,
一个人爬山过岭,风里来雨里去;
好在这些事,你还没出世以前,
我早就一个人干惯了。——老天保佑你!
这两个星期,因为有指望,有盼头,
你心里嘣嘣直跳,——这也怪不得。
我知道,路克,你不会想要离开我;
把咱俩拴在一块的,没别的,只有爱。
你走了,你爹你妈还剩下什么!
唉!我把正经事忘了。听我说,
照我的吩咐,把这块石头摆好。
路克,从明天往后,你到了外边,
要是有什么坏人把你缠上了,
那你就想想我吧,就想想今天
这个时刻吧,把心思转向家里吧,

上帝会扶你一把的。要是有什么
邪门歪道勾引你,我求你记住
你祖祖辈辈是怎么过活的:他们
心地清白,就知道一心做好事。
好了,祝福你一路顺风,孩子!
咱们的羊栏,如今还没个影儿呢,
等你一回来,你就瞧得见:完工啦。
这就算咱俩订下的一份合同吧。
不管你日后怎么样,我爱你不会变,
到我入土的时候,也还惦记你。"

　老牧人说完了,路克便弯下腰去,
照他爹的嘱咐,摆好这座羊栏的
第一块石头。这时,老汉止不住
一阵心酸,他搂住儿子,流着泪,
亲他;然后,他们就一路回家。
这个家,在天黑以前,安安静静——
也许,只是表面上安安静静吧?
第二天天一亮,路克便匆忙动了身;
一走上那条大路,便装出一副
满不在乎的神气;他一路走过
邻近各家各户的门口,乡亲们
都来到门前跟他道别,祝福他
称心如意,一直眼看他走远。

　　他们那亲戚送来了好消息,说路克

63

干得不错;路克也连连写信来,
讲城里七七八八的奇闻怪事;
老两口念信的时候有多么高兴
那就甭提了;伊莎贝逢人便说:
"信写得这么棒,天底下有谁见过!"
过了几个月又是几个月,老牧人
还是天天照旧,干他的老行当,
还是兴头十足,信心也十足。
如今,只要抽得出半晌空闲,
他便走向那荒凉的山谷,在那里
动手砌他的羊栏。可是这时候
路克有点不那么安分守己了;
到后来,在那座荒淫浪荡的城市里,
他终于陷进了泥坑;丑事和耻辱
弄得他没脸见人,最后他只得
逃到海外去,找一个藏身之所。

　　在爱的强大力量中有一种安慰,
它能使祸事变得可以忍受,
否则,这祸事是会搅昏头脑,
捣碎心灵的。我和谷地里好几个
熟识老汉的村民交谈过,他们
都清楚记得老汉的生平,也记得
他儿子出事以后那几年的情况:
从少到老,他那一副身子骨
一直是强健非凡。他照样上山去,

仰望太阳和云彩,听风的呼唤;
照样干各种活计,侍弄那群羊,
侍弄那块地——他那份小小的产业。
也时常走向那一片空旷的山谷,
给他的羊群砌那座新的羊栏。
和我交谈的村民都没有忘记
那时节人人心里对他的怜惜;
人人都相信:有好些、好些日子,
尽管这老汉到了羊栏工地,
却不曾在那上边垒一块石头。

　　那儿,挨着那没有砌好的羊栏,
有时候可以看见他独自坐着,
要么,还有他那条忠心的看羊狗,
也老了,陪着他,蜷伏在他的脚旁。
整整七年里,他还在断断续续
砌那座羊栏,没完工,他就死了。
伊莎贝比她老头子晚死三四年;
她死的时候,他们家那份产业
已经卖出去,落到了外人手里。
那座小屋——"晚上的金星",也没了,
它的地基早已被犁铧犁翻;
周围左右,样样都变了;只剩下
那棵橡树(长在小屋门外的)
还立在原处;再就是那堆石头——

没有砌好的羊栏的遗迹,还留在
那喧闹的山溪——"格林赫吉尔"旁边。

一八〇〇年十月十一日至十二月九日

瀑布和野蔷薇

"滚开,你这莽撞的小东西!"
 　我听到厉声叫喊,
"你怎敢愣头愣脑,在这里
 　把我的去路阻拦!"
下雪后,小瀑布刚刚涨了水,
就这样吓唬可怜的野蔷薇;
 　野蔷薇周身溅满了飞沫,
它忽上忽下,颤动摇摆——
像晦气人家委屈的小孩,
 　日子真不大好过。

"你怎敢堵在我路上?小东西!
 　滚开!再不滚,我就
踢翻你扎根的石块,叫你
 　头朝下栽个跟头!"
凶猛的洪流冲撞不休,
野蔷薇耐着性子忍受,
 　既不叹一声,也不哼一下,
只盼望平安度过这险境;

后来,见瀑布毫不留情,
　　便壮起胆子回答。

野蔷薇说道:"你别来找碴儿,
　　咱们何苦要吵架?
想当初,在这背静的旮旯儿,
　　你和我多么融洽!
夏天里,石床上,你把我摇晃,
摇得我周身筋脉都欢畅;
　　一天又一天,我片片绿叶
被你滋润得舒爽清新;
我呢,对你这一片好心,
　　也用盛情来答谢。

"当花朵含苞,春天来到,
　　我便在山石中间
把花冠戴好,向你通报:
　　艳阳天近在眼前!
夏天里,我在燥热的时辰,
用花儿和叶子给你遮阴;
　　叶子呵,如今已零落满地,
那时却引得红雀来栖身,
为我们唱出婉转的清音;
　　你那时没什么声息。

"如今你变得心高气傲,

眼见我遭罪受苦,
怎么不想想:咱俩在一道,
　　能过得多么舒服!
尽管我花儿、叶子都落尽,
却也留下了光鲜的装饰品——
　　蔷薇果,红通通,又密又多;
我待人温顺,如今在冬天,
拿这些红果子把你来装点,
　　野蔷薇也就快活!"

它是否还说了别的,不清楚;
瀑布轰鸣着,奔下石谷;
　　别的我不曾听见;
野蔷薇在发抖;我真害怕——
唯恐它方才说的那番话
　　会是它最后的遗言。

一八〇〇年

致 雏 菊

那边的大世界热闹非凡,
这边没事做,没热闹可看,
我还是再来找你攀谈,
　　可敬的雏菊!
你是自然界平凡的草木,
神态谦恭,容颜也朴素,
却自有一派清雅的风度——
　　爱心所赋予!

时常,在你盛开的草地上,
我坐着,对着你,悠然遐想,
打各种不大贴切的比方,
　　以此为乐事;
定睛望着你,我想入非非,
用各种痴狂、虚妄的称谓
来把你赞扬,或把你责备——
　　全凭着兴致。

端庄的修女,举止谦和;

爱神宫苑里活泼的宫娥,
她那天真憨直的性格
　　　经不起诱惑;
女王,戴一顶红宝石王冠;
瘦子,裹一件单薄的衣衫——
这些名称对于你,依我看,
　　　还都挺适合。

小库克罗普斯①,睁圆了独眼,
又像是威胁,又像是挑战——
这古怪念头呵,来得突然,
　　　去得也仓促;
怪影消失,接着又瞧见
银铸金镶的盾牌一面——
作战的小仙子勇往直前,
　　　全靠它防护。

我远远望见你闪闪发光,
好比一颗星,玲珑清爽;
却不如天上的群星那样
　　　皎洁而晶莹;
还是像颗星,银盔闪耀;
你安稳自如,仿佛在睡觉;——
谁敢刁难你,便不得好报,

---

① 希腊神话中的独眼巨人,一只眼长在前额中央,眼上有一道浓眉。

便不得安生!

烂漫的花儿呵!遐想都消散,
对你,我终于以"花儿"相唤,
这名称固定了,再不变换,
　　恬静的生灵!
你与我同享阳光和大气;
为滋补我的心,请一如往昔
赐我以欢乐,让我学到你
　　温良的品性!

　　　　　　　　　　一八〇二年

绿 山 雀

雪白的花瓣轻轻飘扬,
从果树枝头落到我头上,
周遭是一片耀眼的阳光,
　春日里,晴朗和煦;
多美呀,在这隐僻的角落,
在我家果园椅子上独坐,
又一次欢迎鸟儿和花朵,
　去年的旧侣又重聚!

这里,幸运儿聚会的地方,
有一位小客人最为欢畅:
甜美的歌喉,轻灵的翅膀,
　胜过所有的羽族;
欢迎你,山雀!你披着绿衫,
今天,你是这里的指挥官,
是你导演着五月的狂欢,
　这里是你的领土!

春花朵朵,蝴蝶,鸣禽,

全都配成了一对对情人;
而你,来回游息于绿荫,
 总是孤零零一个;
这生命,这精灵,像空气一样,
散布着欢乐,不知有忧伤,
你太幸运了,谁也配不上;
 自个儿自得其乐!

微风里,榛树丛光影摇曳,
树丛间,瞧得见栖息的山雀,
它伫立枝头,满心喜悦,
 仿佛还想要飞升;
你瞧!它已经拍动翅膀,
让斑斑阴影、闪闪阳光
洒在它头上,洒在它背上,
 洒遍了它的周身!

它常常弄得我眼花缭乱,
错把它看成绿叶一片;
蓦地,它飞上农舍屋檐,
 倾吐出滔滔歌曲;
树丛里,它曾把绿叶假冒;
这时,它畅快淋漓的曲调

又仿佛是对绿叶的嘲笑——
笑它①像哑巴,不言语。

一八〇三年

~~~~~~~~~~

① 指绿叶。

致 云 雀[*]

带我飞上去！带我上云端！
　云雀呵！你的歌高昂强劲；
带我飞上去！带我上云端！
　你唱啊唱啊，周围远近
天宇和云霓都悠然回响；
带着我飞升，领我去寻访
你那称心如意的仙乡！

我辛劳跋涉于旷野穷荒，
　到如今已经神疲意倦；
此刻我若有仙灵的翅膀，
　我就会凌空飞到你身边。
你的歌饱含神圣的欣喜，
　周围的气氛是狂欢极乐；
带着我飞升，高入云霓，
　到你的天国华筵上做客！

~~~~~~~~~~~~~~~~
* 原诗第一至三节各行音步数从二步到四步不等，第四节大致是每行五步。译诗第一至三节每行四顿，第四节每行五顿。原诗韵式凌乱无规律，译诗兼用交韵和随韵。

像晨光一样怡神快意,
　你纵声欢笑,傲视尘寰;
有小小香巢,与爱侣同栖,
　酣醉的灵禽!你何尝慵懒,
但你又怎肯像我这样
在寂寞旅途上奔波流浪?
快乐的生灵!你豪情激越,
似高山洪水,滔滔奔泻,
纵情歌颂着万能的主宰;
愿欢乐与你,也与我同在!

唉!我的征途坎坷而迂回,
　一路上尘沙满目,荆棘遍野;
然而,只要听到你,或你的同类
　来自天廷的自由愉快的仙乐,
我也就知足了,又奋力向前跋涉,
期待着生命终结后更高的欢乐。

一八〇五年(?)

纺 车 谣*

嗡嗡的纺车快转吧!
　　夜晚送来了好时辰;
仿佛有神灵帮一把,
　　疲弱的手指又来劲;
露水渐浓田地暗,
把纺车摇得团团转!

天上的星儿亮又多,
　　地下的羊儿睡满坡;
加劲干!时辰莫错过——
　　羊儿睡了好干活:
纺锤转起来快又稳,
毛线捻出来牢又紧。

~~~~~~~~~~~~~~~~

* 在威斯特摩兰郡谷地,许多牧羊人都相信这种说法:纺羊毛的好时辰是晚上羊儿睡了以后,这时候纺出的毛线更结实,更经久耐磨。这首诗就是根据这种说法写成的。

原诗民歌风味很浓,每行为扬抑格四音步,末步为单音节。译诗也用民歌体格律,每行四顿,末顿为单音节。

眉眼轻狂情不专,
　相好的日子长不了;
真正的爱情像毛线,
　用羊毛拧得紧又牢——
趁羊群歇在山坡上,
趁羊儿入睡的好时光。

　　　　　　　　一八一二年

诗人和笼中的斑鸠

在这儿,每当我出声吟咏
　　还没有写完的诗章,
旁边的斑鸠,在柳条笼子中,
　　便应声咕咕低唱;
它本来像树叶一样静默,
　　这时却咕咕不停;
是教唱柔和的歌曲?是给我
　　贫乏的诗才助兴?

我却猜想:这温顺的鸣禽
　　咕哝着把我责备,
嗔怪我只会别的调门,
　　爱的歌曲却不会;
它嗔怪我这山野的歌手
　　歌唱时心中没有爱,
斑鸠、夜莺的情意与歌喉
　　都被我置之度外。①

~~~~~~~~~~

① 欧洲人认为,斑鸠和夜莺的歌曲都是倾诉爱情的。

鸟儿呵！你若是这个意思，
　　可不该把我诬枉；
爱,崇高的爱,这主旨
　　贯穿我全部的篇章；
在宁静的炉边,在园林幽处,
　　爱拨动我的琴弦——
又咕咕叫了！——这回我听出
　　那不是责备,是嘉勉。

一八三〇年十二月

有一个男孩[*]

有一个男孩,是你们熟悉的伙伴,
你们——威南德湖①的峭壁和岛屿!
多少次,傍晚,当最早露面的星星
在天边那一线青山之上,刚开始
悄悄移动——沉落或升起,这孩子
总是独个儿站在树下,要么
站在微光闪烁的湖水旁边,
十指交叉,两掌紧紧闭合,
往唇边一拢,就成了他的"口笛",
向林间不声不响的猫头鹰,吹出
模拟的叫声,招引它们的回答。
它们果真叫起来,一声声,越过
潮湿的山谷,应答着他的呼唤:
颤音,长长的拖腔,尖厉的调子,
再加上洪亮的回声,往复回旋,
汇成了一曲欢乐嘈杂的合唱!

---

* 《序曲》一八〇五年本第五章第三八九至四二二行、一八五〇年本第五章第三六四至三九七行与此诗大同小异。
① 即温德密湖,位于威斯特摩兰郡与兰开夏郡之间,为英格兰第一大湖。

有时候,它们不叫了,沉默了,仿佛
他的口技不灵了;一片寂静里,
他侧身倾听,不由得微微一震:
是远处山洪奔泻的音响,传入了
他的心间;要么,眼前的景色——
一幅幅庄严的图像,不知不觉地
印入了他的脑海:山岩,林木,
平静无波的湖面上依稀映现的
那变动不居、愈来愈暗的天空。

　这孩子,他被死神夺走了,撇下了
伙伴们,死的时候还不满十二岁。
好一处秀丽的山乡! 他生在这里,
长在这里。村庄的墓地就在
学校上面,那儿是一片斜坡;
夏天傍晚,我信步徐行,有时
经过那一片墓地,就会在那边
停留半个来钟头,默然无语,
向他安息的坟冢依依凝望。

一七九八年

致 杜 鹃

欢畅的新客呵！我已经听到
　你叫了，听了真快乐。
杜鹃呵！该把你叫作飞鸟，
　或只是飘忽的音波？

我静静偃卧在青草地上，
　听见你呼唤的双音①；
这音响从山冈飞向山冈，
　回旋在远远近近。

你只向山谷咕咕倾诉，
　咏赞阳光与花枝，
这歌声却仿佛向我讲述
　如梦年华的故事。

春天的骄子！欢迎你，欢迎！
　至今，我仍然觉得你

---

① 杜鹃的啼声是"咕咕"，所以说是"双音"。

不是鸟,而是无形的精灵,
　　是音波,是一团神秘。

与童年听到的一模一样——
　　那时,你们的啼鸣
使我向林莽、树梢、天上
　　千百遍瞻望不停。

为了寻觅你,我多次游荡,
　　越过幽林和草地;
你是一种爱,一种希望,
　　被追寻,却不露形迹。

今天,我还能偃卧在草原,
　　静听着你的音乐,
直到我心底悠悠再现
　　往昔的黄金岁月。

吉祥的鸟儿呵!这大地沃野
　　如今,在我们脚下
仿佛又成了缥缈的仙界,
　　正宜于给你住家!

　　　　一八〇二年三月二十三至二十六日

夜　景

　　——掩蔽了浩浩长空的
是一片延续不断的浓密浮云:
低沉,绵软,月光里分外白净;
透过这一层帷幔而朦胧隐现的
月亮,仿佛变小了,变暗了,她的光
也变微弱了:山石、树木、楼台
都没有投下浓淡分明的影子。
一个沉思的行人,漫不经心地
低垂着两眼,在一条荒径上踟躅;
蓦然,一道柔美的清辉,在上空
霎时闪现,惊扰了他的幽思;
他仰望:浮云已经向两侧分开,
露出了皎洁的月亮,壮丽的天宇。
月亮正在靛青的苍穹上浮游;
无数星星跟在她后面:虽小,
却清晰,明亮,掠过幽冥的夜空,
跟着她向前游去,游得好快呵,
总也不消失！清风在树间低语,
星月却默默无言,只顾转动着,

奔向无穷无尽的远方;而苍穹
被大片大片的白云团团围绕,
显得越来越深了,深不可测……
终于,这庄严景象悄然隐没了,
而那打动了心灵的深沉愉悦
渐渐凝聚为一片静穆安详,
让心灵为这庄严景象而思索。

     一七九八年一月二十五日

无 题

记得我初次瞥见她倩影，
恍如瞥见了欢乐的精灵；
似神奇幻象，姗姗而来，
给那个时刻增添异彩；
双眸炯炯，像黄昏的星辰，
棕褐色秀发也像黄昏；
可是她身上其余的一切
都来自黎明，来自五月；
翩跹的身影，欢愉的神色，
迎人，扰人，动人心魄。

走近她身边，我注目凝神：
是个精灵，也是个凡人！
一举一动都轻快自如，
少女的步态也无拘无束；
甜蜜的经历，甜蜜的前程，
融合于她那欣悦的面容；
明慧，温良，而并不过度，
符合于人性的正常路数；

有恩,有怨,有花招,有烦恼,
有爱,有吻,有眼泪,有微笑。

此刻,凭我明净的双瞳,
俨然看见她血脉的搏动;
她是生死之间的客旅,
一呼一吸都饱含思虑;
清明的理智,谦和的心愿,
毅力与见识,坚强与干练;
是造化设计的完美女性,
给我们安慰、告诫和指令;
却也是精灵:请看,她身上
分明闪耀着天使的灵光!

一八○四年

无 题[*]

哦,夜莺!我敢于断定
你有"烈火一样的心灵"①:
一支支歌曲,锋芒锐利,
激越,和谐,又那样凌厉!
唱得多热烈,莫非是酒神
帮你选中了一位情人?
你尽情歌唱,尽情嘲谑,
顾不得浓荫、清露和静夜;
顾不得历久不渝的恩幸
和林间万类沉睡的爱情。

今天,我听见一只野鸽
把平凡的故事又唱又说;
它的歌声隐没在林间,
却又被一阵清风发现;
它不肯停歇,咕咕低语,

---

* 这首诗的主旨似乎是:作者认为诗人有两种类型——夜莺型和野鸽型,他本人宁愿属于后一种——较为淳朴、平和、温厚的一种。

① 语出莎士比亚历史剧《亨利六世》下篇第一幕第四场。

深情地求爱,又有些忧郁;
爱情与宁静融合在歌曲里,
缓缓地开始,久久不息;
吐一腔忠诚,诉内心欢乐,
这就是我的歌——我要唱的歌!

一八〇六年

无 题[*]

三年里晴晴雨雨,她长大;
造化①说:"比她更美的娇花
　　世上从来没见过;
这妮子,我定要把她收回;
她该是我的,我该有一位
　　随身女伴陪着我。

"让这乖孩子和我在一起,
让我做她的法度和动力;
　　不论在天堂、人世,
在林中、屋里、平地、山崖,
她都在我的照管之下,
　　受我鼓励或节制。

"她要像小鹿般欢腾嬉戏,
有时兴冲冲跃过草地,

---

*　这是"露西组诗"之一。
①　即自然(Nature),为阴性(参看第 131 页注①)。在这首诗中,造化与露西的关系像母女,像师生,也像主母和女伴。

有时又奔上山头；
乡野间飘溢的芳香气息，
无言木石的安恬、静谧，
　　我都要让她享有。

"流云会给她轻柔的姿态；
垂柳会为她把枝条摇摆；
　　她从动荡的风暴
也能窥见优美的形影——
这些形影以默默温情
　　把少女丰姿塑造。

"午夜的星辰会和她热络；
在那些隐僻幽静的角落，
　　她会要侧耳倾听：
听溪水纵情回旋舞蹈，
淙淙水声流露的美妙
　　会沁入她的面影。①

"青春的活力，愉悦的柔情，
会使她身材玉立亭亭，
　　娇小的胸脯隆起；
等她来到这快乐的山谷，

---

① 劳伦斯·霍思曼(1865—1959)认为,这两行诗,除了华兹华斯以外,英国任何大诗人都写不出。

当她在这里和我同住,
　我要开导她——露西。"

造化说过了,便着手施行——
好快呵,露西走完了旅程!
　她死了,给我留下来
这一片荒原,这一片沉寂,
对往日欢情的这一片回忆——
　那欢情永远不再。

一七九九年

无 题*

昔日,我没有人间的忧惧,
 恬睡锁住了心魂;
她有如灵物,漠然无感于
 尘世岁月的侵寻。

如今的她呢,不动,无力,
 什么也不看不听;
天天和岩石、树木一起,
 随地球旋转运行。

一七九九年

---

* 这是"露西组诗"之一。原诗第一节用过去时式,第二节用现在时式,两节显然是今昔对比,第一节写露西生前,第二节写她死后。

水　仙

我独自漫游,像山谷上空
　　悠悠飘过的一朵云霓,
蓦然举目,我望见一丛
　　金黄的水仙,缤纷茂密;
在湖水之滨,树荫之下,
正随风摇曳,舞姿潇洒。

连绵密布,似繁星万点
　　在银河上下闪烁明灭,
这一片水仙,沿着湖湾
　　排成延续无尽的行列;
一眼便瞥见万朵千株,
摇颤着花冠,轻盈飘舞。

湖面的涟漪也迎风起舞,
　　水仙的欢悦却胜似涟漪;
有了这样愉快的伴侣,
　　诗人怎能不心旷神怡!
我凝望多时,却未曾想到

这美景给了我怎样的珍宝。

从此,每当我倚榻而卧,
　　或情怀抑郁,或心境茫然,
水仙呵,便在心目中闪烁——
　　那是我孤寂时分的乐园;
我的心灵便欢情洋溢,
和水仙一道舞踊不息。

一八〇四年

苏珊的梦幻*

伍德街①拐角,曙光已显现,
画眉高叫着,它叫了三年;
可怜的苏珊,她常常路过,
静静晨光里听画眉唱歌。

这调子真迷人;她怎么不舒服?
她仿佛望见了山峦和树木;
团团的白雾飘过洛伯里,
河水奔流在奇普赛谷底。

她望见谷地里青碧的牧场,
那儿,她常常提着桶奔忙;
孤零零的茅舍,像个鸽子窝,
是人间她喜爱的唯一住所。

～～～～～～～～～～

* 据查尔斯·兰姆写给华兹华斯的一封信,这首诗中的苏珊实有其人。这个贫苦女孩生长在农村,后来被迫进城来当使女。诗中通过苏珊的幻觉,表现她对故乡、对田园生活的向往和眷恋。
① 位于伦敦贫民区。

她飘飘欲仙;幻象都消隐:
雾气与河川,山峦与树影;
水不再奔流,山不再耸峙,
眼前的色相都悠悠飘逝。

一七九七年

阳春三月作

时方小憩于布拉泽湖畔桥头

雄鸡啼叫,
溪水滔滔,
鸟雀声喧,
湖波闪闪,
绿野上一片阳光;
青壮老弱,
都忙农活;
吃草的群牛
总不抬头,
四十头姿势一样!

残雪像军队,
节节败退,
退到山顶,
面临绝境;
耕田郎阵阵吆喝;
山中有欢愉,
泉中有生趣;

云朵轻扬，
　　碧空清朗，
这一场春雨已过！

一八〇二年

鲁　思

鲁思，她孤孤单单被撇下，
爸爸屋里来了个后妈，
　　那时，她七岁不满；
没有谁管她，她随心所欲
在高山低谷游来荡去，
　　自由，冒失，大胆。

她用燕麦秆做一支短笛，
一吹，便吹出笛音嘹呖，
　　好似风声或水声；
她在草地上搭了个棚子，
看来，她仿佛天生就是
　　山林草莽的幼婴。

在爸爸家里，她无依无靠，
心里想什么，只自己知道，
　　乐趣也只在自身；
她自满自足，不喜也不忧，
一天又一天，天长日久，

直到她长大成人。

从远隔重洋的佐治亚①海边,
来了个头戴军盔的青年,
  军盔上羽翎闪闪;
从车罗基人②那里,他弄来
这一束羽翎,挺有气派,
  一遇微风便摇颤。

莫把他认作印第安血胤,
他说话纯粹是英国口音,
  享有军人的名位;
当北美经过几年苦战,
争得了自由,摆脱了危难,
  他扬帆渡海东归。③

他的面容上才华闪耀,
舌端吐出迷人的音调;
  想当年,他还是小孩,
太阳的金焰,月亮的银辉,
柔声细语的清清溪水,

---

① 过去是英国在北美建立的十三个殖民地(十三州)之一,现在是美国东南部的一州,濒临大西洋。
② 北美印第安人的一支,聚居之地即现在的美国东南部。北美独立战争期间,车罗基人曾协同英国殖民军作战。
③ 北美独立战争结束于一七八一年。这时英国殖民军已被北美起义部队击溃,这个在英军中服役的青年便返回英国。

给了他多少愉快!

这个小伙子,真是呱呱叫!
我想,美洲荒野的山豹
　也不及这般英爽;
在他纵情游乐的时辰,
热带海面上嬉戏的海豚
　也不曾这般欢畅。

和印第安人一道打过仗,
这就有不少故事可讲:
　有的可怕,有的甜;
绿荫深处,漂亮小伙子
给漂亮姑娘讲这些故事,
　只怕有几分危险。

他讲印第安姑娘们,真快活,
又跳舞,又喊叫,成群搭伙,
　从乡镇跑到野外,
一整天忙着采集草莓,
一直采集到日落天黑,
　齐声合唱着归来。

他讲那边的异树奇花,
颜色随着时辰而变化,
　五光十色,变不完;

从清晨直到凝露的初夜,
含苞的含苞,开的开,谢的谢,
　　那才是园林的奇观。

他讲玉兰树①,密叶像云霓
高悬在半空,俯临着大地;
　　讲翠柏,树顶尖尖;
讲山花万朵,一色鲜红,
绵延几百里,望去如同
　　野火烧遍了群山。

他讲绿茸茸大片草地,
有多少湖泽一望无际,
　　湖中的星星点点
是一群岛屿,玲珑秀丽,
静穆有如傍晚云霞里
　　露出的几处青天。

"在那边,当一个渔夫,"他说,
"当一个猎人,好不快活!
　　阳光下,或者树荫下,
东游西逛,又轻松又安逸;
林子里每一块空地都可以

---

① 原文 magnolia,据作者原注,系指 magnolia grandiflora(中文名称为"广玉兰"或"洋玉兰")。这是产于美洲的一种常绿乔木,高可达三十米。

搭棚子,生火,住家!

"和你在一起,日子多幸福!
那样的一生,才不算虚度,
　　才有安宁和喜悦;
同时,我们也不会忘记
周遭是一片苦难的大地,
　　是如此这般的世界!"

有时,他还以多情的姿态
谈到父母对儿女的疼爱,
　　他说:"人们的心中
牢系着骨肉之情的纽带;
我们会把自己的小孩
　　看得比太阳还重。

"鲁思呵! 求求你,跟我同去,
到那边森林里,做我的伴侣,
　　搭起我们的棚屋;
跟我去吧,我选定的新娘!
当个女猎人,跟在我身旁,
　　追赶飞奔的野鹿!

"可爱的鲁思!"——他不再多说。
半夜里,鲁思睁眼而卧,
　　流下寂寞的泪珠;

她左思右想,拿定了主张:
跟他去,漂洋过海,到远方
　　去追赶飞奔的野鹿。

"既然这么办合情合理,
我们就趁早结为夫妻,
　　去教堂行礼宣誓。"
他们俩说办就办;我猜:
那个好日子,在鲁思看来
　　抵得过人生一世。

她沉入梦想,沉入幻境,
一天到晚都高高兴兴,
　　想象:在僻静河滩,
在青葱草地,在荒凉林子,
合法地,愉快地,姓他的姓氏,
　　共享着一日三餐。

可是,我先前已经说过:
这莽撞后生,爱玩爱乐,
　　军盔上羽翎摇颤;
这英俊儿郎,曾经远游
蛮荒的土地,在大海西头①
　　有一帮印第安伙伴。

---

① 指北美。北美在欧洲的西边。

厉声呼啸的暴雨狂风,
热带天宇的喧嚣骚动,
　　成了他心灵的养料;
他受之于天,受之于地,
年轻轻,性子便这般乖戾,
　　血液便这般狂暴!

那边,怪异的形象或声音
把一种同气相求的热忱
　　传送到他的心底;
与他原有的才智合流,
使他内心的种种图谋
　　都显得正当合理。

万象的纷华靡丽,也同样
怂恿了他的浪荡轻狂:
　　娇花与亭亭芳树;
熏风吹得人意懒心慵;
一天星斗把脉脉柔情
　　向烂漫园林倾注。

我想:他荒唐顽劣的谋求,
有时候,其中也会拌有
　　纯正的意图和心愿;
因为,他那些激情豪兴

既然得力于奇观丽景,
　　就该有高雅的一面。

但他久陷于邪孽生涯,
他那帮伙伴不明礼法,
　　也不知弃恶从善;
他神志清明,却甘心愿意
和那些蛮子混同一气,
　　彼此以恶习相染。

他成了卑下欲望的奴隶;
禀赋与才华,品德与道义
　　都渐渐火灭烟消;
一个人若是不自检束,
就会与堕落的灵魂一路,
　　追求鄙俗的目标。

他曾以毫不掺假的欢快
向鲁思求婚,与鲁思相爱,
　　朝朝暮暮地相守;
他怎能不爱这样的少女——
她的心灵与自然为侣,
　　孤苦,和善,又温柔?

他也对鲁思说过,很真诚:
"从前,我简直恶劣透顶;

狂妄、虚荣和欺骗
团团围裹了我的身心;
我那么傲慢,又那么自信,
 到了大西洋那边。

"那时,眼前是一片新天地,
像一面鲜明耀眼的军旗
 在军乐声中展开;①
我望着那边的山岭、平原,
仿佛从此挣脱了锁链,
 从此便自由自在。

"不谈这些了;如今,有了你,
我才算真正幸福如意,
 情怀也变得高尚;
我灵魂已从黑暗中得救,
正如曙光出现在东头,
 把整个天空照亮。"

但这些好心思转眼就溜走,
不留下一点指望和盼头,——
 热情已化为淡漠;
新的目标有新的乐趣,
他又巴不得还像过去

---

① 此人身份是军人,所以说话时爱用军队生活方面的比喻。

过无法无天的生活。

他心里正经历这番动荡,
他们的远航已准备停当,
　　双双向海岸出发啦。
可是,小伙子一到港口,
便甩掉鲁思,独自出走,
　　她再也见不到他啦。

求上帝保佑鲁思!真可怜!
有半年光景,她疯疯癫癫,
　　被送到牢房里关押;①
在那儿,尝够了辛酸委屈,
她唱着一支支惨痛的歌曲,
　　歌词净是些疯话。

也有些时辰,她不算太苦:
牢房外不缺阳光和雨露,
　　也不缺解闷的春光;
关押时,这些都与她同在;
清亮的溪水,调子欢快,
　　在卵石沙砾上跳荡。

---

① 把精神病人关进监牢以防不测,是当时的习惯做法。据一九九三年六月九日《泰晤士报》透露,这种做法在英国至今仍未绝迹。

三个季度就这样度过,
鲁思的苦难有了些缓和:
　　她从牢房里逃出;
四处流浪,没有人顾惜,
乐意在哪里,就在哪里
　　寻找饭食和住处。

重新呼吸于原野田畴,
她的思绪像滚滚川流,
　　没遮拦,永不停顿;
后来,她到了托恩河①畔,
便留在那里;孤单无伴
　　在冬青树下栖身。②

触动她愁思的阳春景致,
引起她伤感的池水、山石,
　　绿叶间,清风和畅;
对这些,她依旧深情眷爱,
生怕对它们有什么伤害——
　　像别人伤害她那样。

冬天,她在谷仓里过夜;
在此之前,当温暖季节

---

① 位于英格兰西南部萨默塞特郡境内。
② 冬青树为常绿乔木,枝叶繁密,可蔽风雨。

还不曾随风远遁,
（人人都承认这话不假）
她一直栖宿在冬青树下,
　　再没有别处安身。

清白的生灵,走错了方向!
鲁思,过不了多少时光,
　　就会老,就会凋残;
她必得熬受钻心的痛楚:
心灵够苦了,皮肉却更苦——
　　风雨,潮湿,严寒。

要是没吃的,饿得受不住,
她便离开林间的住处,
　　到一条大路旁边,
站在山坡下向路人乞讨——
骑马的路人见山坡陡峭,
　　慢悠悠上山下山。

她的燕麦秆短笛已丢弃,
又用茵陈蒿做一支长笛,
　　把孤苦情怀排解;
傍晚时分,匡托克山[①]下,
往往,当樵夫顺路回家,

---

① 见第 42 页注①。

听到这笛音幽咽。

我也曾从她身旁走过——
山上,有她的小小水磨
　在荒凉泉眼旁边;
这种磨,她早年也曾推动,
那时,她不哭,也不悲痛,
　那是她快乐的童年!

别了!等到你此生结束,
苦命的鲁思呵!神圣的泥土
　会把你躯体埋藏;
送葬的钟声将为你敲动,
全村的教徒,都在教堂中
　为你把圣歌高唱。

一七九九年

坚毅与自立

整整一夜,狂风如野兽咆哮;
 暴雨来势也凶猛,似滚滚洪流;
如今,风停了,雨住了,朝阳朗照;
 远处林子里只听得鸟雀啁啾;
 野鸽眷恋着自己甜美的歌喉;
喜鹊和樫鸟一声声互相应答;
空气里充溢着潺潺流水的嬉笑喧哗。

喜爱阳光的万物都来到外边;
 天穹也因晨曦初现而欣喜;
草茵缀满了雨珠,光华闪闪;
 野兔在旷野飞奔,舒心快意;
 地上水汪汪,它一跑,脚儿便掀起
一线水花儿——阳光一照,亮晶晶,
不管到哪里,水花儿总跟它一路同行。

我是个过客,走在这片荒原上;
 看得见野兔高高兴兴地跑着;
听得见树林和远处河水的喧响,

也有时听不见,像孩子一样快活;
　　这迷人的季节占据了我的心窝;
我便一股脑儿忘掉了纷纭的往事,
忘掉了世人的景况——悲惨而又愚痴。

这样的情形我们有时会碰到:
　　当欢乐达到饱和,便突然泄气,
欢娱尽兴时我们升举得越高,
　　颓唐失意时也就沉落得越低;
　　那天早上,我就有这样的经历;
忧惧和幻想都来了,密密稠稠;
陌生的、无以名之的昏乱思绪和哀愁。

我听见天空里婉转啼鸣的云雀,
　　想起旷野上欢腾嬉戏的野兔;
我也是大地之子,也幸福愉悦,
　　和这些生灵一样,把时光欢度;
　　与世隔绝,远离世间的愁苦;
可是,另一种日子也许会来临——
孤苦伶仃,内心痛楚,艰难贫困。

我回顾生平,一直是心情畅快,
　　仿佛人生永远是晴明长夏;
仿佛要什么有什么,都送上门来,
　　只要有善心,就有善行来报答;
　　可是,谁又能指望别人爱他,

听从他,给他盖房子,给他种地,
要是他自己全不操心,全不措意?

我想到奇才异禀的少年,查特顿①,
　　他心神劳瘁,盛年便匆匆凋谢;
还想到那位躬耕陇亩的诗人②,
　　他在山坡下犁地,豪迈而欢悦;
　　我们的心智使我们超越于凡界;
我们诗人,年少时心欢意畅;
到头来衰颓老大,只剩下沮丧癫狂。

在这荒僻的、渺无人迹的所在,
　　正当我排除这些不快的忧思,
这时,也许是出于慈惠的关怀,
　　也许是由于上天的指引和厚赐,——
　　我突然看到:前边,一个老头子
在阳光映照的水池子旁边站着,
仿佛是所有白发老人中最老的一个。

像偶尔可以见到的巨石一块,
　　孑然横卧于一处光秃的高阜;

---

① 即托马斯·查特顿(1752—1770),英国天才诗人,所写"罗利诗篇"很有名,十八岁就在穷愁潦倒中自杀而死。
② 指罗伯特·彭斯(1759—1796),著名的苏格兰农民诗人,三十七岁就在贫病交迫中死去。华兹华斯一八〇三年游苏格兰时到过彭斯的故居和墓地,感触很多,先后写了三首诗,诗中可看出他对彭斯的倾慕和彭斯对他的影响。

谁在无意中瞥见了,都不免奇怪:
　　它从何而来,又如何来到此处;
　　俨然是一个具有灵性的活物:
像一头海兽,爬到平坦的岩礁上
或者沙洲上,安然静卧着,晒着太阳——

这老头便像这般;偌大年纪,
　　没死,也不像活着,也不曾睡去;
走过了人生的长途,佝偻的背脊
　　向前低俯,头和脚几乎相遇;
　　看起来,多年以前,这一副身躯
便为苦难所磨损,疾病所摧伤,
力不胜任的重负,压垮了他的脊梁。

他用一根削过的灰白色木棍
　　支撑着上肢、躯干、苍白的瘦脸;
我步子轻轻的,渐渐向他走近,
　　这老头,仍然站在水池子旁边,
　　一动也不动,就像是浓云一片:
这浓云,听不见周遭呼啸的狂风;
它要是移动,便是整片整团地移动。

他终于动了:只见他摇摇晃晃,
　　把木棍探入池水,搅动一阵,
又仔细察看那一汪混浊的泥汤,
　　凝神注目,就像在捧读书本;

这时,我便以过路客人的身份
走到他身边,跟他打招呼,说道:
"从早晨光景看来,今天天气准好。"

老人客客气气地给我回话,
　　他说话声调舒缓,礼数周详;
我继续跟他攀谈,又这样问他:
　　"你在这地方,干的是什么行当?
　　对于你,这地方未免过于荒凉。"
他听了,那一双仍然有神的眸子里
微光一闪,稍稍流露出几分惊异。

他虚弱的胸腔吐出虚弱的声调,
　　却井然有序,词语一个跟一个;
从容的谈吐几乎有几分崇高,
　　妥帖的措词像经过一番斟酌,
　　不同凡俗,是堂堂正正的申说;
像庄重的教士按照苏格兰礼仪,
恰如其分地称道凡人,赞美上帝。

他说,只因他又老又穷,所以
　　才来到水乡,以捕捉蚂蟥为业;
这可是艰险而又累人的活计!
　　说不尽千辛万苦,长年累月,
　　走遍一口口池塘,一片片荒野;
住处么,靠上帝恩典,找到或碰上;

119

就这样,老实本分,他挣得一份报偿。

他在我身旁谈着;但他的声调
　　这时仿佛变成了喁喁的流泉,
低沉隐约,我简直难以听到,
　　连贯的词语也难以一一分辨;
　　他的形影,我恍若梦中曾见;
莫非他奉命而来,来自远地,
要以明智的箴言,授我以做人的毅力?

我先前的思虑——重现在心中:
　　致命的忧惧;自立谋生的愿望;
风霜,苦难,辛劳,肉体的病痛;
　　一个个卓越诗人悲惨的死亡。
　　我惶惑不安,又渴望心神宽畅,
便迫不及待,向老人旧话重提:
"请问,你怎么过活?干的是什么活计?"

他笑了一笑,也向我重提旧话——
　　说他为捕捉蚂蟥,东奔西跑;
走进一口口池塘——蚂蟥的老家,
　　像眼前这样,把周围池水翻搅。
　　"从前,它们到处有,容易捉到;
这些年,它们变少啦,越来越少;
我还是干下去,哪儿找得着,就上哪儿找。"

老人就这样谈着；我听着他的话,
　　望着他佝偻的身影和这片荒原,
不由得感叹不已:仿佛看见他
　　无休无歇,把远近荒原踏遍,
　　孤零零四方漂泊,默默无言。
正当我心头奔涌着这些思绪,
只见老人停了一会儿,又接着说下去。

说着说着,又扯到别的话题;
　　他愉快,亲切,更有庄严的气派；
听他说完了,我不禁耻笑我自己,
　　因为我看出:他那把瘦骨残骸
　　藏着一颗心,却如此坚强豪迈。
"上帝呵!"我说,"扶助我,做我的后盾;
让我记挂着荒原上捕捉蚂蟥的老人!"

　　　　　　　一八〇二年五月三日至七月四日

鹿 跳 泉[*]

鹿跳泉是一股涓涓的流泉,位于约克郡由里士满通往阿斯克里格的大路近旁,距里士满约五英里。该泉得名于一次盛大的狩猎,本诗第二部中述及的石柱等物就是为纪念那次狩猎而设立的。如诗中所述,这些纪念物至今犹存。[①]

第 一 部

爵士骑着马走下温斯利荒原[②],
　　马儿懒洋洋,慢得像夏天的云彩;
这时,他来到一个家丁的门前,
　　大声吆喝着:"给我换一匹马来!"

---

[*] 丹麦著名文学史家勃兰兑斯(1842—1927)在《十九世纪文学主流》(第四分册)中说:"基督教要人们爱自己的同类,泛神论却要人们爱最卑微的动物。《鹿跳泉》无疑是华兹华斯最美的篇章之一,……这首文笔淳朴、感人至深的诗,……是华兹华斯所特有的对自然由衷虔敬的崇高证明。"(见人民文学出版社1997年版江枫译文。)

[①] 这篇小序是华兹华斯自己写的。序中提到的约克郡位于英格兰北部,里士满和阿斯克里格都是约克郡北部的城镇。

[②] 位于约克郡北部。

"换一匹马来!"家丁听到了叫喊,
  牵出他漂亮的灰马——最棒的一匹;
沃尔特爵士纵身跃上了马鞍;
  这是那一天他的第三匹坐骑。

骑士和坐骑简直是天生一对:
  腾跃的骏马两眼闪耀着欢乐;
沃尔特纵马疾驰,似鹰隼高飞,
  气氛里却含有令人忧郁的沉默。

那天早上,从这位爵士的门庭
  奔出一大群人马,震天动地;
如今呢,人马都垮了,无踪无影;
  这样的狩猎呵,只怕是史无前例。

沃尔特爵士,急得像乱转的旋风,
  吆喝残存的几条疲乏的猎狗——
白狼,飞毛腿,金嗓子——狗里的英雄,①
  叫它们鼓劲爬山,跟在他身后。

他吆喝它们,催它们,给它们打气,
  一会儿央求,一会儿瞪眼叫骂;
它们却喘着粗气,耷拉着眼皮,
  摊开四条腿,都在草丛里趴下。

---

① "白狼""飞毛腿""金嗓子"是三条猎狗的诨名。

上哪儿去了,那人喊马嘶的队列?
　　上哪儿去了,欢乐的号角和喧呼?
这次狩猎竟不像人间的狩猎,
　　只剩下沃尔特爵士和那头公鹿。

可怜的公鹿沿山坡跑得好苦;
　　它到底跑了多远,我不说也罢;
它到底怎么死的,也不必细述;
　　如今,沃尔特看见它死在地下。

爵士便下马,背靠着一棵山楂;
　　身边没一条猎狗,没一个童仆;
既不把鞭子抽响,也不吹喇叭,
　　喜滋滋,不吭声,端详着他的猎物。

沃尔特靠着的那棵山楂树旁边,
　　是帮他建立功勋的伙伴——那匹马,
像刚刚生下的羊羔一样软绵绵,
　　一身大汗,白花花,似雨淋雪洒。

旁边躺着那头鹿,肢体横陈,
　　鼻孔紧贴着山下的一股流泉,
它在咽气时发出最后的呻吟,
　　泉水便颤抖,泛起了涟漪一片。

这爵士兴头十足,没法安静,
　　(什么人也不曾这样心花怒放!)
东西南北团团转,转个不停,
　　朝那股可爱的泉水望了又望。

沃尔特爬上那座山(山坡险峻,
　　至少有六丈多高),他这才看见
那头被追的公鹿有三处蹄印
　　留在陡峭山坡的草泥上面。

爵士擦擦脸,叫道:"从古到今,
　　什么人也没见过这样的奇迹:
它只跳三下,就从这么高的山顶
　　跳到了泉水旁边——在那里咽气。

"我要在这里盖一座游乐的华屋,
　　搭一座富有田园情趣的花亭;
让过往客人歇脚,让游人留宿,
　　让羞羞答答的闺女在里面谈情。

"我还要请来能工巧匠一位,
　　在这股泉水下面砌一个石潭;
从今以后,有谁提到这泉水,
　　都得叫它:'鹿——跳——泉'。

"我为了给你扬名,勇敢的公鹿!

还要留一样东西作为纪念:
我要用粗石造成三根石柱,
　　立在你蹄子踏破草泥的地点。

"等夏季一到,白天越来越长,
　　我要带我的情人来到这里;
那时,有舞女跳舞,有歌手吟唱,
　　我们要在花亭里尽情游戏。

"除非是山崩地陷,我这座华屋
　　和这座花亭一定要长远留存;
这乐园属于绥尔河①两岸的农夫,
　　属于尤尔河②一带的林地居民!"

他转身回家,把死鹿留在泉边——
　　可怜它气息全无,肢体全僵。
不久,爵士的许愿便一一兑现,
　　这块地方的名声也远近传扬。

月亮一圆一缺还不满三次,
　　清清泉水便流入新砌的石潭;
山坡上竖起了三根粗石柱子,
　　一座华屋也在山谷里出现。

————————

①② 均为约克郡境内的河流。

傍着泉水,把野花修长的花茎
　　交缠于小树株株、藤萝缕缕,
很快搭起了一座蓊郁的花亭,
　　绿叶严实,挡得住阳光风雨。

夏季来到,白天变长了,沃尔特
　　带着他惊讶的情人来到这里;
这时,有舞女跳舞,有歌手唱歌,
　　他们便在花亭里尽情游戏。

沃尔特爵士到头来一命归天,
　　祖传的谷地里埋下了他的骨殖。
可还有下文,能写成第二部诗篇——
　　下面,我接着再讲另一段故事。

第 二 部

我不会用离奇事件打动人心,
　　也不会用惊险情节叫人恐惧;
我的爱好是:独坐于夏日凉荫,
　　只为有心人吹一支简朴的乐曲。

我从霍斯镇①前去里士满,途中
　　偶然望见谷地里有三棵白杨

---

① 约克郡一集镇,在里士满西南。

在方形土冈的三个犄角上高耸；
　　有一棵，离一股清泉不到一丈。

这究竟意味着什么，我难以推断；
　　随后，我勒住缰绳，叫马儿暂停，
又望见三根石柱，并立于一线，
　　最远的一根，立在阴沉的山顶。

那些树，无枝无叶，灰暗萧索，
　　那土冈，不黄不绿，荒凉枯瘠；
我说了一句（你大概也会这么说）：
"这里，有往日人们劳作的遗迹。"

我眺望那座荒山的远处近处，
　　从来没见过这等悲凉的景象；
仿佛这地方春天从来不光顾，
　　仿佛自然界万象都甘愿衰亡。

正当我站着，陷入沉思和幻想，
　　一个人，牧人装束，向谷地走来；
于是我迎面走去，跟他搭腔，
　　问他：这里究竟是什么所在。

牧人停下来，把故事从头细讲——
　　我前篇①所讲的，便是复述他的话。

---

① 指本诗第一部。

"早先,"他说,"这是个快活地方!
　　可是如今,它毁了,遭了天罚。

"您且瞧瞧这几棵枯死的白杨——
　　有人说是山毛榉,有人说榆树——
这便是花亭;而那边,是那座殿堂——
　　上百个王国里数一数二的华屋!

"花亭的遗迹说明了它的景况;
　　您瞧,这石头,这山泉,这流水清清;
至于那座华屋么,您也不妨
　　用半天时光,追寻那忘却的梦境。

"再没有狗儿、羊儿、马儿或小牛
　　到石潭边上来,用泉水润润嘴唇;
常常,半夜里,当万物都已睡熟,
　　泉水就发出悲悲切切的呻吟。

"有人说这里发生过一次凶杀,
　　冤冤相报,造成这一片荒芜;
我坐在阳光下想过,照我想,只怕
　　报应的起因是那头不幸的公鹿。

"谁知道那头鹿心里是什么想法!
　　竟然从这么陡峭的悬崖绝顶
跳到这水边,您瞧,只跳了三下!
　　这样跳,主啊! 简直是豁出性命!

"它跑了十三个钟头,难逃一命;①
　　咱们脑子不灵巧,实在说不上
为什么它一心惦着这里,一定
　　要奔这里来,要死在泉水近旁。

"也许,它曾在这片草地上酣眠,
　　夏夜清幽,这泉声催它入睡;
也许,它初次离开母亲的身边,
　　初次喝到的,便是这里的泉水。

"也许,四月的清早,山楂花开,
　　它曾在这里听鸟雀欣然合唱;
也许(有谁知道呢),它就出生在
　　离这股泉水不到百米的地方。

"如今呢,这一带不见绿荫,不长草,
　　天底下再没有这样凄凉的山谷;
照我看,这里会长远如此,一直到
　　树木、石头、泉水都化为虚无。"

---

① 老牧人的这句话透露了:沃尔特爵士和他的大群人、马、猎狗追袭这头鹿,竟连续追袭了十三个小时之久。本诗第一部中着力渲染的一些情节("人马都垮了";残存的几条猎狗也都趴下了;沃尔特一天之内换乘了三匹坐骑,第二匹到后来竟"慢得像夏天的云彩",第三匹——"最棒的一匹"终于也"像刚刚生下的羊羔一样软绵绵"了,等等),至此才恍然有了解答。

"白发苍苍的牧人,你说得有理;
　　你的信念跟我的差不了多少;
公鹿的横死,造化不会不在意,
　　她以神圣的悲悯表示了伤悼。

"上帝寓居于周遭的天光云影,
　　寓居于处处树林的青枝绿叶;
他对他所爱护的无害的生灵
　　总是怀着深沉恳挚的关切。①

"游乐的华屋已成灰;前后左右,
　　这一带荒凉凄惨,非比寻常;
可是造化,到了合适的时候,
　　又会给这里披上繁花的盛装。

"是她让这些遗物渐次陵夷,
　　以此来揭示我们今昔的变迁;
而一旦时来运至,这些遗迹
　　又会被一片花草绿荫所遮掩。

"她所展现的,她所隐藏的,这两者
　　包含着教诲,牧人呵,你我要恭听:

---

① 在欧洲人的观念中,造化(即自然)为阴性,故用"她";上帝为阳性,故用"他"。作者认为上帝就在周遭的天光云影中,就在树林的青枝绿叶里,上帝与自然几乎合而为一,这显然是泛神论的观点。

我们的欢情豪兴里，万万不可
羼入任何微贱生灵的不幸。"

一八〇〇年一月或二月

廷 腾 寺[*]

五年过去了,五个夏天,和五个
漫长的冬季!如今,我再次听到
这里的清流①,以内河的喁喁低语
从山泉奔注而下。我再次看到
两岸高峻峥嵘的危崖峭壁,
把地面景物连接于静穆的天穹,
给这片遗世独立的风光,增添了
更为深远的遗世独立的意味。
这一天终于来了,我再次憩息于
这棵苍黯的青枫树下,眺望着
一处处村舍场院,果木山丘,
季节还早,果子未熟的树木

---

* 原题较长,全文译出为:《旅途中重游瓦伊河两岸,作于廷腾寺上游数里处》。通常简称《廷腾寺》。廷腾寺是久已倾圮的中世纪寺院,位于英格兰西南部蒙茅斯郡瓦伊河畔,离海滨不远。一七九三年八月,华兹华斯曾徒步来此地游览;五年之后,一七九八年七月,又和妹妹多萝西同来,写出了这首命意恢宏、寄情深远的名作。

① 指瓦伊河——英国主要河流之一,发源于威尔士,在廷腾以南入海。据作者原注,廷腾以北仅数里,海潮的影响就达不到了,河水也就平静如内河(内陆河流)。

一色青绿,隐没在丛林灌莽里。
我再次看到这里的一排排树篱——
算不算树篱也难说,无非是几行
活泼欢快的、野性难驯的杂树;
一片片牧场,一直绿到了门前;
树丛中悄然升起了袅绕的烟缕!
这难以捉摸的信息,也许是来自
林子里没有屋宇栖身的流浪汉,
要么,是来自隐士的岩穴,那隐士
正守着火堆独坐。
　　　　　　这样的美景
在多年阔别期间,对我也并非
漠无影响,如同对盲人那样;
而是时常,当我孤栖于斗室,
困于城市的喧嚣,倦怠的时刻,
这些鲜明的影象便翩然而来,
在我血脉中,在我心房里,唤起
甜美的激动;使我纯真的性灵
得到安恬的康复;同时唤回了
那业已淡忘的欢愉:这样的景物
对一个善良生灵①的美好岁月,
潜移默化的作用未必轻微:
他②也曾出于善意,出于爱,做过
一些早已淡忘的无名小事。

---

①② 皆作者自指。

我同样深信,是这些自然景物
给了我另一份更其崇高的厚礼——
一种欣幸的、如沐天恩的心境:
在此心境里,人生之谜的重负,
幽晦难明的尘世的如磐重压,
都趋于轻缓;在此安恬心境里,
爱意温情为我们循循引路,——
直到这皮囊仿佛中止了呼吸,
周身的血液仿佛不再流转,
躯壳已昏昏入睡,我们成了
翩跹的灵魂;万象的和谐与怡悦
以其深厚的力量,赋予我们
安详静穆的眼光,凭此,才得以
洞察物象的生命。
　　　　　　　这样的信念
即使是空想,我也忘不了:多少次,
在沉沉暗夜,在郁郁不欢的白天,
在尘俗百态之中,枉然无补的
焦躁忧烦,浊世的昏沉热病,
不断袭扰这怔忡悸动的心房,
那时,多少次,我心思转而向你——
林间的浪游者,绿荫掩映的瓦伊河!
那时,多少次,我神魂向你飞去!

有了余烬重燃的思想微光,
有了对旧日景物的依稀辨识,

还有几分惘然若失的困惑,
心中的图像如今又栩栩重生;
如今,我站在这里,不仅感到
眼前的欢愉,还深为欣幸地知悉:
此时此刻,已经收藏了、储备了
未来岁月的活力和滋养。我敢于
抱这种希望,尽管,无可置疑,
我已不同于当年的旧我——当年①,
我初来这一片山野,像一头小鹿
奔跃于峰岭之间,或深涧之旁,
或荒溪之侧,听凭自然来引导;
那情景,既像是出于爱慕而追寻,
更像是出于畏惧而奔逸。那时
(童年的粗野乐趣,蠢动戏耍,
都成了往事),唯有自然,主宰着
我的全部的身心。——那时的我呵,
委实是难以描摹。轰鸣的瀑布
似汹涌激情,将我纠缠不舍;
高山,巨石,幽深昏暗的丛林,
它们的形态和色彩,都成了我的
强烈的嗜欲;那种爱,那种感情,
本身已令人餍足,无须由思想
给它添几分韵味,也无须另加
不是由目睹得来的佳趣。——然而

---

① 指五年以前(作者二十三岁时)。

那样的时光消逝了,痛切的欢乐,
眩目销魂的狂喜,都一去无踪。
对此,我并不沮丧或怨尤;随后
我别有所获;而这些损失,我想,
会得到充足的补偿。因为,对自然,
我已学会了如何观察,不再像
粗心的少年那样;我也听惯了
这低沉而又悲怆的人生乐曲,
不粗厉,也不刺耳,却浑厚深沉,
能净化、驯化我们的心性。我感到
仿佛有灵物,以崇高肃穆的欢欣
把我惊动;我还庄严地感到
仿佛有某种流贯深远的素质,
寓于落日的光辉,浑圆的碧海,
蓝天,大气,也寓于人类的心灵,
仿佛是一种动力,一种精神,
在宇宙万物中运行不息,推动着
一切思维的主体、思维的对象
和谐地运转。因此,我仍如往日,
喜爱草原、森林和崇山峻岭,
喜爱这绿色世界的百态千姿,
喜爱我耳目所及的森罗万象——
其中,有仅凭耳目察觉的,也有
经过加工再造的。我深为欣慰,

能从自然中,也从感官的语言①中,
找到我纯真信念的牢固依托,
认出我心灵的乳母、导师、家长,
我全部精神生活的灵魂。
即使
我不曾受过这样的教化熏陶,
我的生机活力也不会消退,
因为,在这景色清幽的河畔,
有你陪着我,最亲最爱的亲人②!
哦,亲爱的亲人,从你的声音里,
我又听到了往日心灵的语言;
从你的灼灼眼神中,我又看到了
往日的乐趣。让我再看你一会儿,
亲爱的妹妹,让我从你的形影里
重寻我往日的音容笑貌!这是我
诚挚的祈求,我也诚挚地相信:
自然决不会亏负爱她的心灵;
她有独具的权能,总是不倦地
引导我们,在悠悠一生岁月里,
从欢乐走向欢乐。她能够激发
我们内在的灵智,让安恬与美
沁入我们的心脾,用崇高信念
把我们哺育滋养;唯其如此,

---

① 指感官对大自然所做出的反应。
② 指作者的妹妹多萝西。有关多萝西的这一段,参看第9页注①。

世人的飞短流长,无稽的指责,
自私之徒的嘲讽,伪善的寒暄,
无聊的交往,都不能使我们就范,
也不能干扰我们怡然的信念——
宇宙万物,无一不仰沐天恩。
那么,你独自漫步的时候,让月光
把你朗照吧;让卷着薄雾的山风
自由畅快地向你吹来吧。尔后,
当心醉神迷的狂喜逐渐转化为
清明恬静的欢愉;当你的心府
成了缤纷美景聚居的广厦,
你的记忆里,交响着无数甜美的
乐音;哦!那时,若是你陷入
孤独或恐惧,痛苦或忧伤,你就会
以何种温婉欣悦的、有如灵药的
心思,想起我,想起我这些劝勉!
也许,日后,我会离你而远去,①
在那边,再也听不到你的声音,
再也不能从你的眼神里看到
已逝年华的光影;到那时,你也
不至于忘记:你我曾并肩站在
这风景秀丽的河边;不至于忘记:
多年来,我敬奉自然;到此地游览
也是来向她参拜;我乐此不疲,

---

① 指死亡。

爱她越来越炽烈,越来越深沉,
越来越虔敬。你也不至于忘记:
我久别重来,只觉得,这些峥嵘的
峭壁,挺拔的树林,碧绿的原野,
比往年更加可亲可爱了——既由于
它们本身,也由于有你在这里!

一七九八年七月十三日

水　鸟

瞧这群水上安家的羽族,是怎样
以娴雅的姿态(也许不亚于天使),
一再延长它们奇妙的游戏!
多少次,凭着英气勃勃的翅膀,
飞到与峰顶相齐的半空,画出
一个广大的圆圈——比下边的湖泽
(它们的游息之乡)还更为广大;
多少次,乐此不疲地,回旋往复地,
沿着大圆圈绕了一遭又一遭;
在这种欢乐的巡游里,忽前忽后,
忽高忽低,画出了几百条曲线,
几百个小圆圈;线路虽纷繁错杂,
秩序却井然不紊,仿佛有神力
调度着它们不懈的飞航。静止了——
我不止十次猜想它们歇息了;
可你瞧!消失的一群又腾空而起,
迎面而来——听得见振翅的声音:
始而低沉,继而是一阵急响
匆匆掠过,又低沉下去。鸟儿们

怂恿阳光在羽翼翎毛间逗弄,
怂恿冰封的湖水亮出图像来——
亮出的是它们自己翩跹的影子
闪动在光洁的冰上;有时飞得低,
贴近了冰面,影子便更加鲜明,
也更加柔美;接着又猛然一冲,
高飞直上,急如星火,就像是
对歇息和歇息之处都不屑一顾!

　　　　　　　　　　一八〇〇年三月

无 题[*]

修女不嫌修道院房舍狭小；
　　学者满足于枯守书斋一隅；
　　隐士满足于茅庵；纺纱的少女，
织布的工匠，在纺车、织机前坐好，
都自得其乐；蜜蜂把香花寻找，
　　飞越弗尼斯①最高的山峰，终于
　　又钻入毛地黄②花冠，嗡嗡低语。
给自己画地为牢算不得监牢：
拿我来说，在不同心境里，把自身
　　拘禁于十四行诗的狭小地界
　　是一种消遣；我也会为之欣悦，
倘若有（我相信准有）这样的灵魂——
厌倦于海阔天空，愿步我后尘，
　　愿到这方寸之土来寻求慰藉。

　　　　　　　　　　　　一八〇六年

---

* 这首诗用了一连串比喻来说明：十四行诗虽然篇幅狭小，却适合于诗人在不同心境里抒发情怀，以此自娱并获得慰藉。
① 此山在兰开夏郡，温德密湖以西。
② 此花于初夏开紫色或白色花，花冠钟状。

咏乔治·博蒙特爵士所作风景画一帧[*]

赞美这丹青妙笔吧:它能叫浮云
　　停止飘游,凝成这一团明艳;
　　它不让这淡淡烟缕随风消散,
也不让这朗朗阳光晦暗阴沉;
它止住这些游人的脚步——趁他们
　　还不曾隐没于这片幽林背后;
　　波平如镜,它让这一叶轻舟
在湖湾僻静处,停靠得牢牢稳稳。
清晨,中午,黄昏,以变幻的姿容
　　供你入画,抚慰心魂的手笔!
　　你志趣高卓,却又朴实平易;
为了让凡人一开眼界,你从
　　急促流光里截取了这一瞬息,
　　赐它以永恒上界特有的静谧。[①]

一八一一年八月

~~~~~~~~~~~~~~~~~~~~

[*] 乔治·博蒙特爵士,英国国会议员,风景画家,华兹华斯的友人。
[①] 这首诗中,前八行的四个"它"指"妙笔",后六行的三个"你"指"手笔",都是指博蒙特的绘画艺术。末行的"它"指"这一瞬息"。

致 睡 眠

一头跟一头慢悠悠走过的白羊，
　　雨声，蜜蜂的低语，奔泻的川流，
　　清风，碧海，平旷的原野田畴，
澄洁的天宇，白茫茫一片湖光——
这种种，我在卧榻上轮番想象，①
　　总也睡不着；从那边果园中，不久
　　就会传来鸟雀们第一阵啁啾，
还有杜鹃第一声忧郁的吟唱。
昨夜如此，前两夜同样如此，
　　睡眠呵！你总也不肯悄悄降临；
来吧，莫让我再把今夜虚掷：
　　没有你，岂不辜负了明艳的清晨？
来吧，把今天与明天分开的界石，
　　清新思想和健康体魄的母亲！

一八〇七年发表

---

① 想象这些单调的声音和景色有助于入睡。

无　题[*]

当欢乐涌来,我像风一般焦急
　　要找人分享这喜悦——不找你找谁?
　　你却在深深墓穴里悄然入睡,
那儿永没有变化,万古如一。
出于真诚的挚爱,我又想起你——
　　我怎会忘了你呢?凭借着什么
　　居然能够哄住我(哪怕只片刻),
让我把惨痛的损失淡然忘记?
这悔恨自责的心思萦回不已,
　　成了我最深的痛苦,最大的悲哀,
仅次于那一回①——当我绝望地僵立,
　　知道我最爱的珍宝已不复存在,
知道而今而后的悠悠岁月里,
　　那天使一般的面影再不会回来。

一八一三年(?)

---

* 为作者夭折的女儿凯瑟琳而作。凯瑟琳生于一八〇八年九月,死于一八一二年六月。
① 指凯瑟琳夭折之时。

无 题

好一个美丽的傍晚,安恬,自在;
　这神奇的时刻,静穆无声,就像
　　屏息默祷的修女;硕大的夕阳
正冉冉西沉,一副雍容的神态;
和煦的苍天,蔼然俯临着大海:
　听呵!这庞大生灵①已经醒寤,
　　他②那永恒的律动,不断发出
雷霆的巨响——响彻千秋万代。
亲爱的孩子!走在我身边的女孩!
　即使你尚未感受庄严的信念,
　　天性的圣洁也不因此而稍减:
你终年偎在亚伯拉罕的胸怀,③
　虔心敬奉,深入神庙的内殿,
　　上帝和你在一起,我们却茫然。

一八〇二年八月

---

①② 皆指大海。
③ 亚伯拉罕是《旧约·创世记》中所说的犹太人的始祖。"亚伯拉罕的胸怀",意为"天国"或"极乐境界",典出《新约·路加福音》第十六章。这行诗是说那个女孩终年与大自然脉息相通。下面两行进一步指出:亲近大自然也就是亲近了上帝。

无 题

海上的航船,要驶向何方陆地?
　像黎明飞起的云雀,气爽神清,①
　她②装扮一新,欣欣然扬帆启碇;
是驶向炎炎赤道?或皑皑北极?
何须多问!——她对朋友或仇敌
　都毫不萦怀;且让她遨游四境,
　前方有熟稔的名称,熟稔的路径,
有阵阵海风吹来熟稔的气息。
我仍然要问:她前往何方港口?
　与往昔相仿——那时航船还罕见
　(似香客稀稀落落,漂过水面),
我心头又有了疑虑和耿耿隐忧,
　又有了对万古沧溟的敬畏之感,
当我目送你远去,欢快的孤舟!

一八○四年三月以前

---

① "像黎明飞起的云雀"一语,出自莎士比亚十四行诗第二十九首。
② 指上文的"航船"。

无　题

这尘世拖累我们可真够厉害：
　　得失盈亏,耗尽了毕生精力；
　　对我们享有的自然界所知无几；
为了卑污的利禄,把心灵出卖！
这大海,她向明月袒露着胸怀；
　　这天风,他只想昼夜呼号不息,
　　如今却像熟睡的花朵般静寂；
对这些,对万物,我们都不能合拍,
都不能感应。——上帝呵！我倒情愿
　　当个异教徒,为古老信条所哺养；①
那么,在这片草地上,我就能瞥见
　　异样的情景,宽慰这凄苦的心肠；
看得见普罗谛乌斯现形于海面,
　　听得见特里同把螺号悠悠吹响。②

一八〇七年发表

---

① 下文的两个海神都出于希腊神话。希腊神话带有明显的多神教色彩,与属于一神教的基督教教义诸多抵牾,因此被视为异教。
② 普罗谛乌斯,变化多端的海神,原形为老人。特里同,半人半鱼的海神,他的螺号既能使海涛汹涌,也能使海面平静。在以上两行中,华兹华斯化用了斯宾塞和弥尔顿的诗句。

无　题

别小看十四行；批评家,你皱起双眉,
　　忘了它应得的荣誉:像钥匙一把,
　　它敞开莎士比亚的心房①；像琵琶,
彼特拉克②的创痛靠它来抚慰；
像笛子,塔索③吹奏它不下千回；
　　卡蒙斯④靠它排遣逐客的离情；
　　又像桃金娘莹莹绿叶,在但丁
头上缠绕的柏枝里闪烁明辉；⑤
像萤火,它使温雅的斯宾塞⑥振奋,
　　当他听从召唤,离开了仙乡,

～～～～～～～～～～

① 莎士比亚写过十四行诗一百五十四首。
② 彼特拉克(1304—1374),意大利诗人,写过十四行诗三百多首,歌咏他对少女萝拉的爱情。下文"创痛"指爱情上的失意。
③ 塔索(1544—1595),意大利诗人,写过十四行诗多首。
④ 卡蒙斯(1524？—1580),葡萄牙诗人,写过十四行诗多首。他曾长期被放逐,浪迹于摩洛哥、印度、中国澳门等地。下文"逐客的离情"指此。
⑤ 但丁为贝雅特里齐而写的抒情诗集《新生》中包括十四行诗多首。头上缠着柏枝,是表示对贝雅特里齐的悼念(欧洲人常以柏枝表示悼念)。桃金娘的叶子光泽鲜亮,所以能在柏枝里"闪烁明辉"。
⑥ 斯宾塞(1552—1599),英国诗人。他的十四行诗押韵形式独具一格,称为"斯宾塞体"。他以长诗《仙后》闻名于世,所以下行提到"仙乡"。

奋进于黑暗的征途;而当弥尔顿①

　　见一片阴霾潮雾笼罩路旁,
这诗便成了激励心魂的号角,
他昂然吹奏起来,——可惜呵,太少!②

一八二七年发表

---

① 约翰·弥尔顿(1608—1674),卓越的英国革命诗人和政治家。
② 弥尔顿扩大了十四行诗的题材和视野,但他总共只写了二十三首十四行诗(十八首用英文,五首用意大利文),所以华兹华斯认为他写得还"太少"。

无　题[*]

怀着沉静的忧思,我久久凝望,
　凝望缓缓西沉的红日——它俨如
　天上群星的万世不替的君主!
它周围依旧——依旧是澄碧的穹苍;
不一刻,它渐渐贴近了地平线上
　如壁的青山,在那儿褪下华服,
　愈烧愈暗,有如暗淡的火烛;
终于,温顺地,它向疾驶的流光
交割停当了,便默默消失不见。
　神明和天使! 当我们挣扎于老境,
体魄,才智,荣光,一一从顶点
　下降,消沉,陨灭,我们的情景
　与你,西沉的红日,是多么不同——
再没有明天重燃我们的光焰!

一八一九年发表

---

[*] 原诗韵式为 abba, abba, cde, dec;译诗前八行韵式依原诗,后六行,为补救两个 c 韵之间相隔四行之弊,改为 cdc, ddc。

无 题[*]

不必唱爱情,战争,内乱的风涛,
　不必唱沧桑演变留下的遗迹,
　不必唱志士仁人苦斗的业绩——
诗琴的音响何止这几种腔调!
有宁静和谐的境域,远离纷扰,
　那边,缪斯①也同样乐于去游憩,
　去眺望夕烟从田庄农舍间升起,
从林木葱茏的幽谷飘向云霄。
她赞许明智知足,志趣恬淡,
　也赞许寂寞勤苦,沉郁安详;②

~~~~~~~~~~~~~~~~

* 这首诗的中心大意是:诗人不要只唱激越奔放的调子,宁静婉约、温柔敦厚的歌曲才有永久的魅力。其实,作者本人中年以前也不乏雄健豪宕之作(例如《献给民族独立和自由的诗》中的若干篇什);而这首诗则是他中年以后(五十三岁)发表的,大约是由于年事渐高,英锐之气日减,沉静淡泊的一面便愈来愈占上风。

① 缪斯,希腊神话中主管诗歌、音乐和艺术的女神。上文第四行的"诗琴"即竖琴,是缪斯手中的乐器。下文第九行、第十一行的"她"都是指缪斯。

② "明智知足""志趣恬淡""寂寞勤苦""沉郁安详"等语,基本上是作者的自画像。作者认为,诗人的形象应当如此,缪斯所属望于诗人者也是如此。

她凝眸观赏晶莹明净的河川——
　水清见底,只因它缓缓流荡;
乐曲柔和,魅力才绵延久远;
　谦恭羞怯的花朵气味最芬芳。

一八二三年发表

一八一五年九月*

　　树上还没有一片叶子凋枯;
　　　庄稼成熟了,田野丰饶而壮丽,
　　　秋阳朗照;却已有凉风习习
　　从冬神挥舞冰刀霜剑的远处
　　吹来,预告严酷的变化,嘱咐
　　　花朵要留神;还低声耳语,唤起
　　　肃静无哗的鸟雀:"你们的大敌
　　逼近了,要筑好栖巢,加强防护。"
　　而我——遵奉仁慈的律令,厕身于
　　　讴歌自然的歌手之中——却觉得:
　　　绿叶间干涩的飒响,澄明的天色,

---

*　这首诗,表面上是歌咏眼前的秋景并属望行将来到的冬天,实际上还有更深一层的寓意。作者作此诗时四十五岁,正是中年,也正是人生的秋天,照他看来,这个秋天是"丰饶"而"壮丽"的;对于行将来到的冬天(指老年),作者也以欣悦的心情加以赞颂,说它比夏天(指壮年时期)更为"雄伟",更为"高洁"。和那些悲秋、叹老的调子相比,这首诗的精神境界似乎要高出一筹。过了四年之后,四十九岁的作者在《一八一九年九月〔其二〕》一诗中,更加明确地将季节与自己的年龄相比照,并指出秋天的欢乐不亚于春天;又过了二十一年之后(1840年),七十岁的作者写了一首十四行诗赠给女画家玛格丽特·吉列斯,诗中仍然说,老年岁月比青年时期更美、更神圣。

都预告一个雄伟季节的来到,
伴随着:霜雪,歌曲的天然乐趣,
  高洁的情怀——炎夏所不曾知晓。

                一八一五年

十一月一日

远山峰顶的银辉,那样皎洁,
　那样明锐,那样亮得出奇!
　　峰顶铺满了雪絮,柔润无比,
竟似另一个太阳照临世界,
光焰煌煌,要叱退临近的黑夜
　和闪闪繁星。此际,可有人乐于
　　踏上那琼峰玉顶——要是他能去?
那儿呵,虽也属尘世,却未遭尘劫:
　营营扰扰的众生,败坏了人寰,
　　却无力飞上雪峰,把那儿污染;
天神也不会侵损那一片美景——
皓白,璀璨,无瑕,纯然明净;
　坚贞耐久,阅尽了兴废变迁,
　　只待春回,看幽谷繁花开遍。

一八一五年

作于风暴中

这个人,正苦于灵魂的骚乱烦嚣,
　　连祈祷也未能给他带来慰藉;
　　他径自前行——正值狂风肆虐,
电火在白天奔窜,鬼祟刁狡,
突如其来的惊雷震撼九霄;
　　幽晦的树丛奏起癫狂的音乐,
　　甩下一簇又一簇残存的黄叶;
天昏地暗,群狼也战栗惊嗥,
仿佛太阳已陨没。他仰望苍穹,
　　不由得灵魂一震:看哪! 此刻
一块明净的天宇绽破了云层,
像蓝色圆盘——宣示着祥和宁静;
　　是不露形迹的、不期而至的使者,
来自永远与凡民亲近的天廷!①

一八一九年二月

---

① "亲近",原文为 nigh,这个词屡见于英译本《圣经》(如《旧约·诗篇》等处),意思是指上帝对凡人的亲近。

无 题

牧人翘望着东方,柔声说道:
  "月亮呵,你真亮,把遮住你的云彩
也照得通明!"这朵云,玲珑娇小,
  周身被清辉浸透,在天宇铺开;
明月却翩然把这幅面纱①甩掉,
  让光彩炫目的容颜显露出来,
  仿佛将她的美貌向天下表白——
那无端遭到侵损的天生美貌。
被她甩开的,飘然而去的云霓
  渐渐走远了,气色越来越阴郁;
这时,另一团浓云又汹汹进逼,
  来凌犯月轮,要把她明辉掩去;
  她呢,默默顺从了,隐退了——满足于
谦逊的自尊心那一次从容的胜利。②

一八一五年发表

---

① 指遮住月亮的云彩。
② 意思是:既然她(月亮)谦逊的自尊心已经得到过一次从容的胜利(指上文所述的甩掉云彩,显露容颜),她便感到欣慰和满足,也有了信心,不再介意尔后的云遮雾掩。

无 题

"月亮呵！你无声无息,默默登天,
　　这么苍白的脸色,忧伤的步履！"①
怎么不见你？——你常在高空露面,
　　在云间,像山林精魅那样驰驱！②
凄苦的修女们,时时掩抑着悲叹,
　　她们的步态才像你这般忧郁！
　　北风神,今晚,为了呼唤你前去
狩猎,会狂吹号角,响彻云端。③
我若像墨林④那样法力无边,
　　月神呵！我就会劈裂满天云霓,
让星斗一拥而出,和你做伴,

---

① 这两行诗,原系英国诗人菲利普·锡德尼(1554—1586)的十四行组诗《爱星者与星》第三十一首的头两行。华兹华斯为了押韵,把锡德尼原诗中的 skies 改为 sky。
② 据说,山林精魅快步如飞。人的肉眼本来看不出月亮的移动,但迅速飞扬的浮云常使人产生错觉,以为是月亮朝着相反的方向在急急奔驰。贾岛的诗句"走月逆行云"简练而又传神地描绘了这种景象(虽则是假象)。
③ 希腊罗马神话中的月神(阿尔忒弥斯或狄安娜)同时又是狩猎女神。
④ 西欧中世纪"亚瑟王传奇"中的预言家和术士,曾帮助亚瑟王创造出许多奇迹。

跟着你巡游,闪耀于青空万里;
可是,辛霞①呵!优胜者终究是你:
你是女王——由于美,也由于尊严。

      约一八〇四年三月以前

---

① 月神狄安娜的别名。

无 题

好比苍龙的巨眼,因睡意沉沉
　而蒙眬半闭;又好比一盏灯火
　在凄凉晦暗的潮雾中依稀闪烁:
天边,峰岭之间的缺口里,是一轮
幽幽的淡月,静止,沉寂,阴森;
　迷茫湖水里看不见她的倒影;
　浓云密布,不放出一颗星星
来给她做伴,来帮她散心解闷。
她郁郁不欢,把惨淡清光远送,
　可是,也许,环绕在她的身边,
是一个快乐的家族在天廷聚拢,
　星儿们团团围坐,头脸光鲜,
有说,有笑,又有唱,在合唱声中
　无数嗓音和心音融成了一片。

一八一五年发表

威斯敏斯特桥上*

大地再没有比这儿更美的风貌：
　　若有谁，对如此壮丽动人的景物
　　竟无动于衷，那才是灵魂麻木；
瞧这座城市，像披上一领新袍，
披上了明艳的晨光；环顾周遭：
　　船舶，尖塔，剧院，教堂，华屋，
　　都寂然、坦然，向郊野、向天穹赤露，
在烟尘未染的大气里粲然闪耀。
旭日金辉洒布于峡谷山陵，
　　也不比这片晨光更为奇丽；
我何尝见过、感受过这深沉的宁静！
　　河水徐流，由着自己的心意；
上帝呵！千门万户都沉睡未醒，
　　这整个宏大的心脏①仍然在歇息！

　　　　　　　　　　　一八〇二年九月三日

---

* 威斯敏斯特桥，伦敦市区横跨泰晤士河的一座大桥。
① 指伦敦。

无　题*

楞诺斯荒岛上,僵卧着,寂然不动,
　　菲洛克忒忒斯①像顽石雕像一般;
　　不时有野鸟飞来和他做伴,
停在他身上,或飞上他的神弓②,
逗得他严峻的脸上也露出笑容,
　　收了泪,舒了一口气,由此而冲淡
　　他横遭放逐,远离心爱的家园,
远离英雄的事业③这种种苦痛。
要相信:灵慧的生物往往能平缓

～～～～～～～～～～

*　华兹华斯认为:宇宙本来是一个和谐的整体,人类和各种生物都是造化之子,本来可以和睦共居,互相亲近。这首十四行诗,以困处荒岛的菲洛克忒忒斯和狱中的囚徒做例证,说明飞鸟和爬虫都对人类怀有亲切的同情;相反,倒是在人类内部,人与人之间的同情心已丧失殆尽。第一至十三行都是正面铺陈,并引出一个哲理性的结论;末行陡然一转,冷峭中含有殷忧。
①　希腊神话和荷马史诗中的墨利玻亚国王。他参加希腊人征讨特洛亚的战争,但在途经克律塞岛时被毒蛇咬伤,伤口经久不愈,化脓发臭,希腊人担心他留在军中会引起疫病,便把他遗弃在楞诺斯荒岛上。他在岛上独自苦熬了十年之久,后来又被希腊人接去参加特洛亚战争。
②　系赫拉克勒斯临死时所赠。后来菲洛克忒忒斯用这张百发百中的神弓射死了特洛亚战争的祸首帕里斯。
③　当系指特洛亚战争。

我们的心智所不能疗救的悲辛；
在囚徒看来，小小爬虫的出现
　也足以证明：巴士底监狱①再深，
也阻拦不了爱的光辉——尽管
　人对自己的同类已毫无情分。

一八二七年发表

---

① 十四至十八世纪法国的国家监狱，位于巴黎，十六世纪以后主要用于囚禁政治犯，是法国封建专制制度的象征。一七八九年七月十四日巴黎人民起义，攻破巴士底监狱，从此开始了震撼全欧的法国大革命。

致 杜 鹃

雨后初晴,树林里百鸟声喧,
　　其中,有什么震颤心胸的音响
　　比得上你的第一声啼鸣,比得上
你那孪生的、分不开的双音①,杜鹃!
阴湿地牢里,不见阳光和青天,
　　囚徒默数着苦难的年月,那地方
　　你的歌声能到达;病人在病房
听到你,便有了欢乐,有了笑颜。
也许有一日,高傲的苍鹰族类
　　会亡于天敌之手;也许有一日,
　　荒原里再也听不到怒吼的雄狮;
但只要还有鸡声来唤醒朝晖,
　　还有习习的轻风吹送你双翅,
　　你飘忽的清音就会在春天如约而至!②

　　　　　　　　　　　一八二七年发表

---

① 见第 84 页注①。
② 英文十四行诗通常每行都是抑扬格五音步。本诗原文末行比其他各行多一音步,为六步。译诗依原诗,末行亦为六顿。

赠一位年届七旬的女士[*]

这样的年龄多美！明慧的夫人，
　　你的形象呵，已由慈祥的造化、
　　圣洁的神灵加以提炼而升华：
纯净，精粹，远胜于血肉之身；
不论何时，我一见你的形影，
　　望着你未曾衰萎的白皙面颊，
　　你由于温顺而微微低俯的头颈，
　　你鬓角旁边银辉闪闪的鬈发，
我便想：你像寒冬开放的雪花莲，
　　淡雅宜人，能把我们的想象
　　从荒凉冬景引向和煦的春光；①
你也像夜幕四垂时素月高悬，

---

[*] 歌咏一位七十高龄的妇人，而且赞颂她的美（包括内心美和外形美），不能矫饰失真，不能违心悖理，这是一个颇为棘手的题材。华兹华斯的这首十四行诗，字斟句酌，巧譬善喻，句句写她的美，而又句句暗示她的老年（白发、寒冬、夜色等等），基本上可算写得恰到好处。据作者原注，这位七十岁的女士是菲茨杰拉德夫人。

① 雪花莲于冬末春初开白色小花。

透过蒙蒙的雾霭,清辉远映,
夜色愈浓,愈显得皎洁晶莹。

一八二四年

无　题[*]

你为何沉默不语？难道你的爱
　　是弱不禁风的花草,只要天气
　　　一变化,就萎谢飘零？情分,恩义,
你一点不欠？一点也拿不出来？
而我对你的思念却从不倦怠,
　　时时牵挂着,一心要为你效力,
怀着卑微的愿望:愿做个乞丐,
　　只求从你的福泽中分一点余沥。
你说呀！我这温存而灼热的心底
　　消受过你我二人的千般欢乐;
如今却冷气森森,凄凉孤寂,
有甚于花凋叶落的野蔷薇丛里
　　积满了皑皑白雪的荒废鸟窠;——
说呀！驱散我心头苦涩的猜疑！

　　　　　　　　　　一八三〇年一月十八日

---

*　这是作者六十岁时所作,深情绵邈,不减少年。华兹华斯晚期佳作不多,这一首却常见于各种选本。

致海登,观其所绘
《拿破仑在圣海伦娜岛》*

海登! 你这幅画里逼真的造形,
　　神妙的色彩,让精于此道的行家
　　去品评叹赏吧;我却要赞美你笔下
表露的思想——它激起真正的诗情;
整个画面上是一片空茫寂静,
　　天宇无云,大海也风平浪息;
　　这个人,曾逞强要把全世界奴役,
如今独自站在这荒凉的山顶,
　　躬着背,双臂抱拢,面容晦暗,
　　似曾被荒岛落日余晖所涂染;
落日沉没了——像他的权势威名,
　　却不像权势威名一去不返。

---

* 本杰明·罗伯特·海登(1786—1846),英国画家,华兹华斯和济慈的友人。有才能,性狷介,终身贫困潦倒,曾因负债入狱,最后自杀于伦敦。《拿破仑在圣海伦娜岛》是他的代表作之一。拿破仑一八一五年在滑铁卢战役中大败,被流放于南大西洋的圣海伦娜岛,一八二一年在该岛死去。华兹华斯的这首十四行诗,像他的《献给民族独立和自由的诗》一样,对拿破仑持否定和谴责的态度。

红日,这无罪的君王,巡回运转,①
迎候着他的是千秋万世的黎明。②

一八三一年六月十一日

---

① 把太阳称为"无罪的君王",暗示拿破仑是"有罪的君王"。
② 末行的"他"指"红日"。古人把帝王比作太阳,其实,人间"有罪的君王"永远也不能与天上"无罪的君王"齐光并耀。华兹华斯在这里指出:帝王的权势威名像夕阳那样沉落以后,绝不会再像朝阳那样升起。

无 题

汪斯费尔山①！我一家真是有福，
　能住在此地，能把你尽情饱览——
　　从曙光在你头顶上刚刚闪现，
到薄暮彩云傍着你胸际飘浮。
你的奇景像天国神妙的礼物，
　施惠于我们平静的岁岁年年；
　对此，至今未唱出一个音符
　　来加以赞美——诗人呵，有失体面！
慈惠的大地之子②！不久以后，
　当我们告别世人珍爱的一切，③
　　让这首小诗留下，让它来证明：
多少次，你那灵异的威仪，在白昼
　使我们神旺；而你的幽影，在黑夜
　　怎样把安恬赐给我们的心灵。

一八四二年十二月二十四日

---

① 位于威斯特摩兰郡，靠近温德密湖。
② 指汪斯费尔山。
③ 华兹华斯作此诗时，他本人和他妻子玛丽·赫钦森都已七十二岁，他妹妹多萝西也已七十一岁，所以他预计自己和亲人"不久以后"都会离去。

致山地少女

作于因弗斯内德,洛蒙湖畔①

温柔的少女,你翩然出现,
似霖雨把"美"洒落人间!
十四个年头齐心协力,②
把山川灵秀钟萃于你:
苍苍的山石;青青的草茵;
雾帷半揭的漠漠丛林;
肃静无哗的湖水近旁,
有一道瀑布淙淙作响;
这边是小小一片湖湾;
幽径遮护着你的家园;——
你和这些缤纷的景物
恍如梦中显现的灵物,
趁尘缘俗虑都沉沉入睡,
便悄悄露面,向外界偷窥;

---

① 洛蒙湖,苏格兰第一大湖。因弗斯内德,洛蒙湖东岸的村镇。
② 该少女十四岁。这里是把"年头"拟人化。

美妙的生灵！这寻常的白天
有了你，便像天国般明艳；
祝福你，你是超凡的佳丽，
我却以凡人的心意祝福你；
愿上帝保佑你一世安宁！
你和你伴侣，我素昧平生，
我的两眼却泪水盈盈。

　　当我走远了，水阔山遥，
我也会为你热切祈祷；
我从未见过什么容颜
能这样明白昭彰地显现
乡野气息与温良淳朴
在一派天真里趋于成熟。
像一粒种子，被信手抛甩，
落到这远离尘嚣的所在；
不需要世俗的窘态羞颜，
不需要闺秀的忸怩腼腆；
明净的眉宇分明展示着
你爽朗不羁的山民性格；
欢欣洋溢于鲜妍的面影，
善心表露于温婉的笑容；
你礼节适度，举止端庄，
应答进退都落落大方；
只是你思绪来得急速，

你的英语却穷于应付:①
这景况未免令人窘迫,
你勉为其难,怡然自若;
这一番周旋使你的仪态
更妩媚活泼,多姿多彩;——
我见过飞鸟顶着逆风,
奋然展翅,凌越长空,
也像你这样,叫我感动。

你这样娇美,又有谁不愿
采集花环来向你敬献?
是何等奇福,能住在这里,
在石楠②繁茂的清幽谷地,
过乡野生活,穿山民衣服,
做一个牧人,陪着你放牧!
对你,我不免怀有企望——
郑重而切实,像真的一样:
你好比白浪滔滔的海里
一小朵浪花;我呵,我愿意
像邻人那样向你请求,
求你准许我:常在你左右,
常听你声音,常见你形影,
当你的兄长,当你的父亲,——

---

① 该少女说的是苏格兰当地方言,说不好英语;但对着听不懂当地方言的英格兰客人,她只得勉力用英语交谈。
② 一种英国常见的常绿灌木。

只要亲近你,当什么都行!

  感谢上苍吧! 是他的恩眷
指引我来到这寂寂荒原。
在这里有幸得享欢愉,
离去时也将满载而去。
珍贵的记忆铭刻心田,
它能使一切历历如见;
又何必依依惜别? 我觉得
此地是为了记忆而造设;
这记忆时时给人以愉悦,
在有生之日绵延不竭。
我乐于见你,温柔的女郎!
但与你分别也无须惆怅;
因为我深信:直到我年老,
始终像此刻,能分明看到:
这湖波荡漾,这小屋孤零,
这瀑布飞洒,这湖湾幽静;
更能看到你——它们的魂灵!

        一八〇三年

往 西 走

  一天傍晚,红日西沉,在凯特林湖①边,我的旅伴②和我正前往一处村舍(几周以前,我们曾路过那里,受到殷勤款待);途中,在那僻静乡间的一个特别荒凉的处所,我们遇到了两位衣着考究的女士,其中一位向我们招呼:"怎么,你们往西走?"

    "怎么,你们往西走?""不错。"
    我们这些远方的游客,
    来到陌生的土地上游逛,
    要是全凭着运气瞎闯,
    未免有点痴,有点糊涂;
    然而,有这片青天引路,
    哪怕一路上无村无店,
    谁又会畏缩,止步不前?

    阴冷的地面凝着露水;

---

① 位于苏格兰珀斯郡,洛蒙湖以东。
② 指多萝西。

身后是一片朦胧幽晦；
往西走,俨若上天的安排；
那一声招呼,逗人喜爱；
它蕴含的意境寥廓悠远,
没有方位,也没有界限；
仿佛给了我神异的权利,
去遨游那片光明的福地。

她走在自己家乡的湖畔,
那一声招呼,亲切柔婉；
是温文有礼的殷殷致意,
我们感受到其中的魅力；
当我凝望西天的霞彩,
那袅袅余音宛然犹在——
向我显示了人性的温良,
向我启迪了这样的思想：
漫漫的征途连绵不绝,
走下去,走遍前方的世界。

一八〇五年六月三日

孤独的割麦女

你瞧,那孤独的山地少女!
　那片田野里,就只她一个,
她割呀,唱呀;——停下来听吧,
　要不就轻轻走过!
她独自割着,割下又捆好,
唱的是一支幽怨的曲调;
你听! 这一片清越的音波
已经把深深的山谷浸没。

夜莺也没有更美的歌喉
　来安慰那些困乏的旅客——
当他们找到了栖宿的绿洲,
　在那阿拉伯大漠;
在赫布里底[①]——天边的海岛,
春光里,听得见杜鹃啼叫,
一声声叫破海上的沉静,
也不及她的歌这样动情。

[①] 位于苏格兰以西,是五百多个大小岛屿组成的群岛。

谁能告诉我她唱些什么?
　也许这凄婉的歌声是咏叹
古老的、遥远的悲欢离合,
　往昔年代的征战?
要么是一支平凡的曲子,
唱的是当今的寻常小事?
常见的痛苦、失意、忧愁——
以前有过的,以后还会有?

不管这姑娘唱的是什么,
　她的歌仿佛没完没了;
只见她一边唱一边干活,
　弯腰挥动着镰刀;
我一动不动,悄悄听着;
及至我缓步登上山坡,
那歌调早已寂无声响,
却还在心底悠悠回荡。

　　　　　　一八〇五年十一月五日

罗布·罗伊之墓[*]

罗布·罗伊的事迹,久已洋洋盈耳。他的坟墓位于凯特林湖口附近那些状如牛栏的狭小墓地之中,显得冷落荒凉,在苏格兰高地旅游的人偶尔会见到。

  罗宾汉①大名无人不晓,
   英格兰歌手们传唱不息;
  苏格兰也有个贤明的侠盗,
  同样是骁勇的绿林英豪,
   他就是罗布·罗伊!
  快把他坟头的野草除净,
  让我们唱一首即兴的歌行,
  向这位勇武的英雄致敬!

---

* 罗布·罗伊(1671—1734),苏格兰高地的氏族首领,率领山民起义、反抗民族压迫的英雄,又是劫富济贫的侠盗,在苏格兰享有盛名,被称为"富豪的死对头,穷人的好朋友"。华兹华斯这首诗的写作时间,早于司各特的历史小说《罗布·罗伊》。他在诗中对这位农民起义领袖如此纵情歌颂,这是令人瞩目的。
① 传说中的十二世纪英格兰侠盗,劫富济贫,反抗官府,打击教会,保护农民。

罗布·罗伊天不怕地不怕,
　　长长的胳臂①,矫健的身手;
一心只想着摧毁敌人,
　　只想着保护朋友。

罗布·罗伊,他智勇双全!——
　　休怪我过分把他夸赞;
怯生生吞吞吐吐的诗人
　　不配唱这条好汉!

就该夸赞他智勇双全:
　　智在思想中,勇在行动里;
他从天下万物的本性
　　探求道义和公理。

罗布说:"书本有什么用处?
　　把法典烧光,连书架一起!
它们叫我们伤害同类,
　　叫我们伤害自己。

"我们性情像烈火,用法律
　　来管制我们,是大错特错!
正由于法律,我们的心灵

---

① 罗布·罗伊的两臂长得惊人,据说他不用弯腰就可以把手伸到膝盖下面,用袜带把长袜系好。

才受苦,才受折磨。

"我们受蒙蔽,迷迷糊糊,
　　简单明了的原则也忘掉;
而这些原则我牢记心间,①
　　是我行动的向导。

"瞧天上、地下、水里的生灵,
　　何曾有没完没了的纷争!
它们过的是平静日子,
　　心情也同样平静。

"为什么它们各得其所?
　　只因遵奉古老的法则——
谁能够占有就去占有,
　　谁有力量就取得。

"这样的信息有目共睹,
　　这样的课程一学就会;
也没有什么情由会惹得
　　强者们肆意妄为。

"乖戾的性情受到遏制;

---

① 此行"牢记心间"与上行"忘掉"似有矛盾。但上行的主语是"我们",指群体;此行的主语是"我",指个人。

痴愚的野心趋于驯服；
个个按照能力的大小
　　调整欲望的幅度。

"世间万类的消长兴衰，
　　取决于它们的才智本领；
上帝规定了：谁有权管辖，
　　谁只能俯首听命。

"权力的法则简单明了，
　　人生短促，岁月无情；
要达到目标，要维护权益，
　　我走最短的捷径！"

盛夏炎炎，寒冬凛凛，
　　山岳里活跃着罗布·罗伊；
鹰隼扬威于万里长空，
　　罗布称雄于大地。

他称雄——至少，一度称雄，
　　但也饱历了艰辛忧患；
那时，官府势力已强盛，
　　只怪他生得太晚。

也许，该怪他生得太早？
　　这好汉若是活在今日，

他又会怎样蓬勃兴旺——
　　像绿树,蓓蕾满枝!

那么,长官、地主、经管人,
　　地租、行猎权、东家的领地,
就都会变得无足重轻,
　　不值得放在心里。

罗布不肯在这里流连,
　　死守这几块荒凉的谷地;
他知道世界有多么辽阔,
　　有多少天赐良机!

对他的宝剑,他会这么说:
　　"由你来执行我的意旨,
在天南地北,半个世界,
　　裁决法律和事实!

"不错,我们该尽到职责;
　　同样,也该叫世人懂得:
我们对他们的爱护关怀
　　不比任何人逊色。

"老一套都已老朽无用,
　　上好的品类也都有欠缺;
我们要试试:用新的材料

造一个新的世界。

"由我来统辖各国的君王,
　　生杀予夺都听我指示;
让王国像浮云一样变换,
　　服从于我的意旨。"

这些话未必不可能实现,
　　要是实现了,那才了不起!
法兰西有她的当今豪杰①,
　　我们有罗布·罗伊!

不要这么说;不能这么比;
　　勇士呵! 我不该把你诬枉;
在哪儿都不该诬枉你,尤其
　　在这儿——在你的墓旁。

因为,你固然有几分凶猛,
　　强悍氏族的凶猛领袖!②
你却有一条值得夸耀:
　　你爱护人的自由。③

----

① 指拿破仑。华兹华斯作此诗时,拿破仑势焰正盛。
② 罗布·罗伊是麦克格瑞戈尔氏族的首领,该氏族以勇武强悍著称。
③ 指罗布·罗伊为了平民的自由而战斗。唯其如此,把他和摧残自由的拿破仑相提并论,就是对他的诬枉。

你的命运若是安排你

　　活在今日——和我们一起，

你也会奋然挺身而出，

　　去战斗，为了正义。

因为你还是穷人的靠山，

　　穷人的心灵，穷人的手臂；

被压迫的民众需要力量，

　　这力量得之于你。

当沉思的牧人独自彷徨于

　　沃尔湖①高丘，洛蒙湖堤岸，

他那一声声深情的叹息

　　足以证明这一点。

在远乡近土，在高山低谷，

　　人们的神色也都是证明：

心中的骄傲在眼中闪耀，

　　当听到你的大名！

　　　　　　　　　　一八○五或一八○六年

---

① 位于苏格兰珀斯郡，凯特林湖以北。

未访的雅鲁河*

我们在斯特灵①望见福斯河②
　由蜿蜒变为舒展；
游历了泰河③与克莱德河④，
　又走在特威德河⑤畔；
当我们路过克洛文福德⑥，
　"可爱的伴侣"⑦开言：

~~~~~~~~~~

* 雅鲁河在苏格兰南部塞尔扣克郡，流经洛斯湖和圣玛丽湖，汇入埃特里克河。因景色秀丽，常为诗人所吟咏。威廉·汉密尔顿(1704—1754)和约翰·洛甘(1748—1788)都有题为《雅鲁河堤岸》的名作。华兹华斯兄妹自幼熟读这些诗篇，对雅鲁有着丰富而生动的想象。在《未访的雅鲁河》一诗中，作者通过兄妹对话的形式，宣称：他宁愿长期保留他想象中的雅鲁的形象，也不愿亲临雅鲁而导致这一形象的破坏或改变。华兹华斯常常觉得：想象中的事物比感官所接触的事物更为重要，也更为真实。参看第285页注①。
① 苏格兰中南部斯特灵郡的首府。市内城堡巍峨，可以凭高望远。
② 苏格兰中南部河流。
③ 位于苏格兰中部，是苏格兰最长的河流。
④ 苏格兰西南部河流。
⑤ 苏格兰东南部河流。
⑥ 位于三岔路口，通往塞尔扣克城（塞尔扣克郡首府）和通往雅鲁镇（雅鲁河北岸一集镇）的路从这里分开。
⑦ 语出汉密尔顿的《雅鲁河堤岸》一诗。华兹华斯借用此语来指他的妹妹多萝西。

"不管怎么样,要转换方向,
　　去看雅鲁河堤岸。"

"雅鲁的乡民,到塞尔扣克①
　　买东卖西,让他们
回到雅鲁河边的村舍;
　　让少女回到家门!
把雅鲁留给觅食的苍鹭,
　　留给钻洞的野兔;
我们就沿着特威德走下去,
　　不拐弯,不去雅鲁。

"盖拉河②,还有利德河淤地③,
　　都在我们的前方;
特威德流水声中,德莱堡④
　　有红雀齐声合唱;
梯维奥谷地⑤,犁过了,耙过了,
　　好一片喜气洋洋;
为何要虚掷这有用的一日,
　　去把雅鲁河寻访?

～～～～～～
① 从这一行起,是作者对他妹妹的回答。"塞尔扣克"指塞尔扣克城。
② 特威德河的支流。
③ 利德河在苏格兰东南部贝里克郡,"淤地"指河边平坦的冲积地。苏格兰有一首题为《利德河淤地》的著名歌谣,为司各特和华兹华斯所喜爱。
④ 特威德河边的集镇。
⑤ 梯维奥河是特威德河的支流,梯维奥谷地即梯维奥河两岸的谷地。

189

"雅鲁有什么？它空空荡荡，
　　流过阴沉的山下；
要说值得你惊奇赞赏，
　　千条河不亚于它。"
听了我这些鄙薄的言语，
　　我妹妹好生不快；
叹气，瞪着我，怪我对雅鲁
　　竟说出这种话来！

"雅鲁河，"我说，"流起来很美，
　　两岸也翠绿青苍；
山岩上，苹果高挂枝头，①
　　让它们自生自长！
我们要巡行苏格兰全境，
　　踏遍山路和空谷；
虽说是近在眼前，我们
　　也不去访问雅鲁。

"让农家放牧的牛群去受用
　　本密尔②草原的清香；
圣玛丽湖③上，让天鹅游泳，
　　天鹅和影子成双！

---

① 这行诗见于汉密尔顿的《雅鲁河堤岸》。
② 这一地名，是华兹华斯从苏格兰歌谣《利德河淤地》中借用的。那首歌谣中提到"本密尔沼地"。
③ 位于塞尔扣克郡，雅鲁河流过此湖。

我们,不论今朝或明朝,
　　都不去那边看望;
只需要我们心里知道
　　有雅鲁那块地方。

"不要与雅鲁相识、相见!
　　否则,我们会后悔:
雅鲁有图像在我们心间,
　　何苦要把它损毁?
多年来心底珍藏的梦境,
　　妹妹呵,我们要保住;
若到了那里,尽管它美丽,
　　却是另一条雅鲁!

"当忧伤随着老年同来,
　　对远游已无兴致;
我们已懒于离家出外,
　　又有些惘然若失;
当岁月凄清,心情暗淡,
　　将以此宽解愁肠:
大地依然有美景可看——
　　雅鲁河畔的风光!"

　　　　　　　　一八〇三年

已访的雅鲁河

这就是雅鲁？这就是那条河？
　　我一往情深的遐想
曾把它编成白日的梦境——
　　终归幻灭的图像！
但愿近旁有乐师的竖琴
　　奏出欢快的音响，
驱除这一片空茫寂静，
　　驱除我满怀的怅惘！

为什么怅惘？这一道银流
　　蜿蜒着，自由自在；
我从未见过别处的山峦
　　像这般苍翠可爱。
圣玛丽湖呵，喜透深心，
　　她笑容宛然可见；
因为山峦的异态奇姿
　　都在她镜中映现。

漠漠蓝天俯临于河谷，

唯有旭日的周围
　　　闪射着白如珠玉的光华，
　　　　显得迷蒙而柔美；
　　　前程似锦的淡淡黎明
　　　　容不得消沉沮丧；
　　　然而，它并不禁阻游人
　　　　沉入深思与回想。

　　　哪儿是光荣的雅鲁勇士
　　　　流血倒下的地方？①
　　　他也许长眠于那座土丘——
　　　　此刻放牧着牛羊；
　　　此刻像晨光一样宁静的
　　　　这一泓清亮的池沼，
　　　也许水鬼曾三次现形，
　　　　发出凄惨的警告。②

　　　迷人的是那首歌谣，它吟唱
　　　　情人约会的去处——
　　　以浓荫遮护他们的幽林，
　　　　通向幽林的小路；

---

① 汉密尔顿在《雅鲁河堤岸》一诗中，曾歌咏一位青年勇士在雅鲁河畔流血捐躯的事迹。这位勇士被称为"雅鲁河谷之花"。
② 洛甘的《雅鲁河堤岸》中有这样两行：
　　　水鬼三次现形于水面，
　　　　向雅鲁发出凄惨的呻吟。

还有那首诗,因悲悯而崇高,
　它痛切有力地描述
爱的坚毅不屈的力量;①
　做证吧,悲哀的雅鲁!

以前,在我的痴情想象中,
　雅鲁呵,你何等明丽;
今日,阳光下,你的真貌
　和想象也堪匹敌;
周遭是一片甘美温馨,
　圣洁、祥和而静谧;
芳菲凋谢后山林的幽韵,
　田野秋色的凄迷。②

过了这一带,河谷便露出
　挺拔稠密的林木;
雅鲁曲曲弯弯地流过
　那片丰饶的沃土;
挺拔的林木中间,耸立着
　苍老的断垣残壁,

---

① 洛甘的《雅鲁河堤岸》一诗,通过一个哀婉动人的故事,歌颂了生死不渝的坚贞爱情。
② 这一节,主要是对昔日想象的雅鲁与今日目睹的雅鲁加以比较。为此,原诗交错使用了过去时式与现在时式。查尔斯·兰姆在一八一五年四月二十八日写给华兹华斯的信中称赞这节诗说:"我想,在诗的广阔世界中,再也找不到比这更美的一节了。"

那是边境①传说里有名的
 纽瓦克古堡的遗迹②。

让童年在此开花吐蕊;
 让少年在此游乐;
让壮年在此欢娱尽兴;
 让老年在此消磨!
那边素淡无华的村舍
 仿佛是洞天福地,
佑护着温婉慈惠的思想,
 孳育着纯真的情谊。

多么惬意呵,趁秋高气爽,
 把林间野果采集,
把一枝石楠花当作华簪,
 插上伊人③的发髻!
要是我自己戴上个花环,
 也不算违情悖理;
你看群山也装扮一新,
 迎候来临的冬季。

雅鲁呵,我看到(不单凭视力)

~~~~~~~~~~~~~~~~~~~~
① 指靠近苏格兰与英格兰边界的地方。
② 该古堡遗迹在雅鲁河畔,塞尔扣克城以西。
③ 指多萝西。

你已经让我赢得；
遐想的明辉并没有消隐，
　　还在你上空闪射！
你这青春常在的河川
　　流得活泼而欢乐；
我也能唱出愉快的歌曲，
　　同你的调子配合。

山前岭后飘游的雾霭
　　不一刻便会消失；
它们太短暂，我也同样——
　　要驱除这种忧思！
不论到何处，我相信，雅鲁！
　　你的真切的图像
会与我同在，会使我欢快，
　　会宽慰我的悲伤。

　　　　　　　　　　一八一四年

作于加莱附近海滨[*]

美丽的黄昏星,西方的明灯! 你是
　　我的祖国的星辰! 地平线上方
　　只见你荧荧孤悬,缓缓下降,
仿佛要投入英格兰怀中;同时
又乐于留在天边,做一颗宝石,
　　在她[①]的华冠上闪耀,让万国瞻仰。[②]
　　你该是英国的标志;该披上盛装,
开怀欢笑,映照着她的旗帜。
　　你下边,黑幽幽一片,那就是英国。

---

[*] 从这一首起,到《为滑铁卢之战而作》为止,共二十一首十四行诗,都选自《献给民族独立和自由的诗》这个集子。这个集子共七十四首,绝大多数(六十八首)为十四行诗。基调是维护欧洲各国的独立自由,反对拿破仑的对外扩张和武装侵略。写作时间始于一八〇二年(即拿破仑就任"终身执政"的一年),终于一八一六年(即拿破仑在滑铁卢大败的次年)。用七十多首诗反映了十几年间欧洲的重大历史事件和拿破仑帝国的兴衰,可以说是一部"诗史"。这一首,诗题中的加莱是法国北部名城,与英国多佛尔港隔海相望,从英国到欧洲大陆的旅客多在此登岸。
① 指英格兰。
② 黄昏星(金星)日落后出现于西方,英国也在法国的西方,所以从加莱附近海滨望去,黄昏星仿佛正悬在海峡彼岸的英国国土之上。

愿上天赐福于你们两者①！给你们
同样的希望,同样的命运和生活,
　　同样的荣耀！为英国,我耿耿多忧,
频频长叹——当我伴随着一群
　　不爱英国的异邦人,在此地羁留。

一八〇二年八月

---

① 指黄昏星和英国。

加莱,一八〇二年八月*

若不是随风摇曳的芦苇一株,
　那又是什么,吸引你们去朝觐?①
　贵族,律师,政治家,下等乡绅,
名流,无名者,瞎子,瘸子,病夫,
密密匝匝,像虫蚁倾巢而出,
　争先恐后,捧着进贡的礼品,
　屈膝膜拜法兰西登位的新君。
从来便如此。你们,卑下的臣仆!
权势者可以获得相当的声望;
　但忠爱之忱又岂能匆忙播种,②
　又岂能一遇骤雨便抽芽茁长?

～～～～～～～～～～

* 拿破仑继一七九九年十一月发动政变,成为"第一执政"之后,又于一八〇二年八月二日就任"终身执政"。英国许多崇拜或同情拿破仑的人,此时纷纷渡海到法国,向这位执政表示敬意和祝贺。一八〇二年九月,来到巴黎的英国人多达万人。华兹华斯一贯坚决反对拿破仑,他对这些英国人十分鄙视,便写了这首诗斥责他们。

① 据《新约·马太福音》第十一章和《路加福音》第七章,耶稣曾对众人说过:"你们从前出去到旷野,是要看什么呢? 要看风吹动的芦苇么?"

② 此处"播种"的"种"读去声不读上声,与末行"贱种"的"种"并不重复。

当真理、自由、理智都一去无踪,
便等待一时半刻又有何妨?
　令人齿冷呵,甘当奴隶的贱种!

为威尼斯共和国覆亡而作*

锦绣东方曾一度归她主宰;①
　西方也靠她卫护,受她庇荫;②
　威尼斯的声价无愧于她的身份——
她原是自由女神的第一个婴孩。③
贞淑如处女,明艳而从容自在,
　阴谋和暴力都对她丝毫无损;
　当她有意为自己找一个情人,
她便选中了万古如斯的大海。④

---

* 威尼斯共和国成立于七世纪末叶,后来国势日盛,成为欧亚之间的商业中心,称雄于地中海,曾多次与热那亚、土耳其等国交战。一七九七年,威尼斯共和国为拿破仑所灭。
① 当时英国人所说的"东方",往往是指西亚和南欧一带。威尼斯曾在这一带称雄,所以说她一度主宰过东方。
② 指威尼斯的强大海军遏制了土耳其进犯西方各国的野心。
③ 匈奴人于五世纪,伦巴德人于六世纪相继侵入意大利北部,当地一部分居民因不愿遭受奴役,陆续迁往威尼斯湾的潟湖诸岛定居,这就是后来的威尼斯共和国的基础和雏形。华兹华斯认为,威尼斯共和国体现了反对奴役、维护自由的精神,而又成立得最早,所以称之为"自由女神的第一个婴孩"。
④ 九九八年,威尼斯共和国总督在肃清了亚得里亚海北部的海盗之后,宣布由威尼斯负责保护这一片海域。此后,每年耶稣升天节都要举行隆重仪式,由总督把一枚金戒指投入海中,以象征威尼斯与亚得里亚海的"婚礼"。

后来呢,她权势衰颓,荣华枯槁,
　　尊严沦落——这等事本属寻常;
而当她悠长的生命终于不保,①
　　我们却难免别有一番惆怅:
我们是凡人,不能不伤感,当看到
　　昔日的庞然大物,连影子也消亡。

约一八〇二年八月

---

① 威尼斯共和国的历史约有一千一百年(七世纪末至十八世纪末),所以说是"悠长的生命"。

致图森·路维杜尔*

图森,人世间最为不幸的是你!
　　也许,此刻你听到犁地的农夫
　　吹他的口哨;也许,地牢深处
你枕着土块,听不到半点声息。
哦,蒙难的领袖!何时何地
　　你才能平息怒火!可不要死去;
　　身遭囚禁,你也要面露欢愉;
你本人虽已蹉跌,势难再起,
也要活下去,要宽心。留下的人们
　　仍然有力量,会接替你的事业;①

* 图森·路维杜尔(约 1746—1803),拉丁美洲岛国海地的黑人革命领袖,奴隶出身。一七九一年革命爆发后,他领导黑人起义,抗击法国殖民者,击败西班牙和英国的入侵军队,摧毁了奴隶制度。一八〇一年宣布海地自治,任终身执政。在屡次挫败拿破仑派来"讨伐"的军队之后,于一八〇二年与法国议和,被对方诱捕,押往欧洲。一八〇三年四月死在阿尔卑斯山中的监狱里。图森入狱约两个月后,华兹华斯写了这首十四行诗。

① 图森死后仅半年,遭到惨败、伤亡过半的法国残军便向海地人民投降。随后,海地正式宣告独立,成为世界上第一个黑人共和国。共和国领导人以图森被诱捕的地点为会址,召集有图森的全体将领参加的会议,庄严宣读共和国独立宣言。

大气,天空,土地,也长远留存;
每一阵清风都不会把你忘却;
你有广大的同盟军①;你还有:喜悦,
忧伤,挚爱,和永不屈服的灵魂。

约一八〇二年八月

---

① 大约是指当时遭受拿破仑法国压迫或侵略的其他国家和人民。

登岸之日作于多佛尔附近山谷中*

重新呼吸在我们生身的国土上!
　鸡鸣,钟声,袅袅上升的炊烟;
　那边草坪上穿着白袖子衬衫
奔逐嬉戏的儿童;滚滚的海浪
不断扑打白垩岩峭岸的喧响;①——
　这一切,这一切都是英国的! 我从前
　也常来这一带,眺望这翠谷青山;
却不曾像此刻这样心欢意畅。
欧罗巴还披枷带锁;暂且别操心,
　别管它。你是自由的,我们的祖国!
　重新踏上英格兰的绿野平畴,
和亲密伴侣②一道,瞻望,倾听:

---

* 一八〇二年八月,作者和多萝西在法国加莱逗留了四个星期;八月三十日他们渡海回国,在多佛尔港登岸。
① 面临多佛尔海峡的英国海岸多白垩岩。
② 指多萝西。

这幸福辰光只消有一时半刻,
　我的欢乐和荣耀便已经足够!

　　　　　　　　一八〇二年八月三十日

一个英国人有感于瑞士的屈服*

  两种声音:一种是海的呼啸,
   一种是山的喧响,都雄浑强劲;①
  年年岁岁,你欣赏这两种乐音,
  自由女神呵,这是你酷爱的曲调!②
  暴君来了,你怀着神圣的自豪
   奋起反抗;却徒劳无功,终于
   你被逐出了阿尔卑斯山地区,
  那里的激流飞瀑你再难听到。③
  你两耳既已失去了一种幸福,

---

* 一七九八年,法国出兵干涉瑞士的国内纷争;一八〇二年,拿破仑凭恃武力,在瑞士扶植了一个亲法的政府。同时,拿破仑积极准备跨海入侵英国。华兹华斯认为,英国和瑞士是欧洲的两个自由国家,瑞士既已向拿破仑屈服而丧失了自由,英国便成了欧洲最后的自由堡垒,保住英国的自由便成了头等重要的大事。他在一八〇六年(或一八〇七年初)写的这首十四行诗中,以向自由女神呼吁的形式,形象化地表明了上述思想。一八〇八年九月二十七日华兹华斯写给理查·夏普的信中,说这首十四行诗是他生平写得最好的一首。

① 英国四面环海,瑞士全境皆山。故诗中以"海"借指英国,以"山"借指瑞士。这是理解全诗的关键。
② 以上四行,指出英国和瑞士都是自由国家,长期以来受到自由女神的眷爱。
③ 以上四行,表明瑞士已向拿破仑屈服而丧失了自由。"暴君"指拿破仑。"阿尔卑斯山地区"指瑞士。

请把留下的这一种牢牢保住;①
　　　否则,女神呵,你该会怎样悲悼:
　　　　当山洪一如往昔雷鸣不止,
　　　　当海浪轰然扑打岸边峭石,
　　　而两种威严的乐曲你都听不到!②

　　　　　　　　　　一八〇六或一八〇七年

---

① 失去的一种,指山的声音,借指瑞士的自由业已丧失;留下的一种,指海的声音,借指英国的自由仍然留存。
② 以上六行,呼吁保住英国的自由;并指出:英国的自由倘也丧失,后果将不堪设想。末行"两种威严的乐曲你都听不到"是假想英国也丧失了自由之后的可悲景况。第八、第十四两行,原诗都以"thee"收尾并押韵,译诗都以"到"字收尾并押韵。

作于伦敦,一八〇二年九月

朋友呵! 我真不知道该向何方
　去寻求心灵的安适;我不禁怅然,
　想到这一生无非是装点门面,
与工匠、厨子、马夫没什么两样。
我们都得像溪水,迎着骄阳
　闪耀金辉,否则便遭人白眼;
　最大的财主便是最大的圣贤;
自然之美和典籍已无人赞赏。
　侵吞掠夺,贪婪,挥霍无度——
这些,便是我们崇奉的偶像;
再没有淡泊的生涯,高洁的思想;
古老的淳风尽废,美德沦亡;
　失去了谨慎端方,安宁和睦,
断送了伦常准则,纯真信仰。

伦敦,一八○二年[*]

弥尔顿①! 今天,你应该活在世上:
　英国需要你! 她成了死水污池:
　教会,弄笔的文人,仗剑的武士,
千家万户,豪门的绣阁华堂,
断送了内心的安恬——古老的风尚;
　世风日下,我们都汲汲营私;
　哦! 回来吧,快来把我们扶持,
给我们良风,美德,自由,力量!
你的精魂像遥空独照的星辰;
　你的声音像壮阔雄浑的大海;
　纯净如无云的天宇,雍容,自在,
你在人生的寻常路途上行进,

---

* 在这首著名的十四行诗中,华兹华斯指出当时英国社会弊端百出,有如"死水污池",希望重新出现弥尔顿那样的革命诗人和战士,来力挽颓风,涤瑕荡秽。他似乎隐隐以当代弥尔顿自许。但是,如所周知,他终究没有成为弥尔顿那样的革命诗人。

① 约翰·弥尔顿见第 151 页注①。他毕生为捍卫民权、反对专制而战。华兹华斯对他甚为钦仰,在作品中所受弥尔顿的影响经常可见。

怀着愉悦的虔诚;你的心也肯
把最为低下的职责引为己任。

　　　　　　　　一八〇二年九月

无 题[*]

不列颠自由的洪流,从古昔年代
　　就"波涛壮伟,势不可遏"[①],奔向
　　浩茫海域,博得全世界赞赏;
但它也常常动怒,脾气一来,
有益的堤坝便被它一脚踢开。[②]
　　不能想象:这威名显赫的巨流
　　竟然会枯竭,沉入沼泽和沙洲,
永远消失,再不管人间好歹。
英武祖先的盔甲在堂上高悬;

---

[*] 在这首诗中,诗人纵情歌颂英国的自由。从祖国的光荣历史和现状,从民族文化传统,从举国一致的坚定信念,断言英国的自由独立决不会沦亡。但是,华兹华斯的民族光荣感、自豪感和他的民族优越感往往是混杂在一起的,在这首诗中也有所流露。

[①] 原系华兹华斯所推重的英国诗人塞缪尔·丹尼尔(1562—1619)在其长篇叙事诗《玫瑰战争》(1595)第二卷中描写泰晤士河的语句。

[②] 以上两行,对"自由的洪流"有所贬责,与上下文不大协调。在一八二〇年和更早的版本中,这两行原作:
　　它的航道让众人随意往来;
　　靠它,把琳琅货品输出国外。
"琳琅货品"大约是指英国的自由思想、自由传统、自由制度等。一八二七年才由作者修改成目前这样。这一修改,表现了对"自由洪流"冲决堤防的恐惧,反映了作者政治思想的后退和日趋保守。

我们别无选择:不自由,便死亡;
我们的语言是莎士比亚的语言,
  我们和弥尔顿抱有同样的信仰;
世界上,我国事事比别人占先,
  有多少尊荣徽号由我国独享。

                    一八〇二或一八〇三年

无 题

我记得一些大国如何衰退；
　　当战士丢开宝剑而拿起账本，
　　当学者撇下书斋去觅取黄金，
当高风美德告辞,祖国呵！我每每
为你担忧——也许我该受责备？
　　现在,想到你,想到你在我内心
　　是居于何等位置,我呵,便不禁
为那些唐突的忧虑感到羞愧。
你是人类正义事业的屏障；
　　我们对你唯有珍爱与尊崇；
　　　我的多心是出于对你的爱慕：
　　这又有什么稀奇——在幽思遐想中,
诗人对你常常会揣测估量,
　　就像情郎对恋人,儿女对父母！

　　　　　　　　一八〇二或一八〇三年

献给肯特的士兵[*]

肯特的士兵,捍卫自由的前哨!
　　你们的乡土傲视着法兰西海岸;
　　今天,你们,她①所养育的儿男,
显示出英雄气概吧,时机已到!
快向法国佬发出邀请的信号!
　　让他们看出这是凶险的鏖战,
　　让他们听到你们威严的呐喊,
让他们望见你们雪亮的长矛!
想当年,岿然独存,从容谈判,
　　迫使诺曼人承认你们的权益,②
你们赢得了勇士的花环;今天
　　再不会谈判了。不列颠齐心协力,

---

[*] 肯特郡位于英格兰东南端,与法国海岸相距仅三十余公里。当时拿破仑正积极策划渡海入侵英国,肯特郡首当其冲。
① 指"你们的乡土",即肯特。
② 这一行和下一行的"你们"指古代的肯特人。诺曼人是日耳曼人的一支,曾于十世纪在法国西北部建立公国,十一世纪渡海进入英格兰,建立诺曼底王朝。据传说,当时肯特人并未被诺曼人征服,而是通过谈判,使诺曼人承认了他们固有的权益。

全境,全民,都是你们的后援;

　　肯特的士兵呵！不是死,便是胜利!

一八〇三年十月

预 卜*

欢呼吧,为了我们辉煌的胜利!

  不列颠国土上,入侵者已被摧毁;

  天国的雄风吹过,他们像雪堆

伏卧于阳光之下,长眠不起。

大功已告成。在这片和平景象里,

  老年人,来吧,祝贺你们的后辈①!

  听处处鼓声齐响,喇叭齐吹!

妇女们,尽情欢乐吧!你们——小淘气!

大叫大嚷吧,把奶奶耳朵闹聋!

小娃娃,拍手吧!我们的赫赫战功

  谅必是出于天意,庄严而神圣:

  就连惨祸,痛苦,亲属的牺牲,

---

* 这首诗的内容,是出于诗人的想象:想象拿破仑的军队入侵英国,被打得尸横遍野,一败涂地,英国军民庆祝胜利,举国狂欢。写这首诗的目的,显然在于鼓舞英国的士气民心。事实上,入侵英国的战役,拿破仑虽曾精心筹划,多方准备,但始终未能付诸实施。

① 指克敌制胜的主力——青壮年一代。

也能使我们感到欣慰和光荣——
死者将永享英名,永蒙天宠。

一八〇三年十月

为"禁止贩卖奴隶法案"终获通过
致托马斯·克拉克森[*]

克拉克森呵!这座山峥嵘突兀,
　攀登时何等险恶,何等艰辛,
　只怕没有人比你感受更深;
你还是热血青年,便挺身而出,
为这一崇高事业带头领路;
　听到了召唤,一声声反复不已,
　那是你心中的神谕,催你奋起;
你呵,时代的同伴,道义的信徒!
今天,我们终于胜利了;明天
　在其他各国,将同样获得胜利;
　血渍斑斑的文书已永远毁弃;
此后,你会有贤人应有的安恬,
　伟人应有的福祉;而你的热忱
　会找到归宿,人类的可靠友人!

一八〇七年三月

---

[*] 托马斯·克拉克森(1760—1846),英国废奴运动领袖,为解放英国和欧洲各国的黑奴献出了毕生精力。

有感于辛特拉协定,为之撰一短论,并赋此诗[*]

我不去那边——那虚妄浮华的世界:
　它强行钳制生来自由的灵魂,
　它营私牟利的权术使意志沉沦,
连智勇之士也卷入朋党的勾结。
我不去那边,却来到幽林、岩穴,
　来到空旷的谷地,听激流滚滚
顺陡坡咆哮而下,永不停歇,
　溅沫扬波,喧响传遍了远近。
大自然!你是一所崇高的学校:
　在此,我思忖西班牙的忧乐悲欢;

---

[*] 一八〇七至一八〇八年,法国军队陆续进入西班牙和葡萄牙(在此之前,葡萄牙是英国的盟国或附庸)。随后,拿破仑任命他的哥哥约瑟夫为西班牙国王。一八〇八年五月,西班牙人民举行大规模反法起义,斗争迅速席卷全国,约瑟夫狼狈逃走。六月,葡萄牙也爆发了反法起义。英国政府利用这一局势,派出远征军,于八月一日在葡萄牙登陆。英法两军交战,法军失利。八月三十日,双方签订辛特拉协定(辛特拉是葡萄牙西部一城镇),规定把在葡萄牙的法军两万余人撤回法国。十一月,拿破仑率领二十万大军亲征西班牙,攻占马德里;但西班牙人民始终战斗不屈,终于导致了拿破仑的溃灭。

为了她①,我潜心考察时势的征兆,
通过人类的良知,把路途试探;
瞻望,聆听,多方求索并推断:
斗争会胜利,思想会挣脱羁绊!

一八〇八年十一或十二月

---

① 指西班牙。

霍 弗 尔[*]

无畏的蒂罗尔人的英雄领袖,
　　当真是凡间父母所生的儿子?
　　也许是退尔①的英灵返回人世,
想叫这衰颓的世道重新抖擞?
当天昏地暗的黑夜终于退走,
　　他从晓色中来临,似天边旭日;
　　却平易谦和,头上简朴的装饰
是一茎苍鹭羽翎,别无所有。
自由女神呵!敌军已动摇涣散,
　　他们受到了重创,只想逃命;
　　巨石纷纷投下来,把他们的一半

---

[*] 安德里亚斯·霍弗尔(1767—1810),蒂罗尔(奥地利西部一地区)的爱国志士。一八〇九年四月,他率领当地农民举行反法起义,迅即解放了蒂罗尔全境。四月至八月,他所指挥的农民部队多次挫败法军,声威大振。八月,蒂罗尔成立了以霍弗尔为首的农民政府。十一月,蒂罗尔抗法武装斗争失败,不久,霍弗尔由于叛徒出卖而被擒。翌年二月二十日,他被拿破仑下令枪杀于意大利北部曼图亚。本诗第六行的"他"和第十二行的"首领"都指霍弗尔。
① 威廉·退尔,著名的瑞士爱国志士,农民起义领袖。生于十三世纪后期。为了反抗异族统治,他从一三〇七年起,领导瑞士人民进行了英勇卓绝的斗争。死于一三五〇年。

活埋了;看哪! 这首领俨若神明:①
山岭,湍流,林木,都现身露面
嘲弄暴君②,并遏止他的暴行。

一八〇九年

---

① 一八〇九年八月初,法国大军云集蒂罗尔边境,全力"讨伐"霍弗尔领导的农民起义部队。蒂罗尔全民动员,妇女、儿童用石块和木头在山口构筑鹿砦,农民军战士隐蔽在山中,伺机歼敌。八月四日,法军先头部队进抵艾萨克塔尔,信号一响,巨石从山顶纷纷投落,步枪也同时从四面八方开火,法军死伤枕藉,由于退路被切断,残余法军俯首就擒。农民军乘胜追击,到八月中旬,进犯蒂罗尔的三万法军全数溃逃。法国元帅化装混在难民中间逃脱。
② 指拿破仑。

蒂罗尔人的心情[*]

祖先托付给我们的土地,只能
　传给我们的子孙,否则,毋宁死!
　这就是我们的信条,我们的天职;
上帝和造化都说:这样才公正。
要干,就得要拿起刀枪,——一定!
　孩子的眼神仿佛在殷殷嘱示,
　妻子的笑容,地下的先人骨殖,
沉静的天宇,都激励我们抗争。
把世代相传的歌曲放声高唱!
　这曲调出自深心,亲切而珍贵;
迎着天风鸣叫吧,牧野的牛羊!
　看我们踊跃前趋,虽死不悔;
刚强无畏的手里紧握着刀枪,
　要永保高风亮节,要卫护人类。

一八〇九年

---

* 原诗韵式为 abba, abba, cde, cde;译诗韵式前八行依原诗,后六行改为 cdc, dcd。

有感于蒂罗尔人的屈服*

他们战斗是为了道义的目标；
 请看,连尊贵的君王也受辱遭殃,
 而这些贫苦牧民的决心、志向、
生气虎虎的雄图却毫不动摇!
他们对道义的追求决不是徒劳:
 义举和威名,给后人留下了力量,
 留下了感召,留下了要求和主张——
这些呵,既摧毁不掉,也收买不了!
安歇吧,勇士们! 安歇于故国的青山!
 我们深知:你们虽受到约束,
 收敛了锋芒,但灵魂并未屈服;
有一天,再不能容忍罪孽和苦难,

---

* 一八〇九年春天至秋天,蒂罗尔人民(主要是农民和牧民)开展了轰轰烈烈的抗法武装斗争。十一月,这一斗争终归失败,农民军被迫放下武器(参看第222页题注)。华兹华斯在这首诗中指出:蒂罗尔人民所追求的不仅仅是军事和政治上的胜利,更重要的是道义上的胜利;武装斗争的失败决不意味着道义上的失败,恰恰相反,正是尔后夺取全面胜利的先声。

欧罗巴会爆发;牧民们！你们会跃起,
会大获全胜,制伏你们的仇敌。

一八〇九年

一八一〇年

哦！帕拉福克斯①在什么地方？
　　口头笔底，没一点音信透露出
　　他的行踪，他的住处或葬处！
这条船还在航行吗？或是被巨浪
吞没了，远别了人们痛惜的目光？
　　勇士呵！我们再一次向你高呼：
　　回来吧，挫败那称王称帝的贱奴！②
在整个欧洲，点燃起新的希望，
　　让颓丧的人们振作起来！正义，
　　坚忍，牺牲，蕴含着无穷的威力。
听吧，你的祖国正高奏凯歌！③

---

① 何塞·帕拉福克斯·伊·梅尔西(1775—1847)，西班牙民族英雄，萨拉戈萨保卫战的威名卓著的统帅。一八〇八至一八〇九年，拿破仑大举入侵西班牙，帕拉福克斯率领部队和居民坚守萨拉戈萨城（在西班牙东北部），历时两个多月，不断给来犯的法军以重创。该城陷落后，他于一八〇九年二月被捕，送往法国监禁了五年，直到拿破仑失势才出狱返国。华兹华斯作此诗时，帕拉福克斯正在狱中。
② 以上几行中，"这条船""勇士"和"你"都是指帕拉福克斯。"贱奴"当系指拿破仑。
③ 华兹华斯此诗作于一八一〇年，当时西班牙全境游击战争如火如荼，法国侵略军频频受挫。

上帝笑看着你们闪闪的刀剑,
就像他自己手中闪闪的电火,①
照亮了高山,城堡,河川两岸。

---

① 雷霆和电火是上帝手中的武器,用来打击敌对者和叛逆者,屡见于《旧约》的《出埃及记》《撒母耳记》《约伯记》《诗篇》和《新约》的《启示录》。

西班牙人的愤怒[*]

我们可以容忍他蹂躏田园,
　　劫掠神庙,火光里挥舞刀枪,
　　叫我们骸骨成灰,魂归泉壤,——
暴君的胃口本来就这样贪婪;
我们也可以容忍他一厢情愿,
　　想叫西班牙臣服于他的统治,
　　想随心所欲杀尽不屈的勇士,
只留下一片阴森晦暗的荒原。
但是,倘若他竟敢厚颜夸口,
　　说他一心替我们把枷锁砸碎,
　　说我们来日会对他讴歌赞美,①
那么,强制的耐性便到了尽头;
　　我们的呻吟,羞愤,面容的惨白,
　　都表明:他有权逞凶,我们却无权忍耐!②

　　　　　　　　　　一八一〇年

～～～～～～～～～～
[*] 拿破仑于一八〇八年大举进犯西班牙,已见前注。本诗中的"他"都指拿破仑,"我们"是西班牙人自称。
① 像历史上许多侵略者一样,拿破仑每当侵略别的国家时,总要大吹大擂,把自己说成是该国人民的解放者和救星。
② 原诗末行多出一个音步,为六步。译诗末行也有六顿。

法国兵和西班牙游击队[*]

又饿,又闷热,峭厉的狂风不断
　　从山顶吹来,夜行军,长途跋涉,
　　跨过积雪的高山,泥泞的沼泽——
闯过这重重险阻、道道难关,
游动的西班牙队伍被敌人追赶:
　　追上了,打响了,冲散了,泡沫般隐没;
　　像一群鹌鹑,凭信号,散开又聚合;
又听到他们的动静了! 又追击一番——
法国兵,有长期练就的本领,有希望
　　一举获胜;而游击队呢? 一溜烟
　　消失了! 像死人入了土,杳然不见;

～～～～～～

[*] 一八〇八年,为了反抗拿破仑法国的侵略和统治,西班牙人民举行大规模武装起义,后来发展成为全国性的游击战争,持续数年之久,直到一八一三年法军全部撤出西班牙。拿破仑后来承认:"倒霉的西班牙战争把我毁了。它是法国失败的第一个原因。"据华兹华斯自述,他当时对西班牙的抗法斗争怀着令人难以想象的深切同情,他曾多次在凌晨两点钟左右就离开格拉斯密的住处,到半路上去迎接来自凯西克镇的送报人,以期更早地读到报纸上有关西班牙战事的报道。大概正由于他熟读了大量这方面的报道,他才能在这首十四行诗里如此生动有致地描写出西班牙游击队来去无踪、神出鬼没的情景和震慑敌人的威力。

在哪儿？——剑锋直指大敌①的心房！
就这样，一年年，把他的去路拦挡，
　像冤魂噩梦，搅得他夜不成眠。

　　　　　　　　　　一八一〇或一八一一年

---

① "大敌"和下面两行的"他"都指拿破仑。

为滑铁卢之战而作[*]

艾尔宾①英武的儿郎!你们并不
　　轻贱自己的生命;看偌大人寰
　　再没有另一个民族像你们这般
得天独厚,拥有这么多宝物;②
信上帝,依顺自然,把生命珍护;
　　然而,当流血作战是义不容辞,
　　你们便舍生取义,勇于效死;
这样,终于扫灭了那一伙狂徒③。
壮士们!随时都准备慷慨献身,
　　殊死战斗中,随时会惨遭不测,
　　却抱定必胜决心,热情如火。
为了你们——战死者;也为了你们——

---

* 一八一五年六月十八日,英国、普鲁士联军同拿破仑率领的法军在比利时中部滑铁卢举行决战,法军大败。四天以后,拿破仑退位,从此结束了他的政治生涯。一八一六年初,英国政府决定为滑铁卢战役建立纪念碑。华兹华斯便写了这首诗,赞颂英国军队击败拿破仑的功绩。一八一六年这首诗初次发表时,题为《滑铁卢战役纪念碑题词》。
① 英格兰的古称。
② 意谓:英国是世界上最富饶最美好的国家,因此英国的儿郎们更其热爱生活,珍视生命。
③ 指拿破仑及其一伙。

守卫死者并完成伟业的生者：
祖国同胞立起这丰碑一座！

　　　　　　　　　一八一六年二月

无 题[*]

不羡慕拉丁姆①幽林,它浓荫如盖,
　　使勃兰杜西亚泉水②清爽阴凉,
这泉水低声悄语,一如在古代——
　　那时,塞宾③的歌手曾为它吟唱;
不向往波斯的花木——四季常开,
　　植根于喷泉近边湿润的土壤;
不稀罕阿尔卑斯山雷鸣的湍濑,
　　它穿过璀璨的冰桥——像白虹一样。
我来看故乡的河水,把河源寻觅:
　　你们好,群山! 你好,清晨的晓色!

~~~~~~~~~~

* 以下四首诗,都选自《十四行组诗:达登河》;这首《无题》是组诗的第一首。华兹华斯曾多次游历欧洲大陆,到过法、比、德、意和瑞士等国,异邦的山川形胜,包括阿尔卑斯山雄伟绝伦的奇景,固然也使他惊喜赞叹,但只有故乡——英格兰的山山水水,才是他的灵感和想象力的无尽泉源,才是他毕生的乳母、恩师和心灵的塑造者。这层意思他曾多次表达过。在这首诗中,他以"不羡慕""不向往""不稀罕"异邦景物来反衬下文对故乡达登河的赞美,也正是表达上述的意思。

　　原诗韵式为 abab,abba,cdd,cdc;译诗改为 abab,abab,cdc,dcd。
① 古代地区名,在今意大利中西部,是古罗马国家的发祥地。
② 古罗马诗人贺拉斯(前65—前8)多次吟咏过的一道泉水。
③ 塞宾人是古代住在亚平宁山区的一个民族。"塞宾的歌手"指贺拉斯。

在这爽朗的高阜上畅然呼吸,
  胜似在睡乡,在梦境之间跋涉;
诗句呵,要纯净,鲜明,流畅,有力,
  因为是吟唱达登河①,心爱的达登河!

一八二〇年发表

~~~~~~~~~~

① 位于英格兰西北部,流经威斯特摩兰郡、坎伯兰郡和兰开夏郡,注入爱尔兰海。

踏 脚 石*

奔突的溪水,在不知不觉之中
　　变成了涛声震耳的壮丽河川,
　　不时有板桥、拱桥把河身横贯;
看吧！水浅处,与桥梁功用相同——
一块块石头,摆布得均匀齐整,
　　像玲珑玉带一条,把两岸连缀,
　　中间有许多空隙,让清清流水
不受阻碍,急匆匆趱赶路程。
好快呵！一浪跟一浪,滔滔不息！
　　少年人来了,碰上了激浪汹波,
正好试试他初生之犊的勇气;
　　老年人来了,发觉衰惫和虚弱
悄悄地,确确实实地,侵入了肌体,
　　更痛感流光飞驶,来日无多！

一八二〇年发表

---

* 踏脚石,指在浅水河中摆成一线,让行人踏着过河的石头,其作用与桥梁相似。原诗韵式为 abba,acca,dde,ffe;译诗韵式前八行依原诗,后六行改为 ded,ede。

无 题

阿尔法①秀丽的教堂,在游客看来,
　像一颗明星那样可人心意——
　　当乌云遮住半边天,从云间缝隙,
这颗星露出容颜,射出光彩;
像果实丰美的棕榈,高入云霄,
　俯瞰阿拉伯帐篷四周的荒地;
　像印度古树②,让枝条垂入土里
又一一生根,撑起来庞然如盖。
闲暇多美呵!但愿有闲暇,容许
　我躺在清波冲荡的教堂墓园,
　由累累坟冢引起虔敬的思念;
要么,在近处徘徊,向远方望去,
　月光下,看淡淡群峰幽幽闪现,
看不见河身,却欣然听见它低语。

　　　　　　　　　　　一八二〇年发表

---

① 达登河畔的村镇。阿尔法的教堂以秀丽闻名。
② 指印度无花果树,即榕树。参看弥尔顿《失乐园》第九卷第一一〇〇至一一〇七行。

追 思

我一离开你,我的同伴和向导,①
　　便对你思念殷殷——痴愚的依恋!
　　达登河! 我后顾前瞻,俨然望见
你在往日、今日、来日的风貌:
你长流不息,永远滚滚滔滔,
　　你姿容不改,活力永不中断;
　　而我们——人呢? 刚强,聪慧,勇敢,
年轻时叱咤风云,心高气傲,
到头来却难逃一死;——这又何妨!
　　我们只求:自己的劳绩,有一些
　　能留存,起作用,效力于未来岁月;
只求:当我们走向幽寂的泉壤,
　　凭着爱、希望、信仰的价值而察觉
我们比自己料想的更为高尚。

一八二〇年

---

① "你""同伴和向导"都指达登河。

无　题

这样的旅人最愉悦：低垂着两眼
　　信步前行，不管有路没有路，
奇丽的山光水色围绕在身边，
　　却不动声色，不再向周遭注目；
只在柔婉温存的幻象中沉湎，
　　或在幽思冥想的佳趣中停伫——
新来的、乍去的缤纷美景之间，
　　这样的佳趣往往乘虚而入。
当"思想"和"爱"一旦弃我们而去，①
　　我们与缪斯的缘分便从此斩除；
有"思想"和"爱"做我们征途伴侣，
　　那么，便不问耳目有没有感触，②
　　内心的天廷自有灵感的甘露
来沾溉我们卑微恭顺的歌曲。

一八三三年

---

① 抽象名词拟人化，原文用大写表示，译文用引号表示。
② "思想"，承上文的"幽思冥想的佳趣"；"爱"，承上文的"柔婉温存的幻象"；"不问耳目有没有感触"，承上文的"低垂着两眼""不再向周遭注目"等语。可见此诗章法的绵密。

劝导与回答[*]

"为什么,威廉,在这块石头上,
　　你坐了整整半天工夫,
孤零零一个,把大好时光
　　在沉思幻想中虚度?

"怎么不读书? 书才是光明,
　　没有它,人就会盲目、绝望!
起来! 读书吧! 去吸收古人
　　留下的精神滋养。

"你望着大地母亲,仿佛
　　她生你下来毫无意旨;
仿佛你是她头胎所出,

---

[*] 这首诗的背景,是一七九八年五月或六月华兹华斯与评论家赫兹利特(1778—1830)之间的一场争辩。("马修"是一个虚拟的人名,在华兹华斯的诗中多次出现,在这首诗里是暗指赫兹利特。)后来赫兹利特在《我与诗人们的初交》一文中曾提到这次争辩。

原诗前六节第一、二、三行四音步,第四行三音步(四四四三);后二节第一、三行四音步,第二、四行三音步(四三四三)。译诗各行顿数悉依原诗音步数。

你之前无人在世!"

艾绥特湖①边,午前,很舒爽,
 好朋友马修讲了这番话,
我不明白他何以这样讲,
 便对他回答如下:

"眼睛,它不能不看外界;
 耳朵,也不能不听声息;
四肢百骸时时有感觉,
 不管有意或无意。

"同时,我相信:宇宙的威灵
 也会留痕于我们心底,
我们唯有明智地受领,
 用它来滋养心力。

"我们置身于宇宙万物里,
 它们都说个不休,
对我们难道就没有教益?
 又何须苦苦寻求?

"那就别问我:为什么这样
 坐在石头上,俨如

---

① 位于威斯特摩兰郡与约克郡之间。

241

与万物交谈,把大好时光在沉思幻想中虚度。"

一七九八年

转 折[*]

起来！朋友，把书本丢掉，
　　当心会驼背弯腰；
起来！朋友，且开颜欢笑，
　　凭什么自寻苦恼？

依山的斜日渐渐西垂，
　　把傍晚金黄的光焰，
把清心爽目的霞彩柔辉，
　　洒遍青碧的田园。

啃书本——无穷无尽的忧烦；
　　听红雀唱得多美！
到林间来听吧，我敢断言：
　　这歌声饱含智慧。

---

[*] 本诗的主题，是《劝导与回答》一诗主题的继续与深化。原题"The Tables Turned"，意为形势已发生重大转折，大约是指启蒙运动和法国大革命给予英国和整个欧洲思想文化界的巨大冲击和深刻影响。诗人劝导人们要顺应形势的变化而弃旧图新，指出：迷信书本业已山穷水尽，师法自然才有柳暗花明。诗中贬斥科学和艺术的论调，受卢梭的影响极为明显。

唱得多畅快,这小小画眉!
　　听起来不同凡响;
来吧,来瞻仰万象的光辉,
　　让自然做你的师长。

自然的宝藏丰饶齐备,
　　能裨益心灵、脑力——
生命力散发出天然的智慧,
　　欢愉显示出真理。

春天树林的律动,胜过
　　一切圣贤的教导,
它能指引你识别善恶,
　　点拨你做人之道。

自然挥洒出绝妙篇章;
　　理智却横加干扰,
它毁损万物的完美形象——
　　剖析无异于屠刀。

合上你索然无味的书本,
　　再休提艺术、科学;
来吧,带着你一颗赤心,
　　让它观照和领略。

　　　　　　　　一七九八年

早春命笔*

丛林里,我斜倚一树而坐,
　　听到千百种乐音交响;
我心旷神怡,听着听着,
　　愉悦带来了怅惘。

内在的性灵,由造化引导,
　　与外在的景物互通声气;
我不禁悲从中来,想到
　　人怎样作践自己。

长春花牵引着小小花环,
　　穿行在樱草丛簇的绿荫里;
我深信:每一朵花儿都喜欢
　　它所呼吸的空气。

~~~~~~~~~~~~~~~~

* 全篇大意是:宇宙一片和谐,万物各得其乐;唯独人类的所作所为每每与此相反,岂不可悲可叹。
　　原诗各行音步数,第一、二、三、六节为"四四四三",第四、五节为"四三四三"。译诗各行顿数悉依原诗音步数。

鸟雀们跳着玩着,我不知
　　它们在想些什么;
但它们细小的动作举止
　　仿佛都激荡着欢乐。

小树枝铺开如扇子,去招引
　　缕缕轻快的微风;
我反复寻思,始终确信
　　其中有乐趣融融。

倘若这信念得自上天,
　　倘若这原是造化的旨意,
我岂不更有理由悲叹
　　人这样作践自己!

　　　　　　　　　　一七九八年

给 妹 妹*

三月里第一个暖和的晴天:
　一刻比一刻更加可爱,
门外高高的落叶松上面,
　知更鸟唱起歌来。

大气里盈溢着天赐的恩幸,
　仿佛把一种欣悦之感
给予了光秃的树木、山岭,
　给予了青绿的草原。

妹妹呵,我有这么个主意:
　早饭吃过了,且出来逛逛,
快点,放下你手里的活计,
　到外边晒晒太阳。

爱德华跟你一块来;快点,

---

* 原诗各行音步数,有六节是"四四四三",有四节是"四三四三"。译诗各行顿数悉依原诗音步数。

换上那一身林地衣裳；
可别带书来：今天这一天
　　我们只用来闲荡。

可厌的框框休想来拘管
　　我们灵活的日历：
照我们算来，今天才算
　　今年的大年初一。

"爱"正在宇宙间滋生繁衍：
　　从大地到人，从人到大地，
在心灵之间暗暗流转；——
　　这正是感受的时机！

这时，顷刻之间的受用
　　胜过多年的思维；
心灵凭借周身的毛孔
　　吮吸阳春的精粹。

心灵会定出无声的条例，
　　而且会长久遵行；
从今天开始，今后年月里，
　　我们会心平气静。

有神力运行于上下四方，
　　我们借助于神力

来设计灵魂的规格度量,
　　让灵魂以"爱"为归依。

来吧,妹妹! 听我说,快点,
　　换上那一身林地衣裳;
可别带书来:今天这一天
　　我们只用来闲荡。

一七九八年

西蒙·李[*]

在风光秀丽的卡迪根郡[①],
　　离艾弗庄园不远的地方,
住着个又矮又瘦的老人——
　　从前可又高又壮。
他打猎足足有三十五年,
　　挺快活,东奔西跑;
两颊中心至今红扑扑,
　　就像熟透的樱桃。

西蒙·李吹号无人能比,
　　吆喝起来也洪亮动听,
只听得回声旋绕不已,
　　四下里山鸣谷应。
那时,他是个神气的猎手,
　　没心思耕田种地;

---

[*] 本诗共十二节,每节八行。原诗各行音步数,除第八节为"四三四三四三四三"外,其他十一节均为"四四四三四三四三"。韵式,十二节均为"abab×c×c"(×代表该行与其他行不押韵)。译诗悉依原诗。

① 位于威尔士西部,濒临卡迪根湾。

清早,乡亲们常被他闹醒,
　　起来干称心的活计。

跑起来,谁也跑他不赢,
　　人也好,马也好,都被他甩下;
往往,打猎还没完,他已经
　　累得个头昏眼花。
如今,他老了,世上也还有
　　叫他开心的事情:
出猎的猎狗齐声吠叫,
　　这声音他特别爱听!

如今,景况变得好凄凉!
　　他又老又穷,又弱又无力,
无亲无故的,留在世上,
　　穿的是破旧的号衣。
他主人①死了,艾弗庄园
　　也已经荒凉破败;
人呀,狗呀,马呀,都死了,
　　只剩他一个还在。

他病病歪歪,干枯消瘦,
　　身躯萎缩了,骨架倾斜,

---

① 指艾弗庄园的地主。西蒙·李不是独立谋生的猎户,而是地主的雇工,为地主打猎并管理猎犬。

脚腕子肿得又粗又厚,
　　腿杆子又细又瘪。
世上,他只有一个依靠——
　　他老伴,也上了年纪;
老两口住在瀑布近旁,
　　那儿是村里的公地。

他们的土屋长满了青苔,
　　土屋门外不到二十步
是他们种的地——巴掌大一块,
　　他们是最穷的一户!
早些年,他还有劲,还能
　　在地边围起篱笆;
如今,他已经无力耕种,
　　有了地也是白搭!

西蒙下地,鲁思也陪同,
　　老汉做不了的活计,她做;
说起来寒碜:两个人当中,
　　她要算硬朗的一个。
哪怕你费尽口舌,也休想
　　劝他们歇工一天;
老两口尽心尽力,出的活
　　却实在少得可怜!

他会告诉你:不出几个月,

他就要闭眼、入土；
　因为,他越是操劳不歇,
　　脚腕便越肿越粗。
可敬可亲的读者呵！我知道
　　你还在耐心等待,
指望下文有什么故事,
　　等我把它讲出来。

读者呵！若是宁静的沉思
　　为你储备了清明的神智,
你就会懂得:每一件事情里
　　都含有一篇故事。
请你读下去,好心的读者!
　　下文很短,马上完;
它不是故事;——你若肯思索,
　　变成故事也不难。

夏天,我偶然碰见这老人:
　　使出了浑身力气,他正在
挖一截已经朽烂的树墩,
　　想把它挖出土来。
他手里,十字镐摇摇晃晃;
　　白费劲,汗也白流;
看来,在这树墩子旁边,
　　他不知要挖多久。

"好西蒙,你已经累得不行,
　　让我来,"我说,"把家伙给我。"
听了我的话,他满脸高兴,
　　忙把十字镐递过。
我挖了一下,只一下,便把
　　缠结的树根挖出;
而这个可怜的老汉挖它,
　　枉费了半天辛苦。

泪水顿时涌上他两眼,
　　道谢的话儿来得那么快——
感激和赞美出自他心间,
　　却实在出乎我意外。
我听说世人无情无义,
　　以冷漠回报善心;
然而,见别人满怀感激,
　　我又止不住酸辛。①

　　　　　　　　　　一七九八年

---

① 对于如此微不足道的帮助,感激之情竟如此强烈,这就透露了:由于世风浇薄,连此等细小的善举也极为罕见。诗人的"酸辛"就是由此而来。

责 任 颂

"上帝之声"的严峻的女儿!①
　"责任"呵！你是否喜爱这称号？
你是指路的明灯,你又是
　防范或惩罚过错的荆条!
当"恐怖"虚声恫吓,幸有你
律令威严,伸张了正气；
你叫人摆脱浮华的引诱,
叫世间昧昧众生终止无谓的争斗!

有些人不在意你对他们
　是否关注；对爱、对真理
他们从来不疑惑,做事情
　全凭着年轻人的温情善意；②
愉悦的心灵！纯洁无疵,
执行着你的旨意而不知；

---

① "上帝之声"(the Voice of God)指"良知"(Conscience)。责任感出于良知(即道义感),所以诗人说"责任"是"良知"的女儿。
② 善行如果不是出于严肃的责任感,而仅仅出于一时的温情善意,则根基不固,难于持久。

一旦他们因误信而迷途,
令人敬畏的女神呵!请伸手将他们救助。

　　　如果爱是不昧的灵光,
　　　　如果欢乐能永保无虞,
　　　我们的岁月会安详明朗,
　　　　我们的心境会欣慰欢愉。
　　　有些人抱定这样的信念,
　　　明智而谨慎,至今不变,
　　　他们会赢得一路福星,
而出于需要,也会寻求你鼎力支撑。

　　　我热爱自由,而未谙世故,
　　　　从来也不会随风转舵;
　　　自己当向导,给自己领路,
　　　　因过于盲目轻信而出错;
　　　心中听到你适时的指令,
　　　却每每延误,未及遵行,
　　　只顾徜徉于平顺的途程;
今后,我定当竭力尽心,将你侍奉。

　　　并不是由于灵魂的骚动,
　　　　也不是出于内疚和追悔,
　　　而是在从容沉静的心绪中,
　　　　我恳求你呵,来把我支配;
　　　无尽的自由已使我厌烦,

纷杂的欲愿已成了负担；
我的希望呵，再不会变换，
我所衷心渴慕的，是始终如一的安恬。

严峻的立法者！你分明显示出
　　上帝的无比慈祥的恩惠；
我们没见过任何事物
　　能够与你的笑容比美；
花圃的繁英向你欢笑，
清香在你的脚下缭绕；
你监护星辰不偏离轨道；
万古苍穹因你而常新，而常保坚牢。

望你能屈就凡俗的任务，①
　　可畏的女神！而今而后，
我归你管领，听你调度，
　　从此告别了懦弱优柔！
请赐我自我牺牲的意志——
表现得谦恭而又明智；
让我对理性萌生信仰；
让我做你的臣仆，永沐真理的明光！

一八〇四年

---

① "凡俗的任务"指的是：对"我"（以及类似于"我"的人们）给以指导和扶助。"凡俗"，是与上文的"监护星辰"等等相对而言。

布莱克老大娘和哈里·吉尔

什么事,什么事,这样不安?
　　哈里·吉尔闹什么毛病?
他两排牙齿一个劲打战,
　　打战,打战,打个不停!
哈里的坎肩儿可真不少——
　　灰呢子,法兰绒,煞是好看;
他身上裹的毯子和外套
　　足足闷得死九条壮汉。

不论是三月、十二月、七月,
　　哈里的景况都毫无变化;
邻舍们说得千真万确:
　　他老是一个劲上牙打下牙。
不论是中午、晚上、清早,
　　哈里的景况都毫无变化;
阳光下也好,月光下也好,
　　他老是一个劲上牙打下牙!

哈里是年轻的牲口贩子,

他力大身粗,谁也比不上;
红扑扑、胖乎乎两块脸蛋子,
　　嗓门赛得过三人合唱。
布莱克老大娘又穷又老,
　　她穿得单薄,吃得差劲;
走过她门口,你便能看到
　　她那间小屋够多么寒碜!

她整天坐在破屋里纺绩,
　　天黑了,还得干三个钟头;
挣得了多少? 不值一提,
　　连买蜡烛的零钱也不够。
山南有村子,有茸茸绿草,
　　她住在山北当风的坡上——
山楂树给吹得东歪西倒,
　　迟迟不化的是满地冰霜。

孤苦无依的老妇人常常
　　两个人搭伙,住一间茅舍,
一个炉子上熬两份菜汤;
　　她呢,却是孤零零一个。
最讨人喜欢的还是夏天——
　　白天又长,又轻松,又暖和;
那时,老大娘坐在门前,
　　像山雀一样快快活活。

当寒冰封冻了一条条小河,
　　她那把老骨头瑟瑟发抖,
这时候,有谁见了她,都会说:
　　布莱克老大娘苦难临头。
凄惨的光景你不难想象,
　　每天夜晚都苦楚难熬:
冷得够呛,她只好上床;
　　冷得够呛,她怎能睡着!

冬天她也有顺心的时刻——
　　当阵阵狂风连夜猛刮,
把树上那些枯朽的枝柯、
　　厚实的木片吹落到地下。
可好景不长——乡亲们都说:
　　她有病也好,没病也好,
在她家里从来没见过
　　够烧三天的泥煤或柴草。

天冷得叫人经受不起,
　　她那把老骨头疼痛难禁,
这时候,还能有什么东西
　　比一道旧树篱更叫她动心?
当她的老骨头冻得发僵,
　　实话实说吧,她多次连续
离开她的火,离开她的床,
　　向哈里·吉尔的树篱走去。

哈里早就有几分觉察,
　　疑心这婆子损坏了树篱;
他指天发誓:定要抓住她,
　　抓住她,狠狠出一口恶气。
为此,他多次离开炉边,
　　一个人悄悄走向田头,
他迎霜冒雪,熬夜不眠,
　　要把布莱克老婆子抓到手。

有一回,躲在麦秸堆后侧,
　　哈里睁眼向四方张望;
圆圆的月亮清光闪射,
　　浓霜铺地,地面硬邦邦。
听到了响动——他十分警醒——
　　又来啦?——他下坡,踮着脚尖——
正是布莱克老婆子!已经
　　到了哈里的树篱跟前!

他暗自得意,眼看这婆子
　　把枯枝抽出,一根又一根;
他躲在矮树丛后面窥伺,
　　眼看她装满了那幅围裙。
围裙装满了,她扭头便走,
　　走的还是那一条小路;
哈里冲出来,一声大吼,

把这老婆子猛然截住。

怒冲冲,把她的胳膊紧攥;
　下死劲,把她的胳膊抓牢;
恶狠狠,把她的胳膊摇撼;
　"我到底抓住你啦!"他狂叫。
布莱克老大娘一声没吱,
　围裙里的枯枝掉了一地;
跪在枯枝上,她念念有词——
　她祷告明断是非的上帝。

她举起干瘪的手来祷告
　(哈里还抓住她的胳膊):
"上帝呵!我的话您准能听到,
　叫他这辈子再别想暖和!"
天上的月亮冷冷清清,
　老大娘跪着喃喃祈祷;
她这两句话,哈里一听,
　浑身冷飕飕,转身便跑。

第二天,他整天叫苦不停,
　说身上好冷,浑身冷透;
他满心苦恼,满脸愁容,
　哈里·吉尔呵,可真够受!
那天,他加了一件大氅,
　加了,也不曾暖和半点;

星期四,他又买一件加上;
　　没到星期天,他加了三件!

这些都枉费力气,都白搭:
　　一块块毯子裹在他身上,
他还是一个劲上牙打下牙——
　　像没关的窗户在风中碰撞。
哈里掉了膘,一天天消瘦,
　　见到他的人,个个都说:
他呀,就算他活到高寿,
　　明摆着,这辈子再别想暖和。

睡觉或起床,他一声不吭,
　　对老少乡邻,什么也不讲;
只是不停地跟自己咕哝:
　　"哈里·吉尔呵,冷得够呛!"
睡觉或起床,白天或晚上,
　　他牙齿老是打战不止。
乡亲们,庄户们! 你们要想想
　　布莱克老大娘和哈里的故事。

一七九八年

无 题

我爱人见过世间美妙的种种,
　她熟悉星辰,熟悉周遭的花木;
可是她从来就没有见过萤火虫,
　一只也没有见过——我心里有数。

有一夜刮起了狂风,我骑在马上,
　快到她家了,无意中瞥见:孤零零
一只萤火虫!我一见它那模样,
　忙跳下马来,别提有多么高兴!

我把它捉住,放在一片树叶上,
　随身带好,穿过夜晚的狂风;
它毫不畏缩,还照样闪闪发亮,
　只是光焰略有些暗淡朦胧。

马不停蹄,来到我爱人住处,
　我不声不响,走进她家的果园;
捧出萤火虫,念叨着,为它祝福,
　把它小心安顿在果树下边。

第二天,我整天盼望着,担心,焦急;
晚上,萤火虫在树下闪出绿火;
我领露西到园中,"你瞧,这里!"
哦!她多么快活!我多么快活!

一八〇二年四月十二日

来吧,睡眠

译自拉丁文①

来吧,睡眠,哪怕你与死相近;
　　来吧,上床吧,也不必去得匆忙;
这多么奇妙:活着却没有生命;
这多么奇妙:死去却没有死亡。

约一八〇六年

---

① 拉丁文原诗系英国诗人托马斯·沃顿(1728—1790)所作。沃顿曾任牛津大学英诗教授,著有《英国诗史》,一七八五至一七九〇年为桂冠诗人。
　　华兹华斯英文译诗每行五音步,韵式为 aabb;中文译诗每行五顿,韵式改为 abab。

乔治和萨拉·格林[*]

谁为陌生人哭泣?不少人
　　为乔治和萨拉哭泣,
哀悼这一对不幸的夫妻——
　　他们就葬在此地。

那一夜,两口子走过荒野,
　　狂风起,暴雨倾盆;
家里留下了六个孩子,
　　却再也找不到家门。

连一间村舍、一户人家
　　他们也没有找到;
丈夫倒下了,只听得妻子
　　一声凄厉的惨叫。

---

[*] 乔治·格林和妻子萨拉是格拉斯密谷地的乡民。一八〇八年三月十九日夜间,格林夫妇从附近山地返家途中,因风雨大作而迷失道路,双双遇难。葬礼之后不久,华兹华斯写了这首诗。对格林夫妇的几个遗孤,华兹华斯一家曾给以关照。

没走出几步,妻子也倒下,
　　变成僵冷的皮囊;
短短几步路,像一条链子
　　连接着夫妇一双。

森严险怪的山岭,如今
　　蔼然眺望着墓地;
天宇的喧嚣已化为静默,
　　像大海波平浪息。

平静的心灵深深地埋藏了——
　　藏入深深的沉寂;
沉寂的心灵长留在这儿了——
　　被这片墓园幽闭。

墓园里,他们安然无事了——
　　再没有烦恼、忧伤,
再不知恐惧、悲痛,再不要
　　阳光或指路的星光。

凄惨的人间最后一夜,
　　充满了恐怖、悲辛!
那一夜之后便是墓穴——
　　黑洞洞,何等幽深!

墓穴是死者神圣的婚床,

两口子并肩睡稳,
安宁的纽带,爱情的纽带,
使他们永不离分!

一八〇八年四月

让抱负不凡的诗人

让抱负不凡的诗人笔走风雷,
震骇世人的心目吧;我的诗宁愿
寓激越于柔婉,沁入这样的心灵——
它们,乐于欢迎我的诗,并急于
以温良甘美的情意做出回答;
像三月的花朵,畏避凌厉的风暴,
而一经和煦的南风温存吹拂,
便怡然吐露满腔浓郁的馨香。

一八四一年(?)

小白屈菜[*]

小白屈菜呵,一遇到阴雨寒天,
　　便畏缩、闭拢,像许多野花那样;
一瞧见太阳重新在云端露面,
　　便怡然舒展,与阳光同样明亮!

当密密冰雹霎地从天空降落,
　　当凛凛狂风逞威于林木田园,
我常看见它:把自己紧紧围裹,
　　在严严实实的屏障里静静休眠。

可是,最近有一次,走过它身边,
　　我认出它来(尽管它容颜已改):
寒风里,木然僵立,毫无遮拦,
　　一任那风风雨雨欺凌侵害。

我止步细看,在心中自语喃喃:

---

[*] 一种野生菜,冬末春初开黄花。华兹华斯很喜欢这种花,在一八〇二年写过《致小白屈菜》《再致小白屈菜》两诗,称之为报春的使者。

"对这场冷雨凄风,它何尝喜爱;
这不是出于自愿,出于勇敢,
　是因为老了,只能听命运安排。

"它已经衰惫不堪,救不了自己;
　阳光、露水也难使生机重旺;
茎叶都僵了,退了色,枯萎凋敝!"
　我嘲笑它的老态,也暗自悲伤:

年少时,造化对我们何等优渥!
　老来又何等寒酸! 这便是天命!
人呵,青春岁月里辉煌阔绰,
　老了,只配讨一点余沥残羹!

一八〇四年

哀 歌[*]

看了乔治·博蒙特爵士所画的暴风雨中的皮尔古堡,有感而作①

峥嵘古堡呵!我曾是你的近邻——
　　夏天里,有四个星期住在你旁边,
天天看见你:你一直沉睡未醒,
　　悄然俯临着一平如镜的海面。

那时节,天宇澄清,气氛静穆;
　　一天又一天,每天都毫无二致;
你的形影呵,时时都宛然在目:
　　闪烁不定,却从来也不消失。

何等完美的静态!既不像睡眠,
　　也不像与季节同去同来的心境;

---

[*] 一八〇五年二月五日,作者的弟弟、海军军官约翰·华兹华斯因沉船而遇难。其后不久,作者看到友人博蒙特所画的皮尔古堡图,图中风雨大作的景象使他触景生情,便以这幅画为由头,写了这首《哀歌》,描述亲人之死对他内心世界的影响。有些学者认为,从这首诗中可以看出作者从泛神论向正统基督教教义转变的信息。

① 乔治·博蒙特爵士,见第144页题注。皮尔古堡,在兰开夏郡北部的皮尔岛上。

我简直觉得:在宇宙万物中间,
　　最温良文静的便是这浩浩沧溟。

要是让我来挥毫作画,来表现
　　当时的景色,再添上想象的光芒——
在陆地、海洋从未见过的光焰,①
　　添上神奇的笔触,诗人的梦想;

苍苍古堡呵!我就会把你摆在
　　另一幅画面里,与这幅大不相同:
陪伴着你的,是永远微笑的碧海,
　　安详的大地,慈祥恺悌的天穹。

你那儿,和平的岁月源源汇集;
　　你本身便是天国福祉的记录;
古往今来普照大地的阳光里,
　　照临于你的明辉最爽心悦目。

画中的意境永远是闲适清悠:
　　安恬如乐土,没有纷争或苦役;
没有动静,除了潮水的奔流,
　　除了微风,造化的无声的呼吸。

依据我心中那种痴迷的幻想,

---

① "在陆地、海洋从未见过",意谓:不出现于外界,只存在于内心。

那时我本可画出这样的图形:
画面上处处显示着精微的真相,
　显示着稳固无虞的平安宁静。

当时是那种心情,——如今已改换;
　我已有新的信念做我的主宰;
业已消逝的力量绝不会还原;
　深沉的哀痛①唤起我满腔慈爱。

如今我再也见不到含笑的碧海,
　再也无法回到当时的心境;
我这伤悼的情怀会常新永在;——
　这番话,我说的时候神志清明。

博蒙特,好友呵!我所悼念的死者
　要是还活着,你也会乐与交往;
对于你的画,我赞许,决不指责;
　这阴沉的海岸,这喧嚣暴跳的海洋!

激情充沛的手笔!设想得周全,
　画面的气氛是出于精心选定:
滔天恶浪里颠簸摇荡的航船,
　愁惨的天穹,惊险万状的图景!

---

① 指其弟约翰之死。下文"伤悼的情怀"也是指此而言。

275

而这座古堡,我爱看它的神色——
　　傲岸庄严,在这里昂然高耸,
披着苍老冷漠的铠甲,睥睨着
　　洪涛滚滚,惊雷怒电与狂风。

别了,别了那独来独往的心灵!
　　它躲在梦幻之中,远离人世;
尽管它自得其乐,却可怜可悯:
　　那种乐趣呵,其实是蒙昧无知。

愿我有刚强的毅力,坚韧的乐观,
　　来迎接种种行将遭遇的景象——
与眼前的景象①相似,或更加凶险!
　　我们的苦难哀伤里蕴含着希望。

一八〇五年

---

① 既可指作者眼前的这幅画,也可指作者因丧失亲人而面临的不幸。

永生的信息*

儿童乃是成人的父亲；

我可以指望:我一世光阴

自始至终贯穿着对自然的虔敬。

一

还记得当年,大地的千形万态,

　　绿野,丛林,滔滔的流水,

　　　　在我看来

---

* 原题全文译出为《咏童年往事中的永生的信息》。通常简称《永生的信息》。这首诗,像《序曲》和《廷腾寺》一样,常被视为华兹华斯特别重要的作品。美国著名思想家、诗人爱默生(1803—1882)认为这首诗标志着"十九世纪诗歌的最高水平"。全诗大意是:人的灵魂来自永生的世界(即天国);童年离出生时间较近,离永生世界也较近,因而能够时时在自然界看到、感受到天国的荣光;以后渐渐长大,与尘世的接触渐渐增多,这种荣光便渐渐消失;但是无须悲观,因为永生世界的影响仍有留存,童年往事还可通过回忆而再现,只要善于从中汲取力量,并亲近自然,接受自然的陶冶,便依然可以感受到永生的信息,依然可以望见永生之海。

　　原诗的音步和韵式都复杂多变。译诗大体上依照原诗,间或有所更动。

仿佛都呈现天国的明辉,
赫赫的荣光,梦境的新姿异彩。
可是如今呢,光景已不似当年——
　　不论白天或晚上,
　　不论我走向何方,
当年所见的情境如今已不能重见。

二

　　虹霓显而复隐,
　　玫瑰秀色宜人;
　　明月怡然环顾,
　　天宇澄净无云;
　　湖水清丽悦目,
　　星斗映现湖心;
　　旭日方升,金辉闪射;
　　然而,不论我身在何方,
我总觉得:大地的荣光已黯然减色。

三

　　听这些鸟儿,把欢乐之歌高唱;
　　　瞧这些小小羊羔
　　　应着鼓声而蹦跳,
　　唯独我,偏偏有愁思来到心间;
　　沉吟咏叹了一番,把愁思排遣,

　　　　于是乎心神重旺。
　　悬崖上,似号角齐鸣,飞泻着瀑布;
　　再不许愁思搅扰这大好时光;
　　听回声此伏彼起,响彻山冈,
　清风睡醒了,从田野向我吹拂,
　　　　天地间喜气盈盈;
　　　　　海洋和陆地
　　都忘情作乐,似醉如迷,
　　鸟兽也以五月的豪情
　　　　把佳节良辰欢庆;
　　　　　快乐的牧童!
　高声喊叫吧,让我听听你快乐的叫声!

　　　　　　四

　我听到你们一声声互相呼唤,
　　你们,幸福的生灵!我看到
　和你们一起,天廷也开颜喜笑;
　　我心中分享你们的狂欢,
　　我头上戴着节日的花冠,
　你们丰饶的福泽,我一一耳濡目染。
　　这样的日子里怎容得愁闷!
　　温馨的五月,明丽的清晨,
　　　　大地已装扮一新,
　　　　四下里远远近近,
　　　　溪谷间,山坡下,

都有孩子们采集鲜花;
和煦的阳光照临下界,
母亲怀抱里婴儿跳跃;
我听着,听着,满心欢悦!
然而,有一棵老树,在林间独立,
有一片田园,在我的眼底,
它们低语着,谈着已逝的往昔;
我脚下一株三色堇
也在把旧话重提:
到哪儿去了,那些幻异的光影?
如今在哪儿,往日的荣光和梦境?

五

我们的诞生其实是入睡,是忘却:
与躯体同来的魂魄——生命的星辰,
　　原先在异域安歇,
　　此时①从远方来临;
　　并未把前缘淡忘无余,
　　并非赤条条身无寸缕,
我们披祥云,来自上帝身边——
　　那本是我们的家园;
年幼时,天国的明辉闪耀在眼前;
当儿童渐渐成长,牢笼的阴影

---

① 指我们诞生之时。

便渐渐向他逼近,
然而那明辉,那流布明辉的光源,
  他还能欣然望见;
少年时代,他每日由东向西①,
  也还能领悟造化的神奇,
  幻异的光影依然
  是他旅途的同伴;
及至他长大成人,明辉便泯灭,
消溶于暗淡流光,平凡日月。

六

尘世自有她一套世俗的心愿,
她把世俗的欢娱罗列在膝前;②
这保姆怀着绝不卑微的志向,
  俨若有慈母心肠,
  她竭尽全力,诱使世人
  (她抚育的孩子,收留的居民)
忘掉昔年常见的神圣荣光,
忘掉昔年惯住的天国殿堂。

七

  瞧这个孩子,沉浸在早年的幸福里,

---

① "东"与"西"分别代表人生的起点和终点。
② 这两行的"她"和下行的"保姆"都是指尘世。

六岁的宝贝,小不点,玲珑乖巧!
小手做出的玩意儿摆布在周遭,
母亲的频频亲吻叫他厌腻,
父亲的灼灼目光向他闪耀!
他身边有他勾画的小小图形,
那是他人生憧憬的零星片段,
是他用新学的手艺描摹的场景:
　　一场庆典,或一席婚筵,
　　一次葬礼,或一番悼念;
　　这些,盘绕于他的心灵,
　　这些,他编成歌曲哼唱;
　　尔后,他另换新腔
去谈论爱情,谈论斗争和事业;
　　过不了多久时光,
　　他又把这些抛却,
　　以新的豪情和欢悦,
这位小演员,把新的台词诵读,
出入于"谐剧舞台"①,演各色人物
(全都是人生女神挈带的臣仆),
直演到老迈龙钟,疯瘫麻木;
　　仿佛他一生业绩
　　便是不停的模拟。

---

① "谐剧舞台"语出丹尼尔的十四行诗《致福克·格雷维尔》第一行(丹尼尔见第 212 页注①)。

八

你①的外在身形远远比不上
　　　内在灵魂的宏广；
卓越的哲人！保全了异禀英才，
你是盲人中间的明眸慧眼，
不听也不说,谛视着永恒之海，
永恒的灵智时时在眼前闪现。
　超凡的智者,有福的先知！
　真理就在你心头栖止
(为寻求真理,我们辛劳了一世，
　寻得了,又在墓穴的幽冥里亡失)；
"永生"是凛然不容回避的存在，
它将你抚育,像阳光抚育万物，
它将你荫庇,像主人荫庇奴仆；
　　　　在你看来，
墓穴无非是一张寂静的眠床，
　不知白昼,不见阳光，
让我们在那儿沉思,在那儿期待。②
孩子呵！如今你位于生命的高峰，

---

① 指上文所说的六岁小孩。
② 以上四行见于一八〇七年和一八一五年的版本；经柯尔律治提出批评后,在一八二〇年和尔后的版本中被作者删去。

因保有天赋的自由而享有尊荣,
为什么你竟懵然与天恩作对,
为什么迫不及待地吁请"年岁"
早早把命定的重轭加在你身上?
快了!你的灵魂要熬受尘世的苦楚,
你的身心要承载习俗的重负,
凌厉与冰霜相似,深广与生活相仿!

九

　　幸而往昔的余烬里
　　还有些火星留下,
　　性灵还不曾忘记
　　匆匆一现的昙花!
对往昔岁月的追思,在我的心底
唤起了历久不渝的赞美和谢意;
倒不是为了这些最该赞美的:
快乐和自由——孩子的天真信仰;
不论他是忙是闲,总想要腾飞的
新近在他心坎里形成的希望;
　　我歌唱、赞美、感谢,
　　并不是为了这些;
而是为了儿时对感官世界、

对世间万物寻根究底的盘诘;①
　　　　为了失落的、消亡的一切;
　　　　为了在迷茫境域之间
　　漂泊不定的旅人的困惑犹疑;
　　为了崇高的天性——在它面前
　　俗骨凡胎似罪犯惊惶战栗;
　　　　为了早岁的情思,
　　　　为了幽渺的往事——
　　　　这些,不论怎样,
　　总是我们整个白昼的光源,
　　总是我们视野里主要的光焰;
　　有它们把我们扶持,把我们哺养,
　　我们喧嚣扰攘的岁月便显得
　　不过是永恒静穆之中的片刻;
　　　　醒了的真理再不会亡失:
　　　　不论冷漠或愚痴,
　　　　　　成人或童稚,
　　　　世间与欢乐为敌的一切,
　　都休想把这些真理抹杀或磨灭!
　　　　因此,在天朗气清的季节里,
　　　　　我们虽深居内地,
　　灵魂却远远望得见永生之海:

~~~~~~~~~~

① 作者一八四三年解释这首诗时说,他在童年时期,对于外界事物究竟是否客观存在的实体常常感到困惑。当时在他看来,想象中的事物常常比感官所接触的事物更为真实可信。"对感官世界、对世间万物寻根究底的盘诘"即指此而言。

这海水把我们送来此间,
　一会儿便可以登临彼岸,
看得见岸边孩子们游玩比赛,
听得见终古不息的海浪滚滚而来。

十

唱吧,鸟儿们,唱一曲欢乐之歌!
　　让这些小小羊羔
　　应着鼓声而蹦跳!
　我们也想与你们同乐,
　　会玩会唱的一群!
　　今天,你们从内心
　　尝到了五月的欢欣!
尽管那一度荧煌耀眼的明辉
已经永远从我的视野里消退,
　尽管谁也休想再觅回
鲜花往日的荣光,绿草昔年的明媚;
我们却无须悲痛,往昔的影响
　仍有留存,要从中汲取力量:
　　留存于早岁萌生的同情心——
　　它既已萌生,便永难消泯;
　　留存于抚慰心灵的思想——
　　它源于人类的苦难创伤;
　　留存于洞察死生的信念——
它来自富于哲理启示的童年。

十一

哦！流泉,丛树,绿野,青山！
我们之间的情谊永不会中断！
你们的伟力深入我心灵的中心；
我虽舍弃了儿时的那种欢欣,
却更加亲近你们,受你们陶冶。
我喜爱奔流的溪涧,胜过当初
我脚步和溪涧同样轻快的时节；
一日之始的晨光,纯净澄洁,
　　也依然引我爱慕；
对于审视过人间生死的眼睛,
　落日周围的霞光云影
　　色调也显得庄严素净；
又一场竞赛终结了,又有人夺标获胜。①
感谢人类的心灵哺养了我们,
感谢这心灵的欢乐、忧虑和温存；
对于我,最平淡的野花也能启发
最深沉的思绪——眼泪所不能表达。

一八〇二至一八〇四年

---

① 这里是把人生比作一场又一场的竞赛。参看《新约·哥林多前书》第九章第二十四节。

下卷　柯尔律治诗选

致 秋 月[*]

缤纷多彩之夜的柔和灯盏!
　匆匆流转的万象之母后! 万岁!
我望见你悄然游动,慵倦的娇眼
　从云雾轻纱里透出似水的清辉;
有时,你乐意把苍白脸盘儿藏入
　叠叠乌云的后边,在高空隐去;
有时,又从吹散的乱云间射出
　恬静的光华,照遍醒觉的天宇。
与你同样美、同样多变的,是"希望":
　它时而在阴沉背景上幽幽闪现,
时而在"绝望"巨龙翅翼下隐藏,
　不一刻又灵光赫赫,重新露脸,
飞越"忧思"那愁云密布的胸膛,
　似流星疾驶,一路上迸发火焰。

一七八八年

---

[*] 这是作者十六岁时所写的一首十四行诗,是现存柯尔律治诗中较早的一首。少年之作,自然不免稚拙。

温柔的容态

温柔的容态呵,你逗我灵魂出窍!
　为什么离开我?照旧在痴迷的梦境
探望我凄苦的心吧,吉祥的微笑!
　就像是月光洒落于闭合的红英;
那时呵,我心情抑郁,分手的当天
　躺下来回想有幸相逢的年岁;
欢情,也曾在希望的微光里闪现,
　却将我委弃于暗夜,淹没于泪水。
希望与愉悦的日子已永远逝去,
　但愿还唤得回来!——空想而已;
好言相劝的调子再甜美,也难于
　引诱那飞奔的过客①重回旧地;
但往事依然会浮现:淡弱,却鲜明,
　像绿柳成荫的河上那一弯虹影。

一七九三年(?)

---

① 喻指上文"已永远逝去"的"日子"。

一个幼童的墓志铭

趁罪恶、忧患未及摧残,
　死神慈爱地光降,
把这枝蓓蕾携上云端,
　让它在天国盛放。

一七九四年

在美洲建立大同邦的展望[*]

当灰暗的愁闷,腐蚀心性的忧伤,
悲哀的泪水,惨恻阴沉的绝望,
　　深重的苦楚,磨灭了豪情英气;
当爱国志士为国运艰危而痛哭;
当暴君狂躁如厉鬼,居心歹毒,
　　派精兵,妄图扑灭不朽的心灵里
永恒真理向四方流布的光焰;——
　　这时节,我呵,便以心智的眼光,
欢悦地,察看另一片疆宇①——那边
　　天光破晓,新日子带来了希望,

---

* 一七九四年,作者与罗伯特·骚塞以及另外两个朋友,由于对英国社会政治现实不满,受到柏拉图《理想国》和法国大革命的启迪,计划联合一批同志移居北美。当时美国独立未久,颇有蒸蒸日上的开国气象。他们打算在宾夕法尼亚州东部萨斯奎汉纳河畔建立一个名为"大同邦"的公社。其主要设想为:人人平等,人人有自主权,公共事务共同管理,每人每天从事田间或手工劳动两三小时以维持生计,宗教信仰与政治思想完全自由,自私自利之心渐归消泯。这一计划空想色彩甚浓,经费难于筹措,在现实困难面前,作者和骚塞于一七九五年都放弃了移居北美的打算。

① 指北美洲。

它比艾尔宾①最好的辰光还灿烂；
　快了，我怀着亲族之情前往，
　（告别此间扰攘不宁的苦况）
　获得满足和福祉——在大洋彼岸。

一七九四年

---

①　见第 232 页注①。

风 瑟[*]

沉思的萨拉呵！最令人快慰的便是：
你，腮颊偎着我臂膀，同坐在
这小小家宅旁边，眼前开满了
洁白的茉莉，叶片宽阔的桃金娘，
（它们宛然是"纯真"和"爱"的化身！）
看天上云霞，刚才还明光照眼，
渐渐已暗了下来；黄昏星亮了，
灿烂而雍容（"智慧"就该是这样）；
从那边豆田飘来的清香缕缕
好叫人心醉！世间竟这样悄然！
远方海水的幽幽呓语，向我们
诉说着宁静。
    那简朴无华的风瑟呵，

---

[*] 这一首，诗人自称是他"写得最完美的诗篇"，是献给萨拉·弗里克尔的。（作此诗后约两个月，诗人与她正式完婚。）"风瑟"，原文 Eolian Harp，是流行于十八世纪后期的一种借助风力而鸣奏的弦乐器，钱锺书先生译为"风瑟"，今从之。柯尔律治首创了一种"谈话诗"（多为无韵素体，用谈话的口吻写成，但不一定有听者在场），这一首即其中之一。文学史家指出，华兹华斯的名篇《廷腾寺》显然受了这首诗的影响。

纵长地,倚在敞亮的窗前——听吧,①
它是怎样被清风任情爱抚,
像娇羞少女对情郎半推半就,
甜甜腻腻地嗔怨着——其实倒像是
引诱他再放肆一番!此刻,风儿呢,
抚弄得更加大胆了,悠长柔婉的
旋律,起伏有如潋滟的沧波;
音响的魔力,曼妙而飘忽无常,
恍若出之于精魅——他们在暮色里
乘煦煦微风,飞离幻异的灵境,
那儿,旋绕着滴蜜的娇花,妙曲
没有脚儿却快捷,恰似乐园的
仙鸟,不停息,不栖止,振翮回翔。
我们身内、身外的同一生命,
是寓于一切活动之中的灵魂,
是声中之光,光中的如声之力,
是全部思维的节奏,是随处的欢愉——
我想,谁又能不喜爱缤纷的万象,
既然这世界是如此丰满多姿;
你听,清风在歌吟,而缄默的空气
是偶尔假寐于管弦之畔的乐曲。②

---

① 风瑟有长方形的音箱,把弦索绷在上面。它无须人来弹奏,而是置于窗前,风来则众弦齐鸣,犹如天籁。
② 以上八行不见于此诗的最初版本(1796),是后来增补的。

为此,亲爱的!午刻,我躺在那边
半山坡上,把肢体怡然伸展,
眼帘半闭着,也能看得见:阳光
在海上跳荡不定,晶亮如宝石;
我静穆冥想,冥想这一片静穆;
有多少不召自来的、阻留不住的
思绪,和忽来忽去的无稽幻想,
——掠过这慵懒温顺的脑膜,
轻狂,善变,犹如任性的雄风
在这驯服的风瑟上扬威鼓翼!

又何妨把生意盎然的自然界万类
都看作种种有生命的风瑟,颤动着
吐露心思,得力于飒然而来的
心智之风——慈和而广远,既是
各自的灵魂,又是共同的上帝?①

可是呵,亲爱的!你以庄重的目光
向我投来了温和的谴责——对这种
冒渎神明的念头,你不能不抵拒,
吩咐我:要谦卑恭谨,随上帝而行。

---

① 以上几行,表达了"上帝与自然合一"的泛神论观点,与正统的基督教教义相悖,所以下文有"冒渎神明""冥顽邪孽""虚妄哲理"等语。而过了二十多年之后,在一八二〇年(?)所写的《致自然》一诗中,诗人又进一步宣称自然乃是"唯一的上帝"。

你呵,基督大家庭的柔顺女儿!
你也曾严正地责备,剀切地指明:
我那些冥顽邪孽的构想,无非是
从虚妄哲理之泉泛起的水沫,
涌现时闪闪有光,却终成泡影。
只要说到他①,神奇莫测的他呵!
我总是自觉有罪——除非我怀着
虔诚的畏敬,怀着深挚的信仰
将他礼赞的时候;他出于仁慈,
解救了我这迷途的、愚暗的、受苦的
罪人,给我以厚赐,让我拥有了
安宁,家宅,还有你,我敬慕的淑女!

一七九五年八月二十日

---

① 指上帝。

十 四 行

一友人问,当保姆初次把我的新生儿抱给我看时我作何感想,以此答之。①

查尔斯!我迟钝的心中只有忧郁,
 当我刚看到柔弱婴儿的小脸;
自己的往事,这孩子未来的境遇,
 一齐在幽思冥想中隐约浮现!
而后呢,见他让母亲轻轻抱拢,
 偎在她胸前(这时,她含泪微笑,
 低下头,细看孩子的五官容貌),
我不禁神魂震颤,心意俱融,
给了他深情的一吻;阴郁的前尘,
 殷忧的预感,都忘到九霄云外;
 仿佛见到了翩翩天使的神态——
他模样宛然就是你②,至爱的亲人!

～～～～～～

① "新生儿"即作者的长子哈特利。哈特利出生于一七九六年九月十九日,当时作者在外地,收到家信后才专程赶回。"一友人",注家认为是指查尔斯·劳埃德。
② 指孩子的母亲。

有这位母亲,孩子便可亲可爱;
有这个孩子,母亲更可爱可亲。

                        一七九六年

题一位女士的画像

柔婉有如春日的浓香
　　随着清风①而袅袅飘浮,
风儿用沾了露水的翅膀
　　飞过樱草花盛放的溪谷;

恬静有如无声的幽夜
　　伴守着隐士高洁的梦境,
那映入河心的娟娟明月
　　在浅浪微波里摇摇不定;

愉悦有如晨曦在东隅
　　开颜欢笑着,光照山坡;
皎洁有如天鹅的雪羽
　　在银色潮流上翩翩游过。

谁能描绘出这千般风韵?

---

① 照原文直译当为"西风"。在英国,西风乃是春天的和风,与我国的东风相似。

笑煞那仿制临摹的技艺！
萝拉①呵！我却能传神写真，
　因为——我以心灵为画笔。

　　　　　　　　　　　一七九六年

---

　①　女子名，当即诗题中的"一位女士"。

这椴树凉亭——我的牢房[*]

也好,他们都走了,我可得留下,
这椴树凉亭便成了我的牢房!
我早已失去了美的风致和情感——
这些呵,哪怕我老得眼睛都瞎了,
也还是心底无比温馨的回忆!
此刻,我那些不可再得的友人,
在松软湿润的荒野,在山顶近旁,
正怡然漫步,也许,还盘旋而下,
走向我说过的那片呼啸的山谷;
那山谷幽深狭仄,林木蔚然,
中午才偶有阳光斑驳洒落;
细长的白蜡树,从一块岩石伸向
另一块,弯得像拱桥;它没有枝丫,
又湿又暗,几片枯黄的叶子
风来了也不摇摆,如今摇摆着,

---

[*] 一七九七年七月上旬,华兹华斯和他妹妹多萝西来到作者的乡间寓所,商议与作者合出《抒情歌谣集》的事;查尔斯·兰姆同时来访。他们勾留期间,适值作者脚被烫伤,不良于行。一天傍晚,三位客人外出游览未归,作者独坐在花园凉亭里,写出了这首素体"谈话诗"。

是受到瀑布的激荡!我那些友人
正伫望一列墨绿的野蕨,蓦地
(绝妙的奇观!)野蕨都抖动起来,
还淋漓滴水,原来高处的青岩
也往下淋漓滴水呢。
　　　　　　　茫茫天宇下
又见我那些友人,正纵目远眺
壮阔的青山绿野——有教堂尖顶
错落其间;他们还望见海上
秀逸的轻舟,银帆也许映照着
绛紫暝色里两片绿岛之间的
那一泓柔滑明净的海水!是呵,
他们遨游着,人人都饶有兴致;
而照我想来,兴致最高的是你,
温良的查尔斯[①]!因为你渴慕自然,
多年来却困居都市,如入樊笼,
心境悲凉而坚忍,在忧患艰危
和奇灾横祸中夺路前行!哦,
缓缓落下西山吧,堂堂的红日!
在落日斜晖中吐艳吧,紫色石楠花!
烘染出更加绮丽的霞彩吧,云层!
在金黄光焰里流连吧,幽远的林苑!
闪耀吧,碧蓝的大海!让我的友人

---

① 指查尔斯·兰姆。兰姆长期在伦敦当小职员,生活窘迫。在柯尔律治写此诗的前一年(1796),兰姆之姊玛丽疯病发作,竟将生母杀死。下文的"奇灾横祸"当即指此事。

也像我那样,感受到深沉的欢愉,
肃立无言,思潮涌溢;环视着
浩茫景象,直到万物都俨如
超越了凡俗的形体;全能的神明
为缤纷色相所掩,威灵仍足以
令众生憬然于他的存在。

　　　　　　　　蓦地
喜悦涌上我心头,我欣然,仿佛
也陪着友人在那边游览!在这边,
这小小凉亭里,我也不曾怠慢过
种种悦目怡神的景象:霞光下,
纷披的树叶浅淡而透明;我观赏
那些阔大的、阳光闪闪的叶片,
也爱看枝叶洒下的阴影,给阳光
印上花纹!夕照里,胡桃树变得
斑斓多彩;被深浓光影笼罩的
苍老的常春藤,缠住对面的榆树,
树上晦暗的枝柯,在漆黑一团的
藤蔓阴影衬映下,在昏沉暮色里,
闪着幽微的光泽。虽然这会儿
旋绕的蝙蝠不声不响,也不闻
燕子呢喃,却还有孤寂的野蜂
在豆花丛里哼唱!从此,我懂得
自然决不会离弃明慧的素心人;
庭园再狭小,也有自然驻足,
荒野再空旷,也可以多方施展

我们的耳目官觉,让心弦得以
保持对"爱"和"美"的灵锐感应!
有时候好事落空也安知非福,①
这可以使我们心境更为高远,
怀着激奋的欢欣,去沉思冥想
那未获分享的佳趣。温良的查尔斯!
当最后的归鸦掠过暮霭,径直地
飞返栖巢,我为它祝福!我猜想,
你伫立凝眸的时候,它那双翅膀
(此刻只剩个黑点了——此刻消失了)
曾飞越万彩交辉的夕照;要么,
一片沉寂里,它飞来,羽翼拍击声
引得你悠然神往;在你听来呵,
凡宣示生命的音响都和穆雍融。

一七九七年

---

① 作者因脚伤未愈,未能与友人同游,有些闷闷不乐,但经过"沉思冥想",终于颇有所得,并由此悟出了"好事落空也安知非福"的哲理。

老水手行[*]

第 一 部

这老年水手站在路旁,
　来三个,他拦住一个。
"你胡子花白,你眼神古怪,
　拦住我为了什么?

"新郎的宅院敞开了大门,
　我是他家的亲眷;
客人都到了,酒席摆好了,
　闹哄哄,欢声一片。"

他手似枯藤,勾住那客人:
　"从前有条船出海——"

---

[*] 这首诗作于一七九七年冬天至次年春天,在作者与华兹华斯合著的《抒情歌谣集》中列为第一首,出版于一七九八年九月。一八一五至一八一六年,作者又为此诗写了旁注若干条。旁注现略去未译,但其中较重要的内容已采入本书脚注。

"去你的！放开我！白胡子蠢货！"
　　他的手也就松开。

他眼似幽魂，勾住那客人——
　　那客人僵立不动，
乖乖地听话，像三岁娃娃：
　　老水手占了上风。

客人在一块石头上坐下来——
　　没法子，他只能静听；
这目光灼灼的老年水手
　　把往事叙述分明：

"人声喧嚷，海船离港，
　　兴冲冲，我们出发；
经过教堂，经过山冈，
　　经过高高的灯塔。①

"太阳从左边海面升起，
　　仿佛从海底出来；
它大放光明，在天上巡行，
　　向右边沉入大海。②

---

① 海船从英格兰出发。
② 船在大西洋上向南行驶。

"太阳一天比一天更高,
　　中午正对着桅顶——"①
客人不能走,急得捶胸口,
　　他听到箫管齐鸣。

新娘子脸儿红得像玫瑰,
　　她来了,进了厅堂;
乐师们在她前头走着,
　　点着头,喜气洋洋。

客人不能走,急得捶胸口,
　　没法子,他只能静听;
这目光灼灼的老年水手
　　把往事叙述分明:

"海上的暴风呼呼刮起,
　　来势又猛又凶狂;
它抖擞翅膀,横冲直撞,
　　把我们赶向南方。

"帆船飞奔,暴风狂吼,
弯了桅杆,湿了船头;
我们一个劲儿向南逃走——
　　像被人追赶的逃犯

---

① 表明船已到达赤道。

脚踩着追兵幽幽的黑影,
　　低着头拼命奔窜。

"起了大雾,又下了大雪,
　　天色变,冷不可支;①
漂来的浮冰高如桅顶,
　　绿莹莹恰似宝石。

"冰块雪堆间,雪白的冰山
　　亮晃晃,可怖堪惊;
人也无踪,兽也绝种,
　　四下里只见寒冰。

"这边是冰,那边也是冰,
　　把我们围困在中央;
冰又崩又爆,又哼又嚎,
　　闹得人晕头转向。

"冰海上空,一只信天翁
　　穿云破雾飞过来;
我们像见了基督的使徒,
　　止不住向它喝彩。

"我们喂的食它从未吃过,

---

① 船已越过南极圈,进入南寒带。

它绕船飞去飞回。
一声霹雳,冰山解体,
　　我们冲出了重围!

"可意的南风在后边吹送;①
　　信天翁跟着这条船,
听水手一叫,它就来到——
　　来啄食也来游玩。

"接连九晚,云遮雾掩,
　　它停在帆樯上歇宿;
接连九夜,苍白的淡月
　　映着苍白的烟雾。"

"愿上帝救你,老水手! 魔鬼们
　　折磨你一至于此! ——
你神情惨变! 怎么啦?"——"我一箭
　　便把信天翁射死!

第 二 部

"如今太阳从右边升起,
　　仿佛从海底出来;
被一团迷雾蒙蒙罩住,

---

　① 船离开南极,掉头北返。

向左边沉入大海。

"可意的南风照旧吹送;
　少了那可亲的旅伴:
再没有海鸟一叫就到——
　来啄食也来游玩。

"我行凶犯罪,看来只怕会
　连累全船的弟兄;
他们都念叨:全靠那只鸟
　引来了阵阵南风。
'你怎敢放肆,将神鸟射死!
　是它引来了南风。'

"不红也不暗,朝阳金灿灿,
　像天神头顶般显露;
众人又念叨:全怪那只鸟
　惹来了重重迷雾。
'你干得真好,射死了妖鸟!
　是它惹来了迷雾。'①

"好风吹送,浪花飞涌,
　船行时留下纹路;

---

① 老水手射杀信天翁的第二天,雾散烟消,阳光朗照。其他水手遂认为:前此的浓雾是信天翁惹来的,杀了它才有晴朗的天气。

这幽静海面,在我们以前
　　　从来没有人闯入。①

"南风停了,帆篷瘪了,
　　阴惨惨,死气沉沉;
我们找话说,无非想冲破
　　海上难堪的沉闷。

"中午,滚烫的黄铜色天上,
　　毒日头猩红似血,
它端端正正对准了桅顶,②
　　大小如一轮圆月。

"一天又一天,一天又一天,
　　船停着,纹丝不动;
就像画师画出的一条船
　　停在画出的海中。

"水呀,水呀,处处都是水,
　　泡得船板都起皱;
水呀,水呀,处处都是水,
　　一滴也不能入口。

---

① 船已绕过南美洲南端的合恩角,进入太平洋。
② 风停帆落之时,船正好到达太平洋上的赤道。

"连海也腐烂了!哦,基督!
　　这魔境居然显现!
黏滑的爬虫爬进爬出,
　　爬满了黏滑的海面。

"夜间,四处,成群,飞舞,
　　满眼是鬼火磷光;
海水忽绿、忽蓝、忽白,
　　像女巫烧沸的油浆。

"有人在梦中得到确息:
　　是雾乡雪国的神怪
一路将我们追逼折磨,
　　他藏在九寻深海。①

"一连多少天滴水不沾,
　　舌头也连根枯萎;
人人都哑了,说不出话了,
　　喉咙像灌满煤灰。

"可怕呀!全船的老老少少
　　瞪着我,何等凶暴!
我颈间十字架被他们取下,

---

① "雾乡雪国"指南极。"追逼折磨"意谓:信天翁死后船员所受的磨难,乃是南极神怪所为,意在为鸟复仇。"寻"指英寻(长度单位,用于测量水深),一英寻合六英尺。

挂上了那只死鸟。

第 三 部

"日子真难过!喉咙像着火!
　　眼睛都木了,呆了。
日子真难过!受这等折磨!
　　眼睛快睁不开了。
勉强睁开眼,我望见西边
　　有什么东西来了。

"起初像小小一粒斑点,
　　随后像一团雾气;
游动着,不断游动着,终于
　　显出固定的形体。

"斑点,雾气,固定的形体,
　　游来了,越游越近;
它颠簸摇摆,左弯右拐,
　　像闪避水下妖精。

"喉咙已焦枯,嘴唇也变乌,
　　不透气,哭笑两难;
都成了哑巴,都站着不动!
我咬破胳臂,嘬血润喉咙,
　　才喊出:'是船!是船!'

"喉咙已焦枯,嘴唇也变乌,
　　他们张着嘴倾听;
一听说是船,谢天谢地!
都喜笑颜开,还大口吸气,
　　仿佛在开怀畅饮。

"'看看吧!'我喊,'它不再拐弯!
　　它前来赐我们好运;
没一点微风,没一点潮水,
　　它却直挺挺前进!'①

"西边的海波红如烈火,
　　黄昏已近在眼前;
西边海波上,临别的太阳
　　又圆又大又明艳;
那船形怪物急匆匆闯入
　　我们与太阳之间。

"一条条杠子把太阳拦住,
　　(愿天国圣母垂怜!)
像隔着监狱铁栏,露出
　　太阳滚烫的大脸。

---

① 无风无潮,帆船不能行驶;那条船却能"直挺挺前进",其中必有怪异。

"哎呀!(我的心急跳不停!)
　　那条船来得好快!
那就是帆吗——像缕缕轻纱,
　　夕照里闪着光彩?

"像铁栏一样拦住太阳的
　　可是那船的肋条①?
船上就只有那一个女子?
还是有两个,另一个是'死'?
　　'死'可是她的同僚?

"嘴唇红艳艳,头发黄澄澄,
　　那女子神情放纵;
皮肤白惨惨,像害了麻风;
她是个精魅,叫'死中之生',
　　能使人热血凝冻。

"那条船过来,和我们并排,
　　船上两个在押宝;
'这一局已定!是你输我赢!'
　　她说着,吹三声口哨。②

---

① 指船上的条形骨架,略似人的肋骨。
② "死"与"死中之生"为船员的命运而押宝(掷骰子)。赌其他水手的命运时,是"死"赌赢了;赌老水手的命运时,则是"死中之生"赌赢了。因此其他水手都得死去,老水手则得以死里逃生。

"残阳落水,繁星涌出,
   霎时间夜影沉沉;
怪船去远,声闻海面,
   顷刻便消失无痕。

"我们边听边斜眼张望;
'恐怖'在心头喝我的血浆,
   仿佛在杯中喝酒!
帆上的露水滴落下来,
"灯下的舵手脸色刷白,
   星光暗,夜色浓稠;
一钩新月从东边升起,
有一颗亮星,不偏不倚,
   在新月脚下勾留。①

"星随月走,满船的水手
   来不及哼叫一声,
都疼得乱扭,都将我诅咒——
   不用嘴而用眼睛。

"两百个水手,一个不留,
   (竟没有一声哼叫)
扑通扑通,一叠连声,
   木头般——栽倒。

---

① 水手们认为星在月下是不祥之兆。

"魂魄飞出了他们的皮囊——
　　飞向天国或阴间!
一个个游魂掠过我身旁,
　　嗖嗖响,如同羽箭!"

第 四 部

"你叫我心惊胆怕,老水手!
　　你的手这般枯瘦!
你又细又长,脸色焦黄,
　　像海沙起棱起皱。

"我怕你,你眼神好似幽魂,
　　你的手焦黄枯萎!"
"别怕,别怕,贺喜的客人!
　　我是个活人,不是鬼。

"我孤孤单单,独自一个
　　困守着茫茫大海,
却没有一位天神可怜我,
　　痛苦塞满了心怀。

"这么多一表堂堂的汉子
　　都死了,木然僵卧;
成千上万条黏滑的爬虫

却活了下来,还有我。

"我看看腐烂发霉的大海,
　　扭头把视线移开;
我看看腐烂发霉的船板,
　　船板上堆满尸骸。

"我两眼朝天,待要祷告,
　　可是,没等我张嘴,
便听得一声歹毒的咒语,
　　咒得我意冷心灰。

"我闭上眼睛,老也不敢睁,
　　眼球跳动如脉搏;
不敢睁,怕的是天和海,海和天
闷沉沉逼压我困乏的两眼,
　　还有死尸围着我!

"死者肢体上冷汗已消溶,
　　身躯不腐也不臭;
瞪我的眼神仍然恶狠狠,
　　一如临终的时候。

"孤儿的诅咒可以把亡魂
　　从天堂拖下地府;
而死者眼中发出的诅咒

却更加可惊可怖!
受这等磨折,我求死不得,
　　有七天七夜工夫!

"月亮正移步登临天宇,
　　一路上不肯停留;
她姗姗上升,一两颗星星
　　伴随她一道巡游。

"月光像四月白霜,傲然
　　睨视灼热的海面;
而在船身的大片阴影中,
着魔的海水滚烫猩红,
　　像炎炎不熄的烈焰。

"那大片阴影之外,海水里
　　有水蛇游来游去:
它们的路径又白又亮堂;
当它们耸身立起,那白光
　　便碎作银花雪絮。

"水蛇游到了阴影以内,
　　一条条色彩斑斓:
淡青,油绿,乌黑似羽绒,
波纹里,舒卷自如地游动,
　　游过处金辉闪闪。

"美妙的生灵!它们的姿容
　　怎能用口舌描述!
爱的泉水涌出我心头,
　　我不禁为它们祝福;
准是慈悲的天神可怜我,
　　我动了真情祷祝。

"我刚一祈祷,胸前的死鸟
　　不待人摘它,它自己
便掉了下来,像铅锤一块,
　　急匆匆沉入海底。

第 五 部

"睡眠呵!天下无人不爱你,
　　你性情多么温存!
赞美圣母马利亚!是圣母
把你从天国送来此处,
　　让你溜入我心魂。

"甲板上那些空水桶,在那儿
　　已多日停留未去了;
梦中见桶里接满了露水,
　　我一觉醒来,下雨了。

323

"嘴唇是湿的,喉咙是凉的,
　　身上衣裳也湿透;
睡梦中想必喝了不少,
　　醒后更喝个不休。

"我挪动,不觉得有四肢躯体,
　　轻灵如一片羽毛——
莫非我已在睡梦中死去,
　　这游魂上了九霄?

"我听见咆哮的风声:风起了,
　　还不曾刮到近旁;
而这些又薄又脆的帆篷
　　已在风声里摇晃。

"高空里突然热闹非凡!
　　来去匆匆的闪电
恰似百十面火旗飘舞;
惨白的星星跳进跳出,
　　忽而亮,忽而不见。

"风声越来越高昂尖锐,
　　帆篷呼啸如蓑草;①
一块乌云泼下了雨水,

---

① 蓑草一遇狂风便厉声呼啸。

月亮与乌云紧靠。

"那块浓黑的乌云裂了缝,
　　月亮还在它旁边;
闪电劈下来,不留空隙,
像高山瀑布冲下平地,
　　又像陡急的河川。

"那阵风总也吹不到船上,
　　船自己动了,往前开;
电光闪闪,月光惨惨,
　　死者们哼出声来。

"他们哼,他们动,他们站起来,
　　不开口,不转眼珠;
眼见一个个死人又活了,
　　哪怕是做梦,也玄乎。

"海上没有风,帆篷不动,
　　舵手却开船向前;
水手们又像往常那样,
　　一个个拉绳牵缆;
手脚都僵直,像木头家什,
　　鬼魂们驾一条鬼船!

"我侄儿的尸骸与我并排,

两个人膝头相碰；
他与我合力拉一根绳子，
　　可是他一声不吭。"

"你叫我心惊胆怕，老水手！"
　　"沉住气，贺喜的客人！
死者们魂魄早已飞走，
并不是游魂又回到尸首，
　　是别有仙灵附身。①

"天一亮，他们就垂手歇息，
　　聚拢在桅樯四周，
徐徐唱出柔婉的歌声，
　　歌声又悠悠飘走。

"听寰海周遭清歌缭绕，
　　这歌声飞向晨曦；
不久又缓缓飘回海面，
　　独唱与混声交替。

"有时像是云雀的清音
　　从云端飘洒下来；
有时又像是百鸟啁啾，
都想让它们甜润的歌喉

---

① 一群仙灵附在死去的水手们身上，驾船绕过合恩角，返回大西洋。

　　　　响遍长空和大海。

"时而像一片急管繁弦,
　　时而像笛音寂寞;
时而像天使高唱圣诗,
　　天廷也为之静默。

"歌停了;但直到午刻为止,
　　帆篷还婉转吟哦,
那音调好比葱茏六月里,
　　浓荫遮没的小河
彻夜向幽幽入睡的林木
　　哼一曲恬静之歌。

"午前,海上没一点微风,
　　这船却安然行驶,
不急不忙,稳稳当当——
　　水下有神怪驱使。

"在九寻深海,有一位神怪
　　从雾乡雪国开始
一路跟了来,如今是他在
　　推动这条船行驶。①

~~~~~~~~~~~~~~~~

① "天一亮,他们就垂手歇息"之后,仙灵们盼咐南极神怪在水下推送此船。

帆篷在午刻终止了吟哦,
　　船行也骤然中止。

"这时,太阳对准了桅顶,①
　　把船固定在海面;
可是一会儿船就动起来,
　　动作又短又艰难——
它一退一进,一回只挪动
　　船身长度的一半。

"突然,船就像烈马脱缰,
　　猛一跳,向前飞驶;
热血咕嘟嘟冲上我脑门,
　　我倒下,不省人事。②

"昏迷中,我到底躺了多久,
　　自己也说不分明;
我迷迷糊糊,还没醒过来,
耳边便听到,心里也明白
　　空中有两个声音③。

"一个说:'凭基督名义,告诉我,

---

① 船已到达大西洋上的赤道,南极神怪不再推送,船乃骤停。
② 神怪已返南极,由那一群仙灵驱船继续北驶。而船行过速,人不能堪,所以老水手晕厥。
③ 是两个精魅在谈话,这两个精魅都是南极神怪的伙伴。

凶手是不是此人?
信天翁实在驯良无害,
　　却遭他利箭穿身!

"'那住在雾乡雪国的神怪
　　对海鸟满心喜爱,
那只海鸟却喜爱此人,
　　此人偏将它杀害。'

"另一个语调平静温婉,
　　如蜜露滋润心头:
'此人虽有罪,已受了惩罚,
　　惩罚将延续不休。'

第 六 部

第一个声音
"'说吧,说吧,再说几句吧,
　　回答我一个问题——
这条船怎么走得这么快?
　　这海洋可曾出力?'

第二个声音
"'海洋温顺得像一名侍从,
　　不起风,也不起浪;
他安安静静,亮眼圆睁,

望着天上的月亮——

"'月亮是向导,他向她请教,
　　吉凶都听她吩咐;①
你瞧瞧月亮:她俯视海洋,
　　那神情多么亲睦!'

　　　第一个声音
"'海上不起浪,也不见风来,
　　船怎么走得这么快?'

　　　第二个声音
"'在船的前面,大气被劈开;
　　后面,又合成一块。

"'飞上来,老兄! 快飞上高空!
　　迟了只怕要误事;
等到这水手醒过来以后,
　　船就会慢慢行驶。'

"我悠悠苏醒,船稳稳航行,
　　不冷不热的天气;
静静的暗夜,高高的淡月,

---

① 本节和上节诗中,"他"指海洋,"她"指月亮。"月亮是向导",意谓:海上风起风停,潮生潮落,都由月亮掌管。"吉"指风平浪静,"凶"指风狂浪险。

死者们站在一起。

"甲板上,死者们挤在一起,
　　倒像是一座灵堂;
眼珠都凝滞,都对我盯视,
　　月光里闪着寒光。

"他们眼中的痛苦和诅咒
　　比生前丝毫未减;
我无法逃避他们的怒视,
　　也无法祷告苍天。

"魔法终于解除了,我再度
　　望见碧蓝的海洋;
我放眼远眺,却再难见到
　　往日的清平气象。

"好比一个人,胆怯心虚,
　　踏上了一条荒径,
转身望一眼,再不敢回头,
　　只顾得拔脚逃命;
因为他知道有一名恶鬼
　　在背后牢牢跟定。

"既没有声音,也没有动静,
　　一股风吹到我身边;

既不见水纹,也不见波影,
　　像不曾吹过海面。

"飘动我头发,抚弄我面颊,
　　像吹过春郊绿野;
这股风夹杂着我的惊恐,
　　却又像温和亲切。

"飞呀,飞呀,归船似箭,
　　却又安舒而平稳;
吹呀,吹呀,惠风拂面,
　　却只惠顾我一人。

"美滋滋一场梦境!瞧呵,
　　这不是高高的灯塔?
这不是山冈?这不是教堂?
　　莫非我梦里回家?①

"船漂过暗滩,靠近港湾,
　　我哭着,祷告不停:
上帝呵!让我醒来吧,要么
　　就让我一睡不醒。

"港湾像镜子一般明净,

---

① 海船回到英格兰。

铺展得柔滑平匀；
　月光洒布在港湾内外，
　　　月影儿映在波心。

"峭岩和岩上耸立的教堂
　　　都在月光里闪耀；
　高高的风向标稳定安详，
　　　让静静月光朗照。

"经月光浸染，这一片港湾
　　　已变得银白雪亮；
　蓦地里，红光闪闪的形影
　　　纷纷涌现于水上。①

"那一群红色形影就在
　　　离船不远的地方；
　我望望甲板——哦，基督！
　　　见到了什么景象！

"见到了（我凭十字架起誓！）
　　　甲板上尸身僵挺，
　每具尸身上，都站着一位
　　　红光遍体的仙灵。

---

① 那一群仙灵离开水手尸身，现出光明本相。

"这一群仙灵挥手不停,
　　好一派神奇景象!
红光闪闪,像明灯盏盏
　　把信号传给岸上。

"这一群仙灵挥手不停,
　　又全都默然无语;
这肃静沁入了我的心灵,
　　好似雍融的乐曲。

"我随即听到荡桨的声音,
　　听到领港人呼唤;
我掉头张望,只见水上
　　划来了一只小船。

"来的是领港人和他徒弟,
　　来得快,感谢神明!
我满心欢喜——这满船尸体
　　也不能让我扫兴。

"我瞧见小船上还有一个人,
　　听嗓音,是那位隐者;
他正朗声吟唱他自己
　　在林间所作的圣歌。
他会把信天翁血迹洗干净,
　　会帮我赎清罪恶。

第 七 部

海畔山坡上有一片林莽,
  隐者就住在林间;
他高唱圣歌,甘美欢快;
每逢水手们从海外归来,
  他爱和他们谈天。

"他清晨、午刻、黄昏都祈祷,
  跪在膝垫上膜拜:
膝垫是老橡树一截残桩,
  长满厚厚的苍苔。

"小船过来了,船上人说着:
  '这真是出了鬼了!
刚才亮闪闪那些信号
  怎么一下都没了?'

"'奇怪!'隐士说,'我们呼唤过,
  可他们全不搭理!
瞧这些破帆又瘪又干,
  船板又歪又翘起!
这样的破帆我从未见过,
  简直像冬天林子里

"黄叶的残骸,一片片落在
　　溪水上,顺水浮漂;
那时,常春藤让大雪罩着,
猫头鹰吃着狼崽,还朝着
　　树下的恶狼怪叫。'

"'老天爷！这里真像是有鬼!'
　　领港人叫道,'我害怕。'
隐士却不慌不忙地说着：
　　'怕什么！划吧,快划!'

"划子挨近了这条大船,
　　我不动,也不开腔;
划子一靠拢这条大船,
　　便听得一声怪响。

"响声在水下,越来越大,
　　越来越惊心动魄;
劈开波澜,撞击大船,
　　船像铅锤般沉没!

"这响声冲犯高空和大海,
　　震得我神志昏迷;
像淹了七天七夜的尸骸,
　　我在水面上浮起;
比做梦还快,醒了,我躺在

领港人小小划子里。

"大船一沉没,便卷起旋涡,
　　划子也回旋摆荡;
一会儿四境都归于平静,
　　只山崖兀自回响。

"我刚一开口,领港人立刻
　　叫一声,昏倒在地;
修行的隐士两眼朝天,
　　忙不迭祷告上帝。

"我刚一拿桨,领港人徒弟
　　便吓得神魂错乱:
他放声狂笑,笑个不了,
　　眼珠滴溜溜乱转;
'哈哈!'他笑道,'我明明见到,
　　敢情鬼也会划船。'

"到底回来了!我踏上故乡
　　牢牢实实的地面!
隐士从小船蹒跚走下,
　　站不稳,腿软如绵。

"'帮我赎罪吧,修行的善人!'
　　我向那隐士哀恳;

他画着十字,答道:'你说呀!
　　快说! 你是什么人?'

"像周身骨架被掰开卸下,
　　我这时痛苦万状;
不得不如实讲我的故事,
　　讲完了才觉得松爽。

"此后,说不准什么时刻,
　　那痛苦又会来临,
又得把故事再讲一遍,
　　才免得烈火攻心。

"我如同夜影,四处巡行,
　　故事越讲越流畅;
谁该听故事,该听劝诫,
我看上一眼便能识别,①
　　便对他从头细讲。

"新郎的宅院欢声一片,
　　客人们喧哗鼓噪;
花园凉亭里,新娘和伴娘
　　唱着甜柔的曲调;
你听! 钟声响了,告诉我

---

① 老水手遇见三个贺喜的客人,只拦住其中一个,原因何在,至此点明。

晚祷的时辰已到!

"客官!我曾经独自一个
　　困守着茫茫大海:
那样荒凉,那样空旷!
　　仿佛上帝也躲开。

"我觉得,和众多信徒一起
　　上教堂虔心祷告,
那滋味,比参加婚礼华筵
　　不知要胜过多少。

"和众人一起走进教堂,
　　和众人一起祷告:
老人和幼儿,亲朋和伴侣,
快活的后生,俏丽的少女,
　　一齐向上帝弯腰。

"再见吧,再见!贺喜的客官!
　　请听我一句忠告:
对人类也爱,对鸟兽也爱,
　　祷告才不是徒劳。

"对大小生灵爱得越真诚,
　　祷告便越有成效;
因为上帝爱一切生灵——

一切都由他创造。"

眼神清亮,胡子花白,
　　老水手转身走远;
贺喜的客人也默默离开,
　　再不去新郎的宅院。

他仿佛挨了当头一棒,
　　满腔兴致都消失;
到了第二天,他性情大变——
　　变得又严肃,又懂事。

一七九七至一七九八年

克丽斯德蓓[*]

第 一 部

半夜了,城堡[①]上钟声敲动,
猫头鹰叫起来,把雄鸡惊醒:
"嘟——喂!嘟——呜!"
雄鸡也叫了,——又叫了一声,
　刚睡醒,迷迷糊糊。

有钱的男爵——利奥林爵士
有一条看家狗,掉光了牙齿,
趴在它窝里(石盖板下方),

---

[*] 这是一首没有写完的叙事长诗。作者原来计划共写五部,约一千四百行。他于一七九七年写了第一部,一八〇〇年写了第二部,一八〇一年写了第二部尾声,合计六百七十七行,此后就没有再写了。由于拜伦的帮助,第一部和第二部得以在一八一六年出版。

　　原诗大致是每行四个重音,音节数不拘,韵式以随韵为主而兼用交韵;译诗大致是每行四顿,音节数不拘,韵式一般仿照原诗,间或有所更动。

[①] 指利奥林爵士的城堡。城堡中有朗岱爵府,是利奥林和克丽斯德蓓的住处。

听钟声一响,它也就开腔:
叫四声——报刻,十二声——报时;
不分晴雨,到时候,它总是
不轻不重地叫这么十六声;①
有人说,它瞥见了夫人②的亡灵。

今天晚上冷不冷?黑不黑?
晚上冷是冷,黑倒不黑。
薄薄的灰云摆开架势,
遮住了天空,却遮不严实。
云彩的后面,月亮正圆,
可是显得小,显得昏暗。
晚上冷飕飕,云彩灰沉沉,
五月还没来,还是四月份,
春天正在慢悠悠走近。

俊俏的小姐,克丽斯德蓓,
她是她父亲钟爱的宝贝,
这么晚,怎么还待在林子里?
离城堡大门有两百多米!
昨天一整夜,她做梦不止,
梦见那同她订了婚的骑士;

---

① 老式的自鸣钟既报时也报刻,到了十二点,先敲四下报刻,再敲十二下报时,合计十六下。这几行诗是说,每到十二点,城堡的大钟敲响十六下,这条看家狗也跟着叫十六声。
② 指已死的利奥林爵士夫人,克丽斯德蓓之母。

今天,她半夜来到荒郊,
是来为远方的情郎祷告。

她悄悄走动,她一言不出,
　　叹气的声音又细又柔和;
除了苔藓和寄生灌木,
　　橡树上见不到什么绿色。
她在这棵橡树下跪倒,
她在一片寂静中祈祷。

陡然,这姑娘吓了一跳,
　　克丽斯德蓓,俊俏的小姐!
近处,近极了,一声哭叫——
　　究竟是什么,她难以辨别;
这声音仿佛在老橡树那边,
在又粗又大的老橡树那边。

晚上冷飕飕,树林光秃秃,
　　莫不是凉风在飒飒低语?
这会儿没有凉风吹拂,
　　　连这位少女腮边的鬈发
　　也不曾吹动一丝半缕;
　　　这会儿没有凉风飒飒,
连树梢最后一片红叶
也不曾动弹,也不曾摇曳——
它轻轻悬在最高的枝头,

343

只要能晃悠,它便晃悠。

少女的心呵,别跳得这么响!
耶稣!马利亚!保佑这姑娘!
她披着斗篷,抱着胳膊肘,
悄悄走到了橡树的另一头。
　那儿她瞧见了什么?

瞧见了一位明艳的女郎,
白丝绸袍子披在她身上,
月光下,这白袍闪烁幽光——
怎及她脖子莹白雪亮!
她光着脖子,光着胳膊,
没穿鞋,脚上有淡蓝的筋络;
头发里缀饰着宝石颗颗,
星星点点,光华四射。
真叫人骇然:在这儿竟会
瞧见这女郎——这么样娇媚,
一身穿戴得这么样华贵!

"圣母马利亚,大慈大悲!"
克丽斯德蓓叫道,"你是谁?"

这时,那个陌生的女人
回话了,嗓音微弱而甜润:
"我遭了大难,请你垂怜;

我已经虚弱得难以开言；
请伸手拉我一把，别怕！"
于是，克丽斯德蓓问她：
"你怎么到这儿来的？"那女人
又回话，嗓音微弱而甜润：

"我父亲出身于高贵门庭，
我的名字就叫吉若丁。
昨天一大早，五名武士
把我这不幸的弱女子劫持；
威逼我，吓唬我，不准我叫嚷，
把我绑起来，驮在马背上。
那匹马跑起来其快如飞，
武士们跨着马紧紧跟随；
他们催赶着那几匹白马，
猛跑了一夜也不曾停下。
老天爷会救我，我确信不疑，
他们是什么人我不知底细。
那时，我累得半死不活；
五个武士里最高的一个
给我松了绑，扶我下了马，
（他那些伙伴叽叽喳喳）
把我安顿在这棵树下；
他保证他们去去就回来，
上哪儿去了我说不明白。
我早已吓得魂飞魄散，

也不知时间过了多久；
刚才，我迷迷糊糊听见
　　钟声敲响在近处的城楼。"
最后她说道："求你伸伸手，
帮我这不幸的弱女子逃走。"

克丽斯德蓓便向她伸手，
　　好言劝慰美人儿吉若丁：
"娇艳的淑女！放心吧，今后
　　你可以指靠我的父亲：
利奥林爵士会乐于派遣
　　他那些威武的骑士和亲兵
护送你，让你自由而安全
　　回到你父亲尊贵的门庭。"

她站起；两人向城堡走来，
只想快些走，却又走不快。
那女郎为自己得救而庆幸，
　　克丽斯德蓓便向她叮嘱：
"此刻，我一家都已就寝，
　　宅院像禅房一样静穆；
可别把利奥林爵士闹醒，
　　他年老衰弱，病体恹恹；
你我走动别弄出声音；
　　娇贵的淑女！请你赏脸，
　　今夜就与我同榻而眠。"

克丽斯德蓓一走过城壕，
便掏出钥匙——配得多精巧！
城门正中央有小门紧闭，
把钥匙一拧，小门便开启；
城门里外用铁板加固——
这儿开出过严整的队伍。
像病痛发作，那女郎跌倒；
克丽斯德蓓不辞辛劳
把她扶起来（好沉的分量！）
跨过了门槛，进入了城墙；
那女郎霍然站起来行走，
仿佛她什么病痛也没有。

摆脱了恐惧，摆脱了危险，
她们俩喜滋滋穿过庭院。
满心虔敬的克丽斯德蓓
热情呼唤身边的那一位：
"让我们赞美圣母马利亚，
　　是她把你救出了苦海！"
"哎哟！哎哟！"吉若丁回答，
　　"我已经虚弱得说不出话来。"
摆脱了恐惧，摆脱了危险，
她们俩喜滋滋穿过庭院。

月色冷冰冰，那条看家狗

在狗窝外面睡得正熟。
它不曾醒来,然而,它却
怒吠了一声,真真切切!
这条狗,是什么把它惹恼?
  在克丽斯德蓓面前,这畜生
  从来也不曾怒吠过一声。
莫不是一只猫头鹰在啼叫?
是狗么? 有什么把它惹恼?

她们俩一道走过厅堂,
脚步虽轻,也出了声响;
炉火昏惨惨,就要熄灭,
残火周围是白灰碎屑;
但女郎一来,炉中便闪现
一条火舌,一团热焰;①
克丽斯德蓓别无所见,
只见那女郎一双亮眼,
只见父亲盾牌上的浮雕
在昏暗壁龛里隐约显耀。
克丽斯德蓓嘱咐:"轻点走,
我父亲容易醒,难得睡熟。"

克丽斯德蓓赤脚而行,
一级一级地悄悄攀登,

---

① 看家狗的怒吠和炉火的复燃,都暗示吉若丁有妖邪之气。

仿佛担心风儿会偷听；
时而有微光,时而又幽暗,
她们走过了男爵的房间,
死一般静寂,憋住了呼吸!
　终于来到了她的闺房；
这时,吉若丁跨进门来,
　脚儿踩到了灯心草上。①

长空开阔,淡月幽微,
月光照不进这里的深闺。
她们没亮光也能看到
这卧房雕砌得何等精妙；
为少女构筑适意的闺房,
　全靠雕刻师巧运匠心,
雕出了新奇妍丽的图像；
　银灯一盏,用银链两根
拴在小天使一双脚上。

这盏灯这会儿昏昏暗暗,
克丽斯德蓓来把它修剪。
一经她修剪,灯就亮起来,
　悠悠荡荡地来回摇晃。
可怜吉若丁遭难遭灾,
　这会儿昏沉沉倒在地上。

---

① 古代英国人常在室内铺洒灯心草,其作用略如后来的地毯。

"吉若丁小姐,你身子困乏,
我求你,把这杯甜酒喝下!
这种酒提神,这种酒真灵;
我母亲用野花把它酿成。"

"你母亲会不会显示温情,
　　垂怜于我这孤苦的少女?"
克丽斯德蓓答道:"很不幸,
　　她已在生我的时辰死去。
白发老修士曾向我转告
　　母亲临终时留下的遗言:
'她①结婚那天,我定能听到
　　城堡的大钟敲响十二点。'
母亲呵!但愿你就在眼前!"
吉若丁也说:"但愿她出现!"

她嗓音突变,叫道:"走开!
　　枯瘦的母亲,游荡的亡灵!
我自有法力,能叫你走开!"
　　她这是怎么了,可怜的吉若丁?
她眼神恍惚,注视着什么?
她怎么瞧得见无形的死者?
她为何怪声喊叫:"女人!

---

① 指克丽斯德蓓。

走开!眼下的时辰归我;
尽管你是她的守护神,
　　你也得走开!这时辰归我。"

克丽斯德蓓挨着她跪下,
　　蓝莹莹的两眼仰望苍天,
叹道:"是那次可怕的绑架
　　把你折腾得痴痴癫癫。"
那女郎擦了擦湿冷的额角,
"现在没事了!"她颓然说道。

又喝了一口野花酒浆,
　　明澈的大眼闪出光彩,
吉若丁从她躺着的地方
　　一下子笔直站起身来。
这女郎看上去娇艳无比,
像来自异邦的名门佳丽。

这高贵的淑女开言致意:
　　"克丽斯德蓓,虔敬的生灵!
你敬爱神明,神明也爱你;
　　秀媚的少女呵!为了神明,
为了你对我的隆情厚谊,
我自然也该略尽微力,
　　试图来报答你的恩情。
你先歇息吧,脱掉衣袍;

我睡觉之前还要祷告。"

听从了这位女郎的主意,
　"好吧!"克丽斯德蓓回答。
她脱衣,露出柔润的肢体,
　以娴雅的风姿轻轻躺下。

但她脑海中思绪奔涌,
往复思量着祸福吉凶;
她总想闭眼,眼总是不闭,
干脆一骨碌翻身坐起,
她坐在床头,支着胳膊肘,
察看吉若丁,这名门闺秀。

只见她躬身坐在灯影里,
　转动着明眸徐徐四顾;
她大声吸气,仿佛在战栗,
　把胸脯下面的腰带解除;
白丝绸袍子,贴身的衣衫,
一下子通通滑落到脚边,
瞧呵! 袒露的胸脯和侧面——
这景象只能在梦中瞥见
而不能吐露! 望圣母慈悲!
保佑温良的克丽斯德蓓!①

━━━━━━━━━━
① 克丽斯德蓓窥视吉若丁脱衣,发现她身体形状怪异。

吉若丁兀自不说也不动,
瞧她的容态呵,那样惶恐!
犹如病弱者擎举重物,
要汲取内力才能应付,
她偷觑这少女,一再踌躇;
蓦然间,仿佛受到了轻慢,
她横眉傲视,坦然泰然
躺下了,在这少女的身边!
她轻舒双臂,搂住这少女,
　　　　噢,哎哟!
她神色忧伤,低声细语:
"我这胸脯跟你一接触,
就会有一种魔力显出,
这魔力要主宰你的谈吐;
你今晚会发现,明朝会熟悉
我的羞辱和悲哀的印记;
　你的抗争是徒劳,
　　　别的事你无能为力,
　唯一可行的是宣告:
　　　在那片昏黑林子里,
听到了一声呜咽或低语,
瞧见了一位明艳的淑女,
你出于仁爱,带她回家来,
从那片瘴气里救出她来。"

第一部 尾 声

那是迷人的,要是能看到
克丽斯德蓓虔诚地跪倒
在那棵橡树下喃喃祷告。
  树枝有苔无叶,
  影子参差摇曳,
  她沐着溶溶淡月,
  吐露温柔的誓约。
她合拢纤纤嫩嫩的两掌,
时时把它们举到胸膛;
脸色顺应于佳境或逆境,
别说它苍白吧,说它白净;
一双清而更亮的蓝眼,
泪珠儿正要从中涌现。

她睁着眼睛睡着了,(真不幸!)
睡着了,沉入可怕的梦境;
其实,可怕的梦境里(我明知)
梦见的只有那一桩,那就是——
羞辱和悲哀!这会是她么?
是在橡树下跪倒的她么?
瞧那个侵害者,施展魔力,
正把这少女搂在怀里,
却睡得似乎平静而安泰,

像一位慈母偎抱着婴孩。

一颗星沉落,一颗星升起;
吉若丁!自从你轻舒双臂
把克丽斯德蓓牢牢拘禁,
你已经占用了一个时辰——
你已经如愿!那个时辰里,
池沼边,溪水畔,夜鸟①都沉寂。
这会儿它们又开始欢呼:
峭壁上,古堡旁,"嘟—呜!嘟—呜!"
密林中,荒野里,"嘟—呜!嘟—呜!"

看吧!克丽斯德蓓已经
从痴迷昏睡中渐渐清醒:
神情变得忧郁而宁静;
肢体松弛了,一双眼珠
被眼皮封闭,泪珠儿涌出——
　大颗泪珠儿使睫毛发亮!
不时她又有笑容流露,
　像婴儿瞥见了一道闪光!

她就是这般,又哭又笑,
　这位娟秀的少女好似
　独自在荒野修行的隐士,

---

① 指夜间活动的鸟类,如猫头鹰等。

时时祈祷着,梦中也祈祷。
要是她不安地转过去翻过来,
只怕是由于环流的血脉
流得太急了,使脚儿胀痛。
无疑,她瞥见了亲切的仪容。
莫不是她的守护神出现?
莫不是她母亲来到身边?
欢乐中,忧患中,她都清楚:
凡人有央求,神灵会救助,
澄碧的苍天俯临着万物!

第 二 部

"每一声晨钟都是丧钟——
催我们咽气,给我们送终。"
这句话,利奥林初次说出口,
是在他夫人死去的时候;
这句话,他还会说了又说,
直到他自己临终的时刻!

于是便有了例行公事:
天一亮,教堂司事①便准时
去撞击大钟;撞一下之后,
把四十五颗念珠儿数够,

---

① 教堂的小职员,负责保管教堂衣物和打钟等事。

再撞第二下——像丧钟鸣奏!
从勃拉萨赫①到温德密湖②,
人人都得听——不由自主。

吟游歌手勃雷西说道:
"钟响让它响,报丧让它报!
让教堂司事迷迷糊糊、
慢慢吞吞数他的念珠!
要打发时光,有的是路数。
在朗岱峰③顶,在女巫之窝④,
　在横遭劈裂的丹金峡谷⑤,
风声似洪钟,山岩似绳索,
　把三名司事的阴魂禁锢,⑥
阴魂相继把报丧的钟声
传送给阳世活着的弟兄;
丧钟还每每把魔君触犯,
阴魂数念珠刚一数完,
巴罗谷⑦响起了欢快的晨钟——

---

① 地名,方位不详。
② 见第 82 页注①。
③ 位于威斯特摩兰郡西北部。
④ 地名,不详。
⑤ 位于威斯特摩兰郡,离格拉斯密不远。
⑥ "三名司事的阴魂",原文直译当为"三个有罪的教堂司事的阴魂"。是否有什么典故出处,译者曾请教钱锺书先生,钱先生说:此处并非用典,也无出处可查。
⑦ 坎伯兰郡风光秀丽的谷地,德文特河流经其间,离柯尔律治住过的凯西克镇不远。

是魔君对阴魂噩运的嘲弄。"

气氛静穆,欢快的晨钟
穿云破雾,响彻长空;
吉若丁恢复了从容镇定,
从床上坐起来,举止轻盈,
披上了她的白丝绸衣衫,
神色自如地梳妆打扮;
克丽斯德蓓也醒了,她对
　吉若丁的魔法毫无疑忌。
"你还睡吗,克丽斯德蓓?
　但愿这一夜你睡得安逸。"

克丽斯德蓓定睛细觑
那与她同榻而眠的淑女——
还不如说是:仔细打量
她在橡树下扶起的女郎——
比昨夜更美了!美得出奇!
　也许,这是安恬的熟睡
　给她带来的福分和实惠;
她说起话来,容颜和神气
表达了彬彬有礼的感激,
她的胸脯也起伏不定,
把紧束的胸衣绷得更紧。
克丽斯德蓓说:"我犯了罪孽!
幸而无事,感谢老天爷!"

以低微、嗫嚅而柔婉的音调
她向那高贵的女郎问好,
此刻,她迷茫困惑的心情
正像那栩栩犹存的梦境。

克丽斯德蓓匆匆起床,
匆匆穿戴,整顿衣裳;
向耶稣祷告,切切祈求
洗涤她不为人知的罪咎;
然后便领着吉若丁小姐
去见她父亲,利奥林爵爷。

温柔的少女,颀长的女郎,
双双来到爵府的厅堂;
侍童和仆役在两旁接应,
她们走进了男爵的客厅。

利奥林爵士站起身来,
把他的娇女拥入胸怀;
这时,看到了吉若丁小姐,
他眼中露出惊奇和喜悦;
见她是如此华贵而明艳,
便向她致意,礼数周全。

他听这女郎自述身世,
当她说出她父亲的姓氏,

为何惊动了利奥林爵士?
他把这姓名叨念不迭——
特莱缅①的罗兰·德沃勋爵!②

年轻的时候,他们是知己;
但流言飞语戕害了友谊;
恒久的交情只应天上有,
　人间处处是荆棘成堆;
年轻人浮躁,对着好朋友
　也会恶狠狠暴跳如雷。
照我猜想,利奥林与罗兰
偶然间发生了口角争端;
他们本来是最亲的兄弟,
却互相辱骂,互相鄙弃;
两人分手了——再不见面!
然而,双方却同样发现
心中空落落,悲苦难排,
彼此隔绝,而创伤仍在;
好似山崖被劈成两半,
阴沉的海水便流注其间,
但不论炎暑、冰霜或雷电,
都没有能力把旧迹前缘
清扫一空,或连根斩断。

---

① 地名,方位不详。
② 研究者们认为,这首诗中的吉若丁是一个冒名顶替的女怪,并不真是罗兰·德沃勋爵的女儿。

利奥林站着,沉思有顷,
凝神注视着女郎的面影;
特莱缅青年勋爵的容颜
在他的心底翩翩重现。

男爵忘了他一把年纪,
无名怒火从心头升起;
他凭着耶稣的名义起誓:
"我要用号角和庄严仪式
向四面八方广为传布:
劫持这高贵淑女的武夫
是为非作歹的无耻狂徒!
倘若狂徒们胆敢不服,
传令官就会指定一星期,
叫他们都在那个星期里
来到我家的比武场地,
　那时,我要叫这些家伙
卑劣的灵魂和躯体分离!"
　他眼珠转动,闪闪如电火!
只因这淑女横遭侵害,
而她,正是他朋友的女孩!

他潸然泪下,满腔怜惜,
向俏丽女郎伸出了双臂,
吉若丁投入男爵怀抱里,

她眉舒目展,久久偎依。
克丽斯德蓓见此情状,
心头便涌现一个幻象:
可怖的幻象,触觉,痛楚!
瑟缩着,战栗着,她再次目睹——
(温良的少女呵!真不幸!难道
这样的景象该让你见到?)

她再次目睹那熟悉的胸脯,
那冰冷的胸脯她再次感触,①
她倒抽一口气,嘘嘘作响,
利奥林急忙回头张望,
这爵士别无所见,只见到
女儿眼朝天,仿佛在祈祷。

那触觉,那幻象,已经消隐,
继之而来的是亲切的形影:②
当她在吉若丁怀抱里睡定,
这形影曾使她憩息得安宁,
这形影把欢乐送入她心境,
把笑意送到她眼角唇边,
有如天廷送来的光焰!

---

① 蛇是冷血动物,所以吉若丁的胸脯是冰冷的。
② "亲切的形影",即上文的"亲切的仪容"(见第一部尾声),指克丽斯德蓓母亲的形象。

利奥林爵士觉得奇怪,
便问:"孩子,你哪儿不自在?"
"不要紧,会好的。"他女儿回答;
她再也说不出别的什么话,
因为那魔力呵,过于强大!

见了面之后,利奥林认定
吉若丁具有圣洁的品性;
她的妩媚中糅合着伤感,
仿佛她心头忐忑不安——
生怕得罪了克丽斯德蓓;
她殷切恳请,语气谦卑,
恳请利奥林毫不迟延,
把她送回她父亲的宅院。

"不!"利奥林说道,"别着急!
歌手勃雷西!这差事交给你:
动身吧,奏起昂扬的乐曲,
跨上那金鞍玉辔的名驹,
叫你心爱的后生跟着你,
　背着你的琴,哼着你的歌,
两人都穿上庄重的黑衣,
　爬山赶路,切莫耽搁,
路上要提防外来的流浪汉,
免得被他们胡搅蛮缠。

"你一渡过厄兴河,歌手!
　便赶快登上诺尔伦高地,
再急忙穿过黑迦士林薮,
一会儿就到了城堡①的门口——
　城堡在苏格兰荒原上耸立。

"勃雷西!勃雷西!你马儿跑得快,
快奔向罗兰勋爵的第宅,
用嘹亮的琴声把蹄声掩盖!
比琴声更嘹亮,向勋爵高呼:
'你女儿平安,在朗岱爵府!
娇美的吉若丁平安而自由;
利奥林爵士向你问候,
他请你莫迟延,赶快出发,
带上你浩浩荡荡的人马,
把你心爱的女儿接回家;
他会在半路上与你相见,
带上他浩浩荡荡的兵员,
坐骑喘吁吁,白沫四溅。'
歌手呵!凭我的荣誉起誓:
我悔不当初,不该在那一日
对我的好朋友罗兰勋爵
说出那些话,狂悖而暴烈!
自从那不幸的时辰以后,

---

① 指罗兰·德沃勋爵的城堡。

已经度过了多少春秋,
我再也找不到一位友人
像罗兰·德沃那样知心。"

吉若丁跪下,抱住他双膝,
仰脸望着他,泪水淋漓;
勃雷西和善地向他们致意,
答话的语调却有些迟疑;
他说:"尊贵的男爵!你的话
比我的琴声更为温雅;
望你能俯允我的恳请——
今天我不想走马登程;
只因我做了一个怪梦,
梦中有异象向我示警;
我便用琴声立下誓言:
要从树林里清除凶险!
睡梦中,我瞧见那只雌鸽——
你心爱的鸟儿,性子最温和,
你叫它'克丽斯德蓓',爵士!
和你女儿的芳名一致。
我瞧见它在林子里,草地上,
婉转悲鸣,扑腾着翅膀;
我瞧见它扑腾,听见它啼叫,
却不知这鸟儿有什么苦恼;
在它的身边,什么也见不到,
就只有树下茸茸的绿草。

"睡梦中,我想,我该去看看,
　　看那儿到底有什么事情,
那鸟儿遭受了什么磨难,
　　才倒在地下一个劲扑腾。
我到了那儿,左看右瞧,
看不出那鸽子为什么哀叫;
想起它女主人①,我便弯下腰,
把鸽子捉住,看个分晓:
原来是绿莹莹小蛇一条
在它的脖子、翅膀上盘绕,
像周遭的青草一样绿莹莹,
缩着头,紧挨着鸽子的头颈;
它随着鸽子而扭动、起伏,
两个的脖子都胀得老粗!
我醒了,正是半夜辰光,
城堡的钟声在耳边回荡;
虽然睡眠已一去不返,
那一番梦境却不曾消散,
还在我眼前活灵活现!
就在这一天,我立下誓言:
要高唱圣歌,把诗琴高奏,
在那座林子里往复巡游,
决不许邪物在那儿逗留。"

---

① 指克丽斯德蓓。

这些话,利奥林似听非听,
　　听了,也只是淡淡一笑;
他怜爱的目光投向吉若丁,
　　以优雅而又慈和的声调
对她说:"温柔的淑女!你是
罗兰勋爵的娇美的鸽子!
你父亲和我持有的武器
比圣歌更威严,比诗琴更有力,
定叫那条蛇一败涂地!"①
他边说边吻女郎的额头,
吉若丁显出处女的娇羞,
她两眼低垂,两颊酡红,
把身子转过去,仪态谦恭;
轻轻提起垂曳的长裾,
才提了起来,又滑了下去;
只见她两臂交叠在胸前,
头颈俯垂于胸乳之间,
斜着眼,向克丽斯德蓓偷觑——
耶稣,马利亚,保佑这少女!

蛇眼眨巴着——畏怯而阴沉!
　　吉若丁两眼缩小了,须臾

---

① 克丽斯德蓓是鸽子,而吉若丁是蛇。利奥林却以为吉若丁是鸽子,害她的人才是蛇。由此引发了利奥林、克丽斯德蓓父女之间的矛盾。

缩成了一双蛇眼,那眼神
　小半是憎恨,大半是恐惧,
乜斜着,偷觑克丽斯德蓓!——
　少顷,这异象便消失无余;
克丽斯德蓓昏昏如醉,
站不稳脚跟,绊倒在地上,
她簌簌发抖,嘘嘘作响;
吉若丁又一次转身张望:
像在困境里央告求援,
她转动又亮又大的两眼,
充满惊疑,又充满愁苦,
向利奥林爵士眈眈注目。

克丽斯德蓓神思迷惘,
什么都不见,只见那异象!
这毫无心计的纯真少女,
　不知怎么了,竟痴痴癫癫,
竟如此沉迷地潜心专注于
　那一副脸相,那一双蛇眼,
把她的全部身心都投向
心目中那独一无二的图像,
麻木而顺从地依样模拟
那阴沉、奸险、憎恨的神气!
她昏昏如醉,一直在冥想
那种斜睨的神情和目光;

就在她父亲眼前,带一点
　　强加的、浑不自觉的同情,
她竭力使那种神情重现——
　　用如此清白无邪的眼睛!

她一从迷离恍惚中清醒,
喘口气,便默默祷告神明;
俯伏在地下,向男爵恳请:
"凭我母亲的在天之灵,
我求您把这女人赶走!"
别的话再也说不出口:
她心里明白,却无法说出——
那强大的魔力已将她镇住。

你怎么恼怒得神色变了样?
　　利奥林爵士!你这独生女,
你这宝贝儿,伏在你脚旁——
　　这样美,这样纯洁而温良!
　　为了她,你的夫人才死去!
凭着她母亲的痛楚悲辛,
　　你不能叫这孩子受委屈!
为了她,为了你,而不为别人,
　　她母亲临终时切切低语,
祈求她为之而死的婴孩
会成为你的荣耀和欢快!

这祈求使她得到了慰藉,
　减轻了痛楚,利奥林爵士!
对这个孩子,你怎能侮蔑?
　她的,你的,唯一的孩子!

这样的念头,在男爵脑子里
　倘若也多少闪现过一些,
那也只增添了他的怒气,
　使他的心境更为恶劣。
他心绪纷乱,又气又急,
　他两眼冒火,两颊发颤:
这实在丢脸,在这把年纪!
　他独生女儿让他丢了脸!
朋友的孩子刚逃脱祸殃,
　他自然给予亲善的接待,
而女人的嫉妒和别种心肠
　竟把这事体横加败坏!
他目光严峻,转动双眸,
瞪着那温文有礼的歌手,
厉声喝道:"怎么,勃雷西!
我早就叫你走了!怎么你
还磨磨蹭蹭?"歌手动了身;
这上了年纪的男爵,利奥林,
转身不理他温良的爱女,

却挽着吉若丁向前走去!①

第二部　尾　声

好一个小孩子,乖巧的小精灵,②
跳舞给自己看,唱歌给自己听;
脸蛋儿红扑扑,腮帮子圆溜溜,
他样样能得到,用不着去寻求;
娇憨的容态呈现在眼前,
像明辉照亮父亲的两眼,
欢乐也流入父亲的心胸——
流得好快呵,又稠又浓,
只好用几句无心的嘲骂
把过多过剩的怜爱来打发。
不相干的念头捏合在一起——
这大概没错,自有道理;
对失灵的符咒发发牢骚,
拿无害的过失开开玩笑。
听得出来:嘲骂的话儿里,

~~~~~~~~~~~~~~~~

① 这首诗作者原拟写五部,只完成了两部。据吉尔曼医生记述,作者生前曾向一些友人透露过后面三部的主要情节,大致是:利奥林爵士把勃雷西遣走以后,吉若丁用魔法控制了利奥林。勃雷西回来后,吉若丁摇身一变,变成了克丽斯德蓓久别的未婚夫,迫切要求结婚,克丽斯德蓓只好答应。在教堂正要行礼之时,真的未婚夫来了,吉若丁仓皇逃走,教堂里响起了克丽斯德蓓亡母的声音,二人遂奉命完婚。
② 一般注家都认为,此处"小孩子"是指作者的儿子哈特利。第二部尾声作于一八〇一年,当时哈特利五岁。

字字反射出怜爱的情意——
这大概也没错,入情入理。
哪怕在这罪恶的人间,
心思和情意都难免变迁——
　起因无非是怒气和痛苦,
　(那么,少不了悲哀和羞辱!)
这孩子的调门呵,照常不变。

一七九七至一八〇一年

烈火、饥馑与屠杀[*]

场景为旺代①荒无人烟的旷野。幕启时,女怪"饥馑"正席地而卧;"烈火"与"屠杀"两女怪登场并向她走来。

饥馑　两姐姐来此,是奉谁之命?
屠杀　〔对烈火〕我附耳悄悄说给她听。
烈火　　不行!不行!不行!
　　　　魔怪的言语魔怪能听到:
　　　　地狱里会像过节般热闹!
　　　　不行!不行!不行!
　　　　我曾在地狱里说出他姓名,
　　　　天杀的鬼魂们刚一听到,
　　　　便一跃而起,全都乱了套,

---

[*] 这首诗以诗剧的形式出现,对当时的英国首相皮特严加挞伐。威廉·皮特(小皮特,1759—1806)在执政期间,镇压国内民主运动和爱尔兰独立运动,敌视法国革命,曾三次组织反法联盟。诗中把皮特描写成魔怪的头头,他派遣"烈火""饥馑""屠杀"三女怪到人间来肆虐;诗的末尾还诅咒皮特将会被捉拿,被肢解,被焚烧。全诗笔调亦庄亦谐,在柯尔律治的作品中别具一格。

① 法国西部的一省。从一七九三年起,由于法国王党贵族的策动,也由于英国皮特政府的支持,旺代曾多次爆发反对巴黎革命政府的武装叛乱,长时期兵连祸结,史书上称为"旺代战争"。参看第385页注①。

又鼓掌欢呼,又手舞足蹈。
他们对我再也不关照;
狞笑着,听橡子毕剥燃烧,
四下里回响着他们的狂笑!
　　不行! 不行! 不行!
魔怪的言语魔怪能听到:
地狱里会像过节般热闹!

饥馑　慢慢轻轻地,透露他姓氏——
只要稍稍给一点暗示!

屠杀　他姓氏是四个字母相加。①
谁派你们来?

两怪　　　　　　也是他! 也是他!

屠杀　他偷偷前来,打开我洞穴,
从那时算起,我这些年月
喝足了九十万人的鲜血。

两怪　谁叫你干的?

屠杀　　　　　　也是他! 也是他!
他姓氏是四个字母相加。
他放我出来,吆喝我:快干!
只有他才配让我来夸赞。

饥馑　谢姐姐指教! 男子们战死,
饿坏了他们的孩儿和妻子。
我站在湿漉漉一片战场上,
把枯骨、天灵盖梆梆敲响,

---

① "皮特"的原文是 Pitt,共四个字母。

　　　　想吓唬豺狼、乌鸦和野狗，
　　　　这些孽畜呵，吓也吓不走。
　　　　我赶紧离开——怎忍心看到
　　　　孽畜们大嚼那美味佳肴？
　　　　又听得一声号哭，一声哼，
　　　　透过那破屋土墙的裂缝——
　　　　你们猜，我瞧见什么情景？
两怪　你附耳悄悄说给我们听。
饥馑　娃娃要吸奶，妈妈快毙命，
　　　我饿杀了母亲，正饿杀幼婴。
两怪　谁叫你干的？
饥馑　　　　　　　也是他！也是他！
　　　他姓氏是四个字母相加。
　　　他放我出来，吆喝我：快干！
　　　只有他才配让我来夸赞。
烈火　两姐姐请听！我来自爱尔兰，①
　　　那里的庄稼、篱栅都烧完；
　　　我的光辉比夕阳更壮丽！
　　　我忙个不休，一气干到底；
　　　我阔步前进，一路招摇，
　　　我扭头回顾，捧腹大笑；
　　　那真是一出难得的好戏：
　　　看牛群被烫得不敢停蹄，

----

① 一七九八年（柯尔律治写这首诗之前不久），爱尔兰人民举行武装起义，皮特政府派出"讨伐军"，杀人放火，厉行镇压。

　　　　被红光和喧闹吓得发了昏,
　　　　彻夜不歇地撒野狂奔!
　　　　蓬屋亮晃晃,趁亮好开枪,
　　　　光身的乱党①便七死八伤;
　　　　房顶的积水见了火嗞嗞响,
　　　　哗啦啦!一下子漏进了住房,
　　　　泼洒在卧病的老嬷嬷身上,
　　　　她只得气呼呼咒骂一场。
两怪　谁叫你干的?
烈火　　　　　　也是他!也是他!
　　　　他姓氏是四个字母相加。
　　　　他放我出来,吆喝我:快干!
　　　　只有他才配让我来夸赞。
三怪　他放出我们,叫我们大干,
　　　　我们该如何把他来夸赞?
饥馑　人们越挨饿,懂得就越多。
　　　　我会让千千万万人挨饿,
　　　　愤怒的狂潮会汹涌泛滥:
　　　　人们会捉住他,捉住他一伙——
屠杀　会把他肢解,砍成几段!
烈火　这两个忘恩负义的婆子!
　　　　为你们,他做了那么多好事,
　　　　你们对待他却不过如此?

---

① 指参加武装起义、反抗英国统治的爱尔兰平民。"光身"是因为夜间突遭英军烧杀,未及穿衣。

我可以做证:他八年以来
总是摆盛筵将你们款待;
你们只用一小时来报答
八年的恩典?——去吧!去吧!
只有我,才对他忠贞无比,
要将他紧抱,永不分离!

一七九八年

午夜寒霜*

寒霜施展着神秘的功能,没有风
给它鼓劲。猫头鹰尖厉地叫了;
听呵,又叫了一声,还那样尖厉。
我住的小屋里,人们都已歇息了,
留下我一个,孤单清净,正好
专注于默想冥思;身边就只有
摇篮里的婴儿,睡得安安稳稳。
多么幽静呵!幽静得这样出奇,
这样古怪,连沉思也受到牵掣,
也为之忐忑不安了。大海,山林,
这人烟密集的村落!大海,山林,
芸芸众生数不尽的营营扰扰,
都悄然如入梦乡。炉火不旺了,
细弱的蓝色火苗已不再抖动;
只有炉子上那一缕轻烟,还照旧
在那儿袅绕——只有它静不下来。①

---

* 有些评论家认为,这是柯尔律治"谈话诗"中写得最好的一首。
① 据作者原注,在英国各地,都把炉火上飘荡的轻烟称为"远客",认为是亲朋将至的兆头。

万籁俱寂中,它独自活动着,我想
它对我这个活人,会隐约萌生
几分亲切感,会乐于和我做伴吧。
闲荡的精灵(它到处寻觅自己的
回声或影像),凭着自己的心境
来解释轻烟的袅绕和怪态奇姿,
借幽思遐想来消遣。

      哦!多少次,
我在学校里,怀着真诚的信念
和殷切的预期,凝望着炉子,守候着
那翩然浮现的"远客"!还有多少次,
我睁着两眼,居然分明梦见了
心爱的家乡①,古老的教堂钟楼,
清脆的钟声——穷人仅有的音乐,
在热闹的集日,从清晨响到黄昏,
悠扬悦耳,以酣畅淋漓的欢乐
撩拨我,纠缠我,在我听来,这音响
真像是对未来事物的分明预告!
我睁眼望着,直到梦中的佳境
诱我入眠,而睡眠又延长了美梦!
第二天,一上午我都闷闷沉沉,
害怕老师的嘴脸,便假装用功,
紧盯着叫我头昏眼花的课本;

---

① 指奥特里·圣玛丽镇,在英格兰西南部德文郡,作者一七七二年十月二十一日诞生于该镇。

而只要门儿半开,我便钻空子
赶忙偷觑一两眼,心儿急跳着,
巴望着门外真会有远客来临:
乡亲,婶子,或是亲爱的姐姐——
早几年和我穿相似童装的玩伴!

 身边,摇篮里婴儿正在安睡,
寂静中,听得见他那轻柔的呼吸:
这声息仿佛填补了我的思绪里
那些零散的空隙和短暂的间歇!
玲珑姣好的婴儿!当我看着你,
心魂便因愉悦的柔情而震颤,
想到:你会在截然不同的场景中,
学到截然不同的知识!因为我
在都城长大,被关进幽暗的庵堂,①
除了天空和星星,没什么可看的。
而你呢,孩子!你会像清风一般
遨游在湖滨、沙岸和山岭高崖下,
仰望浩瀚的云海——云海也幻化出
湖泽、沙岸和山岭的图形;那么,
你就会看到各种瑰丽的景象,
你就会听到各种明晰的音响,
这些,都属于上帝永久的语言②,

---

① 作者九岁丧父,十岁到伦敦就学于基督慈幼学校。
② 指大自然的美,包括上文的"景象"和"音响"。

他在永恒中取法于万物,而又
让万物取法于他。宇宙的恩师!①
他会塑造好你的心灵,既然
向心灵颁赐,也就让心灵索取。

  那么,对于你,所有的季节都美妙:
要么是盛夏,大地一片绿茸茸;
要么是早春,积雪的丛林灌莽里,
知更鸟歌唱在青苔斑驳的苹果树
光秃的枝头,旁边的茅屋顶上,
晴雪初融,蒸发着水汽;檐溜
要么滴沥着,在风势暂息的时候
声声入耳,要么,凭借着寒霜的
神秘功能而凝成无声的冰柱,
静静闪耀着,迎着静静的月光。

一七九八年二月

---

① "宇宙的恩师"和上下文的三个"他"都是指上帝。

咏法兰西[*]

一

浮云呵!你们在高空飘荡又留停,
　没有人能够左右你们的方向!
海浪呵!不论你们奔涌到何方,
　你们只遵从造化永恒的律令!
林木呵!你们静听着鸣禽的夜歌,
　倚立在溜滑险陡的半山坡上;
要么,摇曳着你们高傲的枝柯,
　合成了浩浩天风庄严的吟唱!
　　多少回,仿佛有神灵呵护,

---

[*] 这是柯尔律治很重要的一首诗。诗中表述了他对自由的始终如一的热爱;表述了他在法国大革命初期对这一革命的竭诚拥护,革命形势变化后,虽心存疑虑而仍不改初衷,直到法国出兵入侵瑞士才使他幻想终归破灭,并从痛苦的教训中悟出:在人类社会生活中追求自由是虚妄的,真正的自由只能在大自然中去寻觅。柯尔律治(还有华兹华斯)为什么在对法国革命失望之余转而寄情山水,皈依自然,从这首诗中可以得到部分解答。全诗感情真挚而结构精密,气势奔放而韵律谨严。雪莱曾告诉拜伦说,他写《西风颂》是受了这首诗的启发。

我走过樵夫未到的幽处，
　　　为神奇幻影所导引，行进于
　　月光下花草蒙茸的弯弯路上，
　　　除胡猜乱想外，我还动心于
　　种种粗犷的形象和势不可遏的怪响！
　　你们呵，狂啸的波涛！高耸的林木！
　　在我头顶上飘然飞过的浮云！
　　升起的朝阳！愉悦的蔚蓝色天幕！
　　　自由而又能永保自由的种种！
　　　不论你们在何方，请为我做证：
　　证明我对最神圣的自由之神
　　　是如何深心景仰，始终敬奉。①

　　　　　　　二

　　当初，法兰西愤然扬起了巨臂，
　　　顿足如雷，以横扫海陆的诅咒
　　　告知天下：她誓必赢得自由——
　　请做证吧，那时我如何喜忧交集！
　　我何等欢欣（尽管与庸奴②为伍），
　　　无畏地唱出了对她的崇高祝贺；
　　尔后，为了压制这觉醒的民族，

---

① 本诗第一节的大意是：作者崇奉自由，自由最为神圣；自然界的万象（浮云、海浪、林木等等）都是自由而又能永保自由的，作者呼唤它们来证明他对自由的历久不渝的敬爱。
② 指作者周围那些对法国革命既不理解也不赞成的英国庸人。

像群妖在巫师魔杖下整队集合，
　　国王们汹汹然兴师问罪，
　　不列颠也加入这邪孽营垒；①
　　虽然我眷爱祖国的海陆，
虽然亲友的情谊和早岁的恋情
　　使这种眷爱愈益强固，
使祖国山水园林都闪射瑰异的光影；
然而，我的调门没有变，唱的是
　　向暴君兵甲英勇抗争者的胜负，
和难以摆脱的、久远的邦家之耻！
　　自由神呵！我从来也不曾出于偏心
　　　让你的圣火明辉有丝毫减损；
　　我只为法兰西的解放而讴歌祝福，
　　　也为不列颠的恶名而垂头悲恨。②

三

"怕什么！"我说，"哪怕渎神的喧嚷
　　冲犯了解救生灵的福音佳调！
　　哪怕以激情醉意跳起的舞蹈
比狂人梦中所见的更为癫狂！

---

① 当时，欧洲各国的君主和贵族都与革命的法国为敌，结成了反法同盟。一七九二年，法国已与奥地利、普鲁士等国开战。路易十六被处死后，英国也于一七九三年二月对法宣战。
② 第二节的大意是：法国大革命爆发后，作者欣喜逾恒，热情祝贺，而英国政府却悍然对法国宣战；作者虽眷爱祖国，但更加热爱自由，所以仍然讴歌法国革命，并没有"出于偏心"而回护本国政府。

拂晓汇聚在东方的暴雨浓云

  涂暗了天空,旭日却仍然升起!"

为抚慰我这渴望的、战栗的灵魂,

  嘈音息止了,万象光明而静谧;

    法兰西用荣光灿烂的花环

    把受伤滴血的前额遮掩;

  她勇于进击而师出无名,

她挥臂冲闯,比武夫还要狂躁;

  见对手露出了惧怯的神情,

猛然一顿足,叛乱之徒便被她踏倒,

有如负伤的蛟龙辗转于血泊;①

  于是,我谴责我无法消除的忧惧;

"快了,在那些低矮的窝棚,"我说,

    "劳苦人会增长智慧,学习成材!②

    法兰西,除了沉醉于自身的欢快,

  也会使各国都赢得自由③,终于

    全世界都让'爱'和'欢乐'来主宰。"④

---

① 大革命期间,法国国内曾多次发生武装叛乱,都被革命政府敉平。叛乱的策划者主要是革命前的特权阶级,他们得到一部分天主教僧侣的支持,还往往与英国或其他外国势力有勾结。
② 这里指出:革命的成果之一,是让劳苦大众提高智慧和才干。
③ 法国国民议会曾于一七九二年末通过一项法令,声称法国将援助欧洲各国人民争取自由。
④ 第三节的大意是:随着形势的发展,在法国革命中出现了消极的或阴暗的一面,作者也因此萌生了一些"忧惧";但他还是"谴责"自己的这种忧惧,还是确信法国革命将促使欧洲各国都得到自由解放,让"爱"和"欢乐"主宰人寰。

四

宽恕我,自由神! 宽恕我那些梦想!
　我听到:从瑞士荒寒的冰崖雪窟
　传来了悲啼——是你在伤心痛哭,
一声声,在她①血染的河川上回荡!
为守卫和平国土而捐躯的英烈!
　以鲜血染红了山间白雪的人们!
宽恕我——我竟然有过那样的见解,
　竟然祝福过你们残虐的敌人!
　　在和平女神定居的福地,
　　法兰西! 你散布暴行和叛逆;
　瑞士人爱乡土,爱风雪荒原,
你却要斩断这万缕亲缘与情意;
　还要用深仇大恨来污染
山民们②不曾流血便享有的自由权利;
你欺弄天公,你捣鬼,你盲目无知,
　法兰西呵! 你的"爱国"是歹毒的骗术!
人类的骄子! 你引以自豪的,难道是:
　　为霸权而奔逐,与各国君王结伴,
　　捕猎③时呐喊助阵,也分享一脔;

---

① 指瑞士。下文的"和平国土"与"和平女神定居的福地"也都指瑞士。法国出兵入侵瑞士是在一七九八年初。
② 瑞士境内多山,所以称瑞士人为"山民们"。
③ 喻指反动统治者对内的镇压和对外的侵略。

劫掠自由民,用夺来的赃物去亵渎
　　　自由神的殿宇;又叛卖,又坑蒙拐骗?①

五

　　"邪欲"和"愚昧"是自己的奴隶,想反抗
　　　也反抗不成;在一场疯魔节目里,
　　　他们把手铐挣脱了,亮出的标记
　　是"自由"——刻在一条更粗的锁链上!
　　哦,自由神!我费了多少时光
　　　苦苦追寻你,却总是废然而止;
　　你不让赢家一赢了便得意扬扬,
　　　你吐露心声也不靠人间的权势。
　　　　任何人,不管怎样称颂你,
　　　　　(祈求或奉承又岂能打动你)
　　　都一样:教会的贪婪党羽,
　　渎神帮派的更其鄙陋的庸奴,
　　　都被你弃绝②;你展翅飞去,
　　与千顷海波戏耍,为八面天风引路!
　　在那儿,我发现你了!——在海畔高崖,

---

① 第四节的大意是:法国出兵侵犯瑞士的事件,使作者的态度发生了根本的转折,认为法国已不再是自由的维护者,反而成了自由的敌人,与欧洲各国反动君主同流合污;因此,作者既对自己原先的态度表示悔恨,更对法国背叛革命原则的行径痛加斥责。
② 以上几行是说:任何人,如果只在口头上赞美自由而言行并不一致,那么,不论他是信教的(教会的党羽)还是不信教的(渎神帮派的庸奴),都会遭到自由神的鄙弃。

恍惚有微风吹过的株株松树
正低吟细语,与涛声遥相应答!
　当我悄立着,凝望着,两鬓临风,
　把神魂投向大地、海水和天空,
　以无比浓烈的爱心去拥抱万物,
　自由神呵!我感到:你真身就在其中。①

一七九八年二月

---

① 第五节的大意是:入侵瑞士的事件表明,法国的"自由"是虚假的;看来,在整个人类社会生活领域里,自由恐怕也只是可望而不可即的目标;最后归结到:只有在大自然中才能找到自由——与第一节形成首尾呼应。

柳 蒂

切尔卡西亚①情歌

我深夜徘徊在小河边上,
想忘掉心上人儿的形象。
离开我的心吧,柳蒂的倩影!
既然柳蒂她对我无情。

月儿高挂,淡淡的月光
　和一颗星儿闪烁的倒影
映在塔玛哈②荡漾的河水上;
　那一片白岩更透亮通明——
白岩被一棵披拂的紫杉
横斜的枝叶遮挡了一半;
柳蒂的白额也同样明艳,
被黑发遮挡,也隐约半现。
离开我的心吧,柳蒂的倩影!
既然柳蒂她对我无情。

---

① 高加索北部一地区。
② 地名,方位不详。

我望见一朵云,灰暗无光,
　　向前边,向着月亮游去;
它渐渐亮些了,越来越亮,
色泽变化着,一会儿一个样,
　　终于相遇了——与月亮相遇;
这时呵,只见它明辉遍体,
像琥珀一般,光鲜华丽!
犹如这朵云,我追寻不舍,
　　以同样的欢情,与柳蒂相会;
犹如这朵云,我灰暗的脸色
　　吸取了同样灿烂的明辉!
离开我的心吧,欺人的倩影!
只怕柳蒂永不会多情。

这小小浮云呵,渐游渐远,
　　它悄然走了,走得这么快?
它停留不住,它无法流连,
它气色灰白,它容光暗淡——
　　从月亮身边匆促离开!
光彩消褪了,越来越阴郁,
　　它神情显得多么悲哀,
游向那没有欢乐的境域——
　　此刻比方才更加惨白!
我面容也会同样憔悴,
　　柳蒂呵!我会卧床不起,
为了爱你而一命垂危。

离开我的心吧,欺人的倩影!
可是,你看去又不像无情。

 我望见一片烟霭在空中,
  高高的,淡淡的,白白净净;
我从未见过这么淡的云气;
  也许那忽上忽下的清风
  吹动的时候,曾经掀起过
一位娟秀少女的尸衣——
  她是为了爱情而殒殁。
世间有多少痴女和痴郎
死去了,都只为爱情无望!
离开我的心吧,欺人的倩影!
既然柳蒂永不会多情。

别响动!我总是漫不经心
 悄悄走下那断裂的河堤,
仿佛应答着悠远的雷鸣,
 把双脚投入徐流的水里。
天鹅听到了我的脚步,
惊动了,从芦苇巢中游出。
俏丽的飞禽!你们的动作
 宛如配合着天国的乐曲!
望见你们在月光下游过,
  是何等爽心悦目的佳趣!
愿你们真正以此为乐——

白天入睡,而通宵醒着。

静夜里,柳蒂两眼已合上,
我知道她那安歇的地方:
　　那儿是幽闺,有微风吹拂,
有茉莉飘香,有夜莺吟唱——
　　静夜之歌呵! 我若有门路
潜入那枝青叶翠的闺房,
步子轻轻的,就像你①一样,
我就会窥见她白嫩的胸脯
在我的眼前娇柔地起伏,
恰似这一对雪白的天鹅
浮游于起伏不定的柔波。

哦! 但愿她也曾梦见我,
　　梦见我死了——死于心事;
我一脸苍白,一身瘦弱,
　　却依然俊秀,有如天使!
我真想死去,只要能目睹
她胸脯起伏——为我而起伏!
宽慰我的心吧,温柔的倩影!
明天柳蒂也许会多情。

一七九八年

---

① 指"静夜之歌",即夜莺的吟唱。

孤独中的忧思[*]

作于一七九八年四月,时方有外敌入侵之警[①]

葱翠而幽静,在群山环抱之中,
这小小一片山谷!歌吟的云雀
从未飞临过比这儿更清幽的处所。
山野长满了石楠,只除了那面
隆起的斜坡——它另有鲜妍的覆盖:
四季常开的金雀花[②]如今最丰美,
把斜坡染成耀眼的金黄;这一片
谷地呵,沐着潮雾,清新而淡雅,
好像春日的麦田,也像在傍晚,

---

[*] 这是一首重要的政治诗。既表现了作者深沉炽烈的爱国情怀,而又犀利痛切地指斥了英国国内的腐败之风和对外穷兵黩武、肆行侵略的罪恶。

[①] "外敌",指法国。自一七九三年英国对法宣战后,两国一直处于交战状态。一七九五和一七九六年,法国在欧洲大陆节节胜利,到一七九七年已控制整个西欧。当时很多人估计法国下一步会渡海入侵英国,一七九七年也确曾有一支法国舰队向爱尔兰进袭。所以柯尔律治作此诗时认为英国面临"外敌入侵之警"。但是,当时法国政府考虑到海军实力不足,并未强攻英国本土,而于一七九八年五月派拿破仑进军马耳他和埃及,夺取英国在海外的属地。

[②] 即荆豆,常绿灌木,花黄色,生长于荒野。

平射的阳光横贯了未熟的亚麻
半透明的茎秆,闪烁着碧绿光泽。
哦,这是个苏慰心神的幽境!
我想,这幽境人人都喜爱,而首先
是他——那谦逊的凡人①,他青年时期
做过那么多蠢事,到成年以后,
总算熬炼得比较聪明懂事了。
在此幽境里,他会偃卧于野蕨
或枯枝败叶上;飞鸣的云雀(虽不见
形影,歌声却适合这幽僻地方),
朗照的红日,飘拂的清风,无不
给他以温馨的陶养:他身心震颤,
多少种情怀,多少种思绪,汇成了
沉思冥想的愉悦,在自然界的
千形万态里体味出神圣的内涵!
于是,他的官觉迷茫了,仿佛在
假寐,梦见了世外的洞天佳境,
而梦中仍然听到你,歌吟的云雀呵,
你高唱入云,宛若云端的天使!

　　上帝呵!对于这个人,他乐于享有
心魂的宁静,却又不能不关切
寰宇之内他亿兆兄弟的悲欢,

----

① 指作者自己。下文的"蠢事",大约是指作者二十岁前后与玛丽·艾文斯的爱情纠葛、债台高筑、中途辍学去当龙骑兵等事。

上帝呵!这真是令人忧烦的景况!
如重负压在心头,他不能不想到:
这寂寂群山之外,这边或那边,
有什么纷争与骚乱正嚣然而起,
入侵,雷轰电掣,人喊马嘶,
攻城炮火的震响,凶狂与恐怖,
胜负未卜的征战,屠杀与呻吟,
说不定,此刻,就在他祖国之岛,
就在这一片神圣阳光下发生!
我们①犯下了罪孽,祖国同胞们!
是呵!令人痛心地,我们犯下了
极其残暴的罪孽。从东方到西方,
控告我们的呼声冲破了天宇!
受苦的黎民在指斥我们;他们,
不计其数的、怒火如焚的群众,
都是上帝的子孙,我们的兄弟!
有如开罗的瘴疠沼泽上蒸发的
滚滚浓云,我们曾汹汹出动,
把奴役和苦难带给远方的部族;②
更其凶险的,我们的污毒腐恶
就像软刀子慢条斯理地杀人,
把躯体和灵魂一齐摧毁!同时,

---

① 这首诗中反复出现的"我们"一词,意谓"我们英国人"。
② 从十八世纪中叶起,英国成了殖民大帝国,大举对外侵略扩张。曾先后与法国、奥地利、西班牙、美国和各殖民地人民作战,战场遍及欧、美、亚、非四洲和海上。

在我们国内,个人的尊严和才智
统统都被淹没了:淹没于宫廷,
委员会,机关,团体,社交圈子,
发表演说和记录演说的场所,
为互相捧场而设立的互助公会;
财富如满杯污水,我们当美酒
喝干了,像敬神那样毕恭毕敬;
公然鄙弃所有庄严的准则,
出卖自由,出卖穷人的性命
去赚取黄金,就像在拍卖行里!
基督教甘美的许诺,只要宣讲得
明智得体,本可以避凶防患;
却总被教士们念念叨叨,那调子
表明了他们自己也厌烦这行业;
有人因此而嘲讽教义,多数人
心神怠惰,认不出虚伪或真诚。
罪过呵! 生命之书①已经变成了
邪孽的文件,我们一手按着它,②
喋喋背诵着存心毁弃的誓词;
人人都得要起誓——人人,处处:
学校和码头,官府衙门和法院;
人人都得要起誓:行贿者,受贿者,
商人和律师,议员和神职人员,

---

① 指《圣经》。
② 宣誓时以手按《圣经》,是表示虔诚庄重。

富人,穷人,老年人,后生小子,
人人定出了一套发假誓的计谋;
信仰已摇摇欲坠,就连上帝的
大名,听来也像是巫师的咒语;
无神论,好似猫头鹰,得意而张狂,
扑动污秽的双翅,在堂堂中午,
从阴森隐僻的藏身处钻了出来,
(不祥的景象!)它横空飞过,垂下
蓝睫毛,闭着眼,向高天红日狂叫:
"哪儿有什么太阳?"

    对于和平,
我们也不知珍视(和平么,长期
是靠着舰队,靠着惊险的大海
保住的);在并无战争危险时,我们
也鼓噪喧嚣,热衷于动武! 多年来
茫然无知于战祸的惨烈(饥馑,
瘟疫,肉搏,围歼,雪地上的溃逃);
我们,全民族,都为了战争而呐喊,
以为那只是游戏,不付出代价,
以为那只是清谈的题目,我们
不过是看客,用不着真动刀枪!
既未预见到我们尔后的恶行,
也未思忖过由此导致的后果,
或想得太少,根本不足以萌生
对恶行应有的义愤;作恶以后呢,
又是大段的开场白,又是种种

神圣的名目,又是上帝的谕示,
终于,朝廷下令了,叫千千万万人
奔向注定的一死!男孩子,女孩子,
还有妇人(她们连看见顽童
扯断昆虫的腿儿也惊叫不休),
天天来阅读打仗的新闻——那才是
我们早餐时最佳的消遣!穷小子,
他出口的祝词便是咒骂,认识的
几个字,还不够向天父祷告乞恩,
如今也变得能说会道了,俨然
懂得了兵家胜负的道理,学会了
残杀骨肉的那一套高雅言词;
这些言词我们用惯了,说起来
滔滔滚滚,却那样虚浮而空洞,
既不带感情,也不成样式!仿佛
士兵战死时周身没一处创伤;
仿佛他天神一般的躯体①被戳穿
而不觉痛楚;仿佛这短命儿郎
搏斗时血流遍体,终于倒毙
是超度升天,而不是惨遭杀害;
仿佛他没有妻子一心挂念他,
也没有上帝对他做最后审判!
就为了这些,同胞们,厄运降临了!

---

① 《旧约·创世记》第一章第二十七节:"上帝就照着自己的形象造人。"所以此处说人的躯体是"天神一般的躯体"。

若真是天网恢恢,果报不爽,
我们横暴的言词,凶残的行径,
都难逃罪责,都得要自食苦果,
我们又抱怨谁呢?
　　　　　　　　再宽恕一回吧,
圣父和神明!再宽恕我们一回吧!
不要让英国的妇人惊惶逃命,
背儿抱女,因不堪重负而昏晕——
这些娇柔可爱的娃娃呵,昨天
还在母亲怀抱里眉开眼笑呢!
儿子,兄弟,丈夫,所有对这些
在自己家里炉火边生长的娃娃
一见就爱的人们,所有听到过
安息日钟声,而不像异教徒那样
报之以轻蔑的人们,把身心净化吧!
站出来,做堂堂男子!击退顽敌①——
那邪恶虚伪、轻浮暴戾的族类,
他们耻笑所有的美德,把欢乐
与屠杀相搅混;对别人以自由相许,
自己却沉迷于嗜欲而并不自由;
他们毒害了人间亲睦的情谊,
欺骗了虔诚的、志趣恬静的心灵,
盗走了宽慰和振奋人心的一切!
让我们站出来,赶他们回去,叫他们

---

① 指法国人。

在惊涛险浪上翻滚,像几簇海草
被一阵强风扫离我们的海岸!
可是呵!愿我们得胜归来的时候
也不要陶醉于战功,却怀着忧思
和忏悔,悔不该把这等狂躁的敌人①
刺激得凶性大发!
      我已经说出了,
同胞们!说出了不少刻毒的言语,
心底却不怀刻毒。请不要认为
我的忧愤是出于派系的偏见
或是不合时宜的;国内若有人
耍手腕,回避良心,不敢正视
己方的罪责,那才是毫无勇气!
荒唐的妄想,把我们蒙骗太久了!
也许有些人,心怀怨恨,盼望着
换掉执政的当局会迎来变革;
他们以为政府是一件袍子,
我们的恶行劣迹都缀于其上,
有如花边和流苏,可以跟袍子
一块儿扔掉。这些人懵懵懂懂,
眼见我们受到上帝的惩罚,

---

① 此处的"敌人"可做不同的理解。其一,是指法国人;其二,殷宝书先生认为,是指英国人的恶德恶行(腐败成风、侵略成性等等)。殷先生的理由是:这首诗的重点是斥责英国人自己而非斥责外敌,诗人认为外敌入侵也是英国人胡作非为所招来的报应,所以恶德恶行才是英国的真正敌人。

只知归咎于少数执政者,其实
执政者的形象和品质,全是承袭了
国民的愚妄与卑污——正是这些
劣根性诞育了他们①,哺养了他们。
另有一些人,一味醉心于狂热的
偶像崇拜,任何人只要不情愿
向他们的偶像俯伏效忠,就成了
国家的公敌!
　　　　　我也被他们加上过
这样的罪名;可是呵,亲爱的不列颠!
我祖国之岛! 你可以证明:对于我
这么一个儿子、兄弟、丈夫、
父亲和朋友来说,你是最珍贵
而又最神圣的名字! 我虔敬地怀有
出于天性的爱心,而所爱的一切
从未越出你岩石峥嵘的海岸。
生身的不列颠! 祖国之岛呵! 你怎能
证明我并非如此,既然我是从
你的湖山和云霞,你的岩石
和大海,你的幽静的谷地,吸取了
我全部心智的精髓,甘美的柔情,
高洁的思想,对自然之神的崇奉,
内心世界中可爱可敬的一切,

---

① 指执政者。作者认为:英国所犯的罪孽不能仅仅归咎于少数执政者,更深刻的原因在于国民性,执政者的恶劣品质也是由国民性熏染而成。

这个肉体凡胎的一切欢乐
和他的未来生命里宏伟的前程?
在我的灵魂中,没有哪一种形象
或情感,不是出自我亲爱的祖国!
神奇富丽的岛呵! 你是我唯一的、
最庄严雄伟的圣殿,我满怀敬畏
在殿内徐行,以肃穆的颂歌来赞美
造我的上帝!
　　　　　　但愿我那些忧思,
儿女一般的忧思,是愚妄无稽的![1]
但愿敌人复仇的狂言和恫吓
犹如一股风,呼吼着,逐渐消失于
远处的树丛:风声传不出这低洼的
谷地,风力吹不弯柔弱的小草。

此刻呵,温柔的傍晚,把金雀花的
鲜果一般的香气向四方传送;
日光已经辞别了远山的峰顶,
只留下一道绮艳的余晖,斜照着
青藤密布的灯塔。那么,再见吧,
下回再见吧,安适而清幽的去处!
我踏过绿野,走上长满石楠的
山丘,盘旋行进在回家的路上;

---

[1] 国人为祖国而忧虑,犹如儿女为父母而忧虑。参看华兹华斯《无题》
("我记得一些大国如何衰退")的最后三行。

摆脱了那些不快的预感,我发现
自己已登上山头,不由得停下来,
心灵也为之一震!在群山围堵的
幽僻角落里独自勾留了那么久,
眼底蓦然展现出这一片空旷:
这边,黝黯的海水,那边,丰美的
林木蔚然的盆地,场景广阔
而气度不凡,像赋有生命的群体
正在与心灵殷切对话,使心灵
怦然跃动,想象也飘然起舞!
此刻呵,可爱的斯托伊!我已望见了
教堂的尖塔,和相依相聚的四棵
高大的榆树,那是我友人①的寓所;
在榆树后边藏而不露的,是我那
简陋的小屋,那儿有我的孩子
和他的母亲,小日子安安静静。
我加快脚步向那儿走去,却还在
惦记着你呵,葱翠清幽的山谷!
我由衷感激:那一片天然的静穆,
那一番孤独的冥想,使我的心灵
整个儿软化了,得以陶然沉醉于
满腔的眷爱,和献给人类的深情。

　　　　一七九八年四月二十八日,下斯托伊村

---

① 指华兹华斯。当时柯尔律治住在萨默塞特郡匡托克山麓的下斯托伊,
　华兹华斯住在阿尔福克斯登,两地近在咫尺。

403

夜 莺[*]

没有了云霞,没有了西边惹眼的
回光落照,没有了缕缕残辉,
没有了深浓而明灭不定的色彩。
来吧,在这座苍苔古桥上歇着!
看得见桥下河水的微光,却又
听不到声息:水呵,轻悄地流过
平软青翠的河床。全都安静了,
好一个温馨的夜晚! 星星虽不亮,
却令人想象沛然而来的春雨[①]
把绿野浇得好畅快——我们会察觉
星斗无光的时刻也别有幽欢。
听呵! 夜莺唱起了婉转的曲调,
这"最为悦耳,最为忧郁"的鸣禽[②]!

---

[*] 这是一首著名的"谈话诗"。诗中(像在《午夜寒霜》中一样)强调:人应该投身于自然,接受自然的陶冶。还指出:诗人的成功之道不在于雕章琢句,而在于心灵与自然的契合。诗中对夜莺的啼鸣做了精心细意的描写;作者还一反多年来陈陈相因的成说,断言夜莺的鸣声不是悲啼而是欢唱。
[①] 星光明亮预示晴天,星光晦暗预示阴雨。
[②] "最为悦耳,最为忧郁"是弥尔顿对夜莺歌声的咏赞,见《沉思颂》第六十二行。

忧郁的鸣禽么？哦,无稽的想法!
自然界的生灵不知忧郁为何物。
起初,无非是一个夜游者,伤感于
记忆中萦回的旧恨,或沉疴宿疾,
或遭人白眼的爱情,这苦命人儿
便把自身的情感推及于万类:
任何甘美的调子,他听来都像是
诉他的冤苦——他,或同类角色,
最先把"忧郁"加之于夜莺的歌曲。
不少诗人也附和了这种奇谈;
诗人么,常常致力于雕章琢句,
他与其如此,远不如悠然偃卧在
树林苍翠、苔藓如茵的谷地里,
傍着溪流,沐着日光或月光,
把他的灵根慧性,全然交付给
大自然的光景声色和风云变幻,
忘掉他的歌和他的名声!那么,
在整个大自然的庄严不朽之中,
他的名声也有其一份;那么,
他的歌就会使自然更加可爱,
这歌声也会像自然一样动人!
而事实并非如此;善于吟咏的
才郎才女们,把大好春宵虚掷于
舞厅与繁嚣剧院,他们向来是
恻隐为怀,对于夜莺的啼叫
总是要深表哀怜,唏嘘叹息。

405

我的朋友呵,还有你,我们的姐妹!①
我们既另有志趣,就不要像他们
那样曲解大自然曼妙的嗓音——
这嗓音总是盈溢着爱和欢悦!
这是快乐的夜莺,迅疾地,迫促地,
滔滔不绝地倾吐着清婉的旋律,
仿佛它担心:四月的一夜太短了,
来不及唱完一篇篇爱情的赞歌,
来不及让它载满了乐曲的灵魂
卸下这沉沉重负!
　　　　　　我知道有一片
广阔的林地,在一座古堡近旁,
古堡已无人居住,那片树林呢,
也就荒芜了,灌木与丛莽纠结着,
平整的道路已残破不堪,而草,
纤细蒙茸的野草滋生于路面。
有夜莺聚居于此,其数量之多
为任何别处所不及;远远近近,
林中各处的树丛灌莽间,都听到
它们此一唱彼一和,互相逗引着:
小小的口角,变化多端的争执,
佳妙动听的喁语,急速的啼唤,

---

① "朋友"指华兹华斯,"姐妹"指多萝西。多萝西比华兹华斯小一岁而比柯尔律治大一岁,所以这里的 Sister 只好译为"姐妹"。

笛韵一般的低吟——比什么都柔美,
以一派雍融的合奏激荡着天穹,
你若是闭上两眼,简直就忘了
这是昏夜而不是白天!月光下,
灌木丛中,露水沾湿的嫩叶

半舒半卷着,有时看得见枝头
栖息的夜莺,眼睛圆圆的,亮亮的;
树下幽暗处,点点流萤燃起了
爱情的明烛。
　　　　　一位温雅的少女,
住在她殷勤好客的家中,与那座
古堡相邻;她,在迟迟暮色里,
(犹如一位淑女在林中许愿,
愿为某种超凡的灵物而献身)
轻悄地踏过小路;这温雅少女呵,
她熟悉夜莺的各种曲调;往往,
当月亮被浮云掩没,那一片歌吟
便戛然而止,霎时间声息全消;
而等到月亮重新露脸,激动了
大地和长空,这些醒着的鸣禽
又一齐倾吐出欢愉的合唱,俨如
一阵突起的天风,同时掠过了
百十架风瑟①!这少女也曾窥见过

---

① 见第 296 页题注。

多少只夜莺,晃晃悠悠地停歇在
开花的枝头,随着清风而颠摆,
歌调也配合摆动而飘忽不定,
像欢乐之神喝醉了,在摇头晃脑。

  再见了,歌手们!到明天晚上再见!
跟你们也再见,朋友们!暂时分手吧!
我们已经畅游了好一阵,现在
该回家——亲爱的家了。那歌声又响了!
想叫我留下别走!瞧我的爱儿①,
他呀,连一个词语也说不清楚,
咿咿呀呀地模仿着,把什么都说错,
这时却会把手儿,小小的手儿
举到耳旁,竖起小小的食指,
叫我们细听!我想,聪明的高招
是让他从小就成为大自然的游伴。
他认识黄昏星;有一回他梦中醒来,
哭得怪伤心的(某种潜在的痛苦
造成了那种怪物——幼童的噩梦),
我急忙抱他到屋后的小小果园里,
他一眼望见月亮,立时静默了,
止住了呜咽,安恬地笑了起来,
泪水还盈盈欲滴的一双亮眼
在淡黄月色里闪闪发光!好啦,

---

① 指作者的长子哈特利,当时约一岁半。

这是个父亲所讲的故事;而只要
老天让我活下去,我就会让他
厮伴着夜莺的啼啭而成长,让他的
夜晚融合着欢乐。——又一次再见,
甜美的夜莺!又一次,朋友们,再见!

一七九八年四月

黑女郎

残　稿*

那一棵桦树,树皮银白,
　　白净的枝条悬空摇摆,
树下,岩石上,溪水喷溅,
　　处处长满了青苔!

青苔地上坐着黑女郎,
　　她一言不发,愁容满面;
大颗的泪水刚刚滴落,
　　又重新涨满了双眼。

她三次打发身边的侍童
　　爬上山坡(山上有城堡),
要他去寻找那一位骑士——
　　盔上有鹰狮徽号。

---

* 在柯尔律治手写的一份诗稿目录中,写有"《黑女郎》一百九十行"的字样。但不知什么缘故,这首诗只留下了六十行残稿。

红日从高空渐渐西垂,
　　她已经在这儿待了一整天,
忐忑不安,计算着时刻——
　　他为何久久拖延?

忽听得溪水那边有响动,
　　又望见花束挥动不已①;
"是他!是和我定情的骑士!
　　福克兰勋爵,是你!"

她跳了起来,搂住他脖子,
　　哭诉着千百种心愿和忧疑;
她的吻在他两颊上燃烧,
　　又被她泪水浇熄。

…………

"我那些同伴出言不逊,
　　他们奚落我,叫我投奔你;
用你的胸膛来保护我吧,
　　保护我,将我掩蔽!

"亨利呵,我给你给得够多了:
　　我给了有去无还的宝物,

---

① 挥动花束,大约是亨利·福克兰与黑女郎约会的信号。

我给了我的心,我的安宁,
　　　　天哪！我给了全部！"

骑士便把女郎的纤手
　　拉向自己的胸怀,答道:
"我高贵的父亲拥有九座
　　无比壮丽的城堡。

"最壮丽的一座我要献给你,
　　九座城堡中,数它第一！
只消等到星星一露面,
　　那座城堡就归你！

"只消等到黄昏的巨掌
　　收拾干净了西方的余晖,
趁着黑夜,星光闪烁,
　　我们俩远走高飞！"

"黑夜？黑夜？星光闪烁？
　　不对！亨利！是怎么回事？"①
上帝呵！是中午,灿烂阳光下,
　　他立下山盟海誓！

---

① 以上两行加了引号的,是黑女郎口中所说;以下十四行未加引号的,是黑女郎心中所想。

就该在中午,灿烂阳光下,
　我郎君领着我走出娘家,
男孩和女孩,白衣如雪,
　在前边抛撒鲜花;

走在前头的是一队乐师,
　乐曲高雅,与华屋相配;
接着是孩子们,衣衫雪白,
　抛洒鲜花和蓓蕾!

我郎君和我要并肩前行,
　我发辫乌黑,亮如珠玉;
两旁是一行俊俏的儿郎,
　一列娇羞的少女。

…………

一七九八年

忽必烈汗[*]

忽必烈汗①把谕旨颁布：
　　在上都②兴建宫苑楼台；
圣河阿尔弗③流经此处，
穿越幽深莫测的洞窟，
　　注入阴沉的大海。
于是十里④膏腴之地
都被高墙、岗楼围起；

~~~~~~~~~~~~~~~~

* 这首诗只写了五十四行，并未写完。作者曾自述其写作经过，略云：一七九七年夏（实际上是一七九八年夏——译者），他健康不佳，在农舍静养。一日略感不适，服用镇痛剂后，披阅《珀切斯游记》一书，读到"忽必烈汗下令在此兴建皇宫和豪华御苑，于是十里膏腴之地都被圈入围墙"这两句时，药性发作，便昏昏睡去。他熟睡约三小时，梦中异象纷呈，文思泉涌，作诗不下二三百行，醒来后，记忆甚为清晰，急取纸笔一一写下。不巧此时有人因事来访，使他写作中断，约一小时后再来续写时，记忆俱已模糊，遂被迫搁笔。

① 忽必烈（1215—1294），即元世祖，成吉思汗之孙，是灭亡南宋、统一全国的元朝皇帝。
② 故址在今内蒙古正蓝旗东闪电河北岸。忽必烈一二五六年在此营建城郭宫室，一二六〇年在此即大汗位。元代时，上都与大都（今北京）并称"两都"。
③ 关于"阿尔弗"这一名称的来历，有四种说法：一、诗人的杜撰；二、借用埃及尼罗河的古称；三、借用希腊阿尔弗斯河的名称；四、杨宪益先生认为，"阿尔弗"也可能是闪电河或滦河的元代蒙古语名称。
④ 此处及下文之"里"均指英里。

苑囿鲜妍,有川涧蜿蜒流走,
　有树木清香飘溢,花萼盛开;
苍郁的丛林,与青山同样悠久,
　把阳光映照的绿茵环抱起来。

哦!那一道幽壑,深严诡谲,
　沿碧山迤逦而下,横过松林!
蒙昧的荒野!圣洁而又中了邪,
恍若有孤身女子现形于昏夜,
　在残月之下,哭她的鬼魅情人!
幽壑里声如鼎沸,喧嚣不已,
仿佛是大地急促地喘着粗气,
原来有大股泉水滔滔涌出,
偶有间歇,接着又急急喷吐,
水一冲,石块像冰雹纷纷跳起,
又像连枷捶打下飞迸的谷粒;
从这些蹦跳的乱石中间穿过,
片刻不歇地腾跃着那条圣河。
圣河旋绕,像迷宫曲径一样,
　流程五里,越过林地和峡谷,
　而后才进抵幽深莫测的洞窟,
终于,喧哗着,投入死寂的海洋。
这片喧哗里,忽必烈宛然听到
祖先悠远的声音——战争的预告!

殿宇楼台的迷离倒影

在粼粼碧波上漂摇荡漾;
在这里可以从容谛听
　　喷泉、溶洞的融合音响。
这真是穷工极巧,旷代奇观:
冰凌洞府映衬着艳阳宫苑!

我一度神游灵境,瞥见
　　一少女扬琴在手:
她是个阿比西尼亚①女郎,
她吟唱阿玻若山②的风光,
　　用扬琴悠扬伴奏。
但愿那琴声曲意
　　重现于我的深心,
那么,我就会心醉神迷,
　　就会以悠长高亢的乐音
凌空造起那琼楼玉殿——
　　那艳阳宫阙,那冰凌洞府!
凡听见乐曲的都能瞧见;
"留神! 留神!"他们会呼唤,
"他③长发飘飘,他目光闪闪!
　　要排成一圈,绕他三度,
　　要低眉闭目,畏敬而虔诚,

---

① 位于非洲东部,今名埃塞俄比亚。
② 注家们认为,此处的"阿玻若山"大约是指阿比西尼亚境内的阿玛若山,弥尔顿《失乐园》第四卷中曾提到过那座山。
③ 指诗人,即上文的"我"。

因为他摄取蜜露为生,①

并有幸啜饮乐园仙乳。"

一七九八年

---

① 诗人从诗神缪斯的圣泉中摄取蜜汁,柏拉图曾有此说。

幼稚却很自然的心事*

只要我是会飞的小鸟,
有一双翅膀,一身羽毛,
　我就飞向你,我的爱!
可惜这想法太玄,飞不了,
　　只好留下来。

可是睡着了,我就飞向你:
睡梦中,我和你常在一起,
　　世界是我的地盘!
忽然醒过来——这是在哪里?
　　我孤孤单单!

国王下令也留不住睡眠,
我醒来总是在天亮以前;
　　虽说睡眠已离开,

---

* 此诗模仿德国民歌《我若是一只小鸟》,是作者旅游德国期间寄给他妻子的。

天还黑着呢,不如闭上眼,
又做起梦来。

一七九九年四月二十三日

乡　愁

作于德国

闹市的行人，一星期六天
　　都在人堆里挨挨挤挤，
星期天独自到林间野外
　　信步闲游——有多么惬意！

夏日园亭里有人设席，
　　他全家围坐，儿女绕膝，
由衷地欢庆结婚纪念日，
　　情意绵绵——又多么甜蜜！

这种种乐趣怎么比得上
　　远游者经过多年漂荡，
终于回到了老家门口，
　　赶忙卸下背负的行囊？

乡愁是一种磨人的病痛，
　　时时缠着我，越来越重；

只有你呵,能将它治好,
　艾尔宾①海岸飘拂的清风!

　　　　　　一七九九年五月六日

---

① 见第232页注①。

爱

能激动世人血肉之躯的
　　所有的思想、感情、趣味,
都只配充当"爱"的臣仆,
　　给"爱"的圣火助威。

我常常神游幻境,把从前的
　　良辰和美事重温一遍——
那时,我躺在半山腰上,
　　在一座废塔旁边。

月色悄然笼罩了山野,
　　融合了傍晚的暖暖余晖;
她也在——我的希望和欢乐,
　　我的心上人珍妮薇!

她背靠一座雕像——雕的是
　　一名骑士,披挂着戎装;
她立在迟留未褪的余晖里,
　　听我把歌谣吟唱。

她自己难得有什么忧愁,
　　珍妮薇！我的希望和欢乐！
她最喜爱的是听我吟唱
　　惹她伤感的悲歌。

我弹的琴韵幽婉凄凉,
　　我唱的歌谣动人心曲——
古老而粗犷,正好配得上
　　那一片废址荒墟。

她静静听着,低垂着两眼,
　　怯生生,脸上泛起羞红;
因为她明知,我目不旁视,
　　只盯着她的面容。

我唱给她听:有一名骑士,
　　盾牌上刻着明晃晃火炬;
足足有十年,他苦苦思恋
　　当地无双的淑女。

一唱到骑士害相思,唉!
　　歌声也幽咽、深沉、恳挚:
我唱着别人的爱情,也就
　　表明了自己的心事。

423

她静静听着,低垂着两眼,
　怯生生,脸上泛起羞红;
她已经原谅我那副痴相——
　只盯着她的面容。

我唱道:那淑女冷若冰霜,
　英武的骑士急得发了狂,
他骑着马儿奔入山林,
　没日没夜地游荡;

时而从蛮荒原始的洞穴,
　时而从昏冥隐僻的树荫,
时而从阳光和煦的林地,
　有仙灵蓦地现身——

是一位光明俊秀的天使,
　定睛把骑士细细端详;
不幸的骑士!他心里明白:
　那不是天使,是魔王!

自己也弄不清干了些什么,
　他扑向一伙凶徒恶汉,
救出那淑女,使她幸免于
　比死还糟的劫难;

淑女哭起来,抱住他膝盖,

细心护理他,却毫无效果——
是她的冷酷害得他发了狂,
　　如今她力图补过;

她在山洞里将他护理,
　　骑士的疯病终于消退,
他默默躺在枯黄落叶上,
　　已经是一命垂危。

唱到了骑士临终的遗言——
　　这首歌谣里最动情的一段,
我嗓音战栗,琴声止息,
　　她呢,也柔肠欲断!

神魂和官感交相激荡,
　　震撼了珍妮薇纯净的身心;
这凄惨故事,这幽婉琴韵,
　　这芳馨浓丽的黄昏!

希望和煽起希望的羞怯
　　纷纭纠结,难以区分,
久经掩抑的柔情密愿,
　　掩抑却久久珍存!

她哭了,有悲悯也有欣幸,
　　脸红了,为爱情也为娇羞;

她低唤我的名字,听来
　　像梦呓一样轻柔。

胸脯起伏着,她移开一步,
　　知道我盯着她,想要闪躲;
突然,眼神里满含羞怯,
　　她哭着投身于我。

她轻舒双臂将我拥抱,
　　柔顺地贴紧我的心胸;
她抬起头来向我仰视,
　　直盯着我的面容。

有几分是爱,有几分是怕,
　　也还有几分腼腆不安;
我若看不出,也能感觉出
　　她心胸起伏震颤。

我温存慰藉,她不再畏怯,
　　吐露了爱情,纯真而坦荡;
珍妮薇就这样许身于我,
　　成了我明艳的新娘。

　　　　　　　　一七九九年

瞻望坎伯兰郡马鞍峰断想*

在布伦卡瑟险峻的峰顶,
　暴烈的山风厉声叱咤;
从布伦卡瑟摩天的峰顶,
闪动着白光,跳荡不定——
　狂啸的飞湍齐下!

融和天气中,明净月光里,
　飞湍把天地连成了一气。
天空的多样风姿呵,好一片恬静!
归依大地的万象呵,好一片骚乱喧腾!

一八〇〇年

~~~~~~~~~~~~~~~~
* 马鞍峰又名"布伦卡瑟",海拔两千八百四十七英尺,在坎伯兰郡中部,凯西克镇东北四英里许。

歌　星*

天鹅未死先唱；某些歌星
若能未唱先死，倒也清净。

　　　　　　　　　　一八〇〇年

---

* 原文 singer，既可指歌者，也可指诗人。这首诗大约是讽刺某些诗人粗制滥造。

失 意 吟[*]

> 昨天深夜,我曾瞥见
> 新月将残月拥抱①;
> 船长! 船长! 我真担心
> 会有凶险的风暴。
> ——古谣曲《帕垂克·斯本斯爵士》②

一

《帕垂克·斯本斯爵士》古老而高妙,
它的作者若真是善测风云,
今宵的宁静只怕也难以长存,
一夜未终,便会有狂风喧扰——

---

* 此诗的初稿是写给萨拉·赫钦森的诗体信件,经作者做了大量删削,改写成为此诗。萨拉是华兹华斯当时的未婚妻玛丽·赫钦森的妹妹,柯尔律治与她长期相恋而毫无结果。诗中的"女士"和"女友"都指萨拉。
① "新月",指月球一侧发光的蛾眉月;"残月",指月球的不发光但仍隐约可见的部分。
② 著名的英国中世纪谣曲,主要内容是:苏格兰英雄帕垂克·斯本斯爵士长于航海,而国王听信逸言,命令他在暴风雨季节出海航行,斯本斯明知此行凶多吉少,但不能违抗王命,终于在暴风雨中沉船遇难。

不似清风把浮云捻成薄絮,
也不似一阵凄风,呜咽着,徐徐
掠过这风瑟之弦,风瑟便吟啸——
　　其实它沉默更好。
　瞧一钩新月,寒辉闪烁!
　它四周弥漫着空幻的光波,
　(这流溢的光波将它笼罩,
　有银丝给它镶边,将它萦绕;)
我望见残月被新月揽在怀里,
　预示惨厉的暴风雨汹汹逼近;
哦!这时,风来了,风势渐急,
　夜雨斜冲而下,好一片嘈音!
风雨之声曾多次惊醒我,震慑我,
　驱使我神魂漂泊;
愿这次也像往常,激荡我血脉,
让我从苦闷中惊起,动起来,活跃起来!

　　　　　　二

这是一种不感疼痛的悲苦——
　空虚,晦暗,窒闷,昏倦,无情,
任何言语、叹息、泪水都不能
　　给以解脱或出路。
女士呵!我意绪苍凉,精神慵懒,
听画眉声声,心念也随之变换;
整整这一个黄昏,温馨澄澈,

我一直注视着西方的天宇,也注视
天边那如黄似绿的奇异色泽,
　　此刻还注视着——眼神却茫然若失!
晚空里,淡薄的浮云成条成片,
游动着,腾出位置让星儿露脸;
星儿们滑行在浮云背后或中间,
忽暗忽明,却时时窈窕可见;
天边的新月牢牢坐定,仿佛
生根于一片无星无云的碧湖;
眼前的景物呵,美得无可比配,
我看出,而不是感觉出,它们有多美!

三

　　我的元气已凋丧,
　　　还能有什么力量
排除胸臆间令人窒息的块垒?
　　那会是徒劳的尝试,
　　　哪怕我始终在注视
流连于西方天宇的绿色光辉:
激情和活力导源于内在的心境,
我又怎能求之于、得之于外在的光景?

四

我们所得的都得自我们自己,

大自然仅仅存在于我们的生活里:
是我们给她以婚袍,给她以尸衣!①

　无欢无爱的忧患众生,得之于
这寒气萧森的人世的,又何足珍异;
而珍异之物我们若有幸目击,
　那时呵,从灵魂自身,定然会迸出
一道光,一团瑞彩,一朵云霓,
　　充盈于这片疆域;
那时呵,从灵魂自身,定然会吐露
　甘美雄浑的、自出机杼的妙曲——
一切美妙音响的精华和要素!

五

　心性纯良的女士呵!你不必问我:
灵魂中这雄浑乐曲究竟是什么;
这片烟霞和瑞彩,这道光,
这种美的和产生美的力量,
它们究竟是什么,存在于何方。
　女士呵,是欢乐!这欢乐不轻易授予,
只授予纯良者,在他们最纯良的时光;
像云霓和霖雨,生命和生命的溶浆,
　欢乐呵,它就是威灵,就是力量,
它是大自然下嫁时随带的嫁妆,

---

① 意似谓:大自然是人装扮起来的,即经过人的整治和改造。

是新的大地和天宇
（俗子和妄人做梦也不曾想到）；
欢乐呵,是明丽的云霞,甘美的乐调,
　　它存乎我们自身！
魅力——耳闻的,目见的,都由此而出：
　　妙曲无不是这支乐调的回音,
异彩无不是这道亮光的流布。

六

先前,我走过的路途虽然也坎坷,
　　内心的欢乐受到忧患的侵凌,
但种种不幸却如同原料,经过
　　"幻想"的加工,造出了陶然的梦境：
"希望"茁长如藤蔓,有叶有果,
虽非出自我自身,却似乎属我。
如今,我已在苦难的重压下匍匐,
失去了往日的欢娱,也安之若素；
　　可是呵！每一次冲击
都要戕害我与生俱来的天赋——
　　善于把物象抟造成形的想象力。
对日常的见闻感觉都不加思考,
　　而只想尽力保持宁静和耐心；
偶尔也曾借助于玄奥的研讨,
　　由自己的天性窥见众人的本真——
　　我向来就只会这些,别无法门；

而这些,后来由局部波及全体,
到如今几乎成了我心灵的积习。

七

去吧,毒蛇般盘绕心头的思想!
　　　现实的阴森梦境!
我撇下你们,去听狂风的喧响——
　　它已呼吼了多时而略无反应。
风瑟的一声锐叫,因痛楚而延长;
而你,户外呼吼的风呵!我想:
　　那山间的湖沼,枯树,袒露的峭石,
险厄的松林(从没有樵夫到过),
荒僻的小屋(据信是女巫的住所),
　　才是你合用的乐器吧,狂放的乐师①!
这个月份里有豪雨,有晦暗的庭园,
有绽放的花朵;风呵!你在此期间,
在这些娇花嫩叶里,唱着比冬天
更粗厉的歌曲,操办魔鬼的庆典!
　　你这演员呵,熟悉悲剧的调门!
豪壮的诗人呵,勇猛而近乎狂乱!
　　你在讲什么故事?
　　讲一支溃败的军队正奔突不止,

---

① 指风。上文已说过,风瑟是由于风的吹拂而鸣奏的。下文的"演员"和"诗人"也指风。

伤兵被踩倒了,伤口更剧痛难忍,
疼得哼哼唧唧,冷得浑身都震颤!
别出声! 来了一段深严的静默!
　　再没有人群喧闹,杂沓奔驰,
再没有呻吟和颤抖;而过了片刻,
　　风又放低了嗓音,讲别的故事——
　　　　这故事不那么可怕,
　　　　惊与喜调配得法,
就像奥特韦①吟唱的动情谣曲——
　　　　唱的是一个女孩,
　　　　独自在荒郊野外
迷了路,离家不远,可是回不去;
又害怕,又伤心,一会儿低声哭叫,
一会儿又高声呼喊,想让她母亲听到。

八

已经是午夜,我依然不想入睡;
我女友也没有睡么? 恐怕不会!
睡眠呵! 去抚慰她吧,扇动你双翼;
　　愿这场风暴不过是短暂的山风,
愿群星犹如守望沉睡的大地,
　　同样肃静地朗照她屋宇上空!

━━━━━━━━━━
① 托马斯·奥特韦(1652—1685),英国剧作家、诗人。著有悲剧和喜剧数种,上演时获得很大成功。三十三岁死于贫困。

愿她起床时心境舒泰,
　　情思甜美,眼光愉快,①
欢乐使精神更爽,语调更温柔;
　　愿万物在她眼前都生机活泼,
　　她灵魂也为之激荡,卷起旋涡!
哦!淳朴的心灵,有上天垂佑;
亲爱的女士,最可敬可爱的良友!
但愿你永远如此,快乐无忧。

一八〇二年四月四日

---

① 以上两行,原诗为每行三音步,译诗改为每行四顿。除这两行外,全诗其他各行顿数都与原诗音步数相等。韵式悉依原诗。

日出之前的赞歌,
于沙莫尼山谷[*]

除了发源于勃朗峰[①]之麓的阿尔沃河与阿尔维隆河之外,还有五条引人注目的急湍,飞流直下勃朗峰的崖壁;而在几道冰川脚下数步之内,龙胆草繁茂滋长,开着"鲜丽的蓝花"。

你难道有什么魔法,能阻挡启明星
凌空直上?它在你赫赫秃顶旁
似乎已滞留许久了,巍巍勃朗峰!
阿尔沃与阿尔维隆,在你的脚底
咆哮不休;而你,最威严的形象!
陡立着,超拔于静默的松林之海,
默无声息!你的周遭和高处
是深邃晦冥的天宇,坚实,浓黑,
如一块乌木;而你呢,把它刺穿了,
像一根楔子!我再度向天宇瞻望,

---

[*] 沙莫尼山谷在法国东南边境,勃朗峰以北。
[①] 阿尔卑斯山脉最高峰,也是欧洲最高的山峰,海拔四千八百一十米,在法国、意大利边界。

看出:它是你宁静的家园,是你
晶莹的圣殿,无始无终的寓所!
森严静穆的崇峰!我向你注目,
直到你,虽还在我的官感里留存,
却已从我的思维中消失:我独自
潜心祈祷,参拜无形的上帝。

像怡情悦性的清音妙曲,多美呵,
我们竟没有意识到自己在倾听——
这其间,你宛然融入了我的思想,
我的生命,和生命神秘的欢乐;
直到灵魂陶醉了,充盈了,膨胀了,
蔚为宏伟的奇观——仿佛这灵魂
以它的本相,扩展着,磅礴于天宇!

醒来吧,我的灵魂!你该献出的
不只是空乏的赞颂!不只是涌溢的
泪水,无言的感谢,隐秘的欢欣!
醒来吧,歌声!醒来吧,我的心,醒来!
绿谷,冰崖,都与我同声礼赞吧。

至高无上的,群山的唯一君王[①]!
你彻夜不休,与黑暗决一胜负;
彻夜不休,有星群(在它们升起

---

① 指勃朗峰。

或是沉落的途中)来将你探访;
哦,启明星的伴侣! 你本身就是
大地的绚丽星辰,曙光的先导!
醒来吧,醒来,快倾吐你的颂词!
谁把你幽冥的柱石深埋地底?
谁以赪红的霞彩染你的颜容?
谁让你养育了长流不息的川涧?

　　而你们,这五道急湍,欢快而威猛!
是谁唤你们逃脱黑夜和死灭,
唤你们奔出黝黯的冰凌洞窟,
冲下那奇崛险峻的黑色山崖,
不断被捣碎,又始终安然无损?
是谁给你们坚不可摧的生命,
给你们威力,速度,愤怒,欣喜,
不绝于耳的轰鸣,无尽的飞沫?
又是谁发号施令,叫狂涛凝滞,
水波不兴,迎来了一片沉寂?

　　你们,峭拔的冰川! 你们从山顶
疾速倾斜,沿巨壑延伸而下——
原先想必是急湍,猛听得一声
叱喝,狂躁的奔腾便顿然中止!
不流不动的急湍! 无声的飞瀑!
是谁把你们琢造得这般璀璨,
像天国之门沐着满月的清辉?

是谁让艳阳以虹霓装扮你们,
把鲜丽的蓝花铺撒在你们脚下?——
上帝呵!让急湍回答吧,如万众齐呼!
让皎皎冰原同声相应吧,上帝!
绿野的清溪呵,请你们欣然吟唱!
松林呵,请演奏柔曼的心魂之曲!
山头的积雪也并非哑默无声,
雪崩的时候似惊雷滚滚,上帝呵!

你们,偎傍着万年霜雪的鲜花!
你们,奔逐于鹰巢近侧的野山羊!
你们,与风雷雨雪结伴的山鹰!
你们,云霓的神箭——凌厉的电火!
你们,自然力瑰伟的信号和奇迹,
向上帝礼赞吧,让颂歌响遍群山!

再说你,皓白的雪山!时常有积雪
从你摩天的峰顶无声地飞落,
银辉晃耀,穿越澄湛的晴空,
投入你胸前缭绕的浓云深处——
我再度呼唤你,卓立千仞的奇峰!
出于崇敬,我向你躬身俯首,
随后又举起头来,泪眼模糊地,
徐缓地,从山脚向上方瞻望,这时
你仪态庄严,像一团缥缈的云雾,
在眼前升腾——哦,升腾又升腾,

像氤氲馥郁的祥云拔地而起！
你呵，君临于群山之上的君王！
你呵，由大地派往天廷的使节，
祭司的魁首！请奉告无语的穹苍，
奉告星群，奉告方升的旭日：
大地，正万籁同声，将上帝赞美。

一八〇二年

换 心

我把亲爱的姑娘抱住,
　彼此把心儿许给对方;
可是,不知是什么缘故,
　我浑身直抖,像飒飒白杨。

她要我讨得她爹的欢心;
　去见他,我抖得像芦苇一样!
我想摆男人架势——白费劲!
　真像换成了少女的心房!

一八○四年

爱神瞎眼的缘由[*]

听到过众说纷纭,解释
　　爱神为什么瞎眼;
我看,最好的解答便是:
　　他的眼长在心间。

看不见情人外在的形貌,
　　他只能猜到几成;
可是,内在的温良美好,
　　他看得真切——用心灵。

一八一一年(?)

---

[*] 此诗大约是化用莎士比亚《仲夏夜之梦》第一幕第一场第二三四至二三五行:
　　"爱情"不是用眼看,而是用心看,
　　插翅的丘比特因此被画成瞎眼。
丘比特是罗马神话中的爱神。

云乡幻想

那才快意呢:在心境安闲的时刻,
　当红日刚刚西下,或月色清明,
随意把舒卷的浮云说成是什么,
　或依着友人的幻想,让轻信的眼睛
把云朵看成是千奇百怪的活物;
　要么低着头,侧着脸,从容俯瞰
那金色长河,在绛色两岸间流注;
　也不妨当个游客,一山又一山,
穿越那云乡雾境——绮丽的佳境!
　要么去倾听浩荡的潮声,闭着眼,
像那位盲诗人①立在开俄斯②海滨,
　因潮声而神往,凭心智之光瞥见
《伊利亚特》和《奥德赛》中的场景
在奔涌鸣啸的海涛上历历纷呈。③

一八一七年

---

① 指荷马。
② 爱琴海东部的希腊岛屿,相传是荷马的故乡。
③ 此诗的后面五行,是借用德国诗人施托伯格(1748—1821)《海滨》一诗中的诗句。

致 自 然

也许这真是虚妄的空想:我想要
　　从上帝创造的宇宙万物中吸取
　　深沉的、内在的、紧贴心底的欢愉；
想在周遭的繁花密叶中找到
关于爱、关于真诚虔敬的教导。
　　就算它虚妄吧；哪怕偌大的寰宇
　　都嘲笑我这种信念,我也不至于
为此而惶恐、忧伤或徒然困恼。
那么,我来把圣坛设在旷野里,
　　让蓝天替代那精雕盛饰的穹顶,
让朵朵野花吐放的清醇香气
　　替代那炷炷仙香,向你敬奉:
唯一的上帝,你呵！决不会鄙薄
这寒碜祭品的献祭人——哪怕是我。

　　　　　　　　　一八二〇年(?)

青春和老境[*]

"诗情"像清风,在花间转悠,
　"希望"像蜂儿,在花心采蜜——
两样①我都有! 生活像春游,
　游伴有"自然""希望"和"诗艺",
　　那时我年青!

好一个"那时"! 真叫人懊恼!
那时到如今,我变了多少!
这活的屋宇,非人手所造,②
　这形骸,到如今病痛交加,③
那时却多么轻捷灵巧,
　越过沙碛,又翻过高崖——

---

* 这首诗共四十九行,前四十三行作于一八二三年,末六行作于一八三二年,是柯尔律治晚年的佳作。
① 指上两行的"诗情"和"希望"。
② "活的屋宇"指自己的躯体,即下行的"形骸"。"非人手所造"意为"乃上帝所造"。典出《新约·哥林多后书》第五章第一节:"……这地上的帐棚若拆毁了,我们会住进上帝所造而不是人手所造的屋宇,那屋宇永存于天上。"(《新约》中的"帐棚"指人世,"屋宇"指天堂。)
③ 柯尔律治作此诗时年过半百,健康日趋恶化。

像翩翩快艇①,前所未见,
　　在弯弯的湖中,茫茫的河上,
不靠帆,不靠桨,飞驶向前,
　　怕什么风暴或怒潮冲荡!
这形骸,当青春与我同住,
对风霜雷电它全不在乎。

花朵招人爱;爱情像花朵;
　　友谊是浓荫如盖的绿树;
自由、友谊、爱情的欢乐
　　像霖雨一样淋漓倾注!
　　　那时我未老!

好一个"那时"! 真叫人不快!
它只是表明:青春已不在!
谁不知,有多少甜蜜的年头,
　　青春呵! 你与我融为一体;
我不信那种荒唐的念头——
　　怎么可能呢? 你把我离弃!
你的晚祷钟还不曾敲响,
你常戴假面,惯用伪装;
如今又披上了什么隐身衣,
想叫人相信,你已经逃匿?

---

①　指十九世纪初发明的蒸汽机船。因发明未久,故下文说"前所未见"。文学史家指出:英诗中出现对蒸汽机船的描写,当以柯尔律治此诗为首次。

只见我头上银丝闪闪,
　　体态龙钟,步子踉跄;
而你的红唇似春花初绽,
　　泪珠儿映出眼底的阳光!
生活即思想:我不妨想象
青春仍与我欢聚一堂。

露水,早上是晶莹的珠宝,
　　晚上却成了哀怨的泪珠!
希望已无踪,残生似警号,
　　徒然使我们忧惶凄苦——
　　　　老境已来临!

残生徒然使我们悲痛,
它频频告辞,却迟迟不动;
像个穷亲戚,留得太久,
主人又不便催他快走;
早不受欢迎了,还坐着闲聊,
说着笑话,却无人发笑。

　　　　　　　一八二三至一八三二年

爱情的初次来临

多美呵,爱情初次向心灵闪现!
　　像淡云夕照里最先露脸的星星;
比西南好风更舒爽——那好风吹遍
　　绿柳青芜,溟蒙水域,和万顷
金灿灿田畴;燥热的农夫一见
　　风来了,便扬眉举目,银镰也暂停。①

一八二四年(?)

---

① 第三至五行化用锡德尼《阿卡迪亚》中的语句。第四至五行"万顷金灿灿田畴"照原文直译是"刻瑞斯的金黄色田畴"。刻瑞斯是罗马神话中象征谷物丰收的女神。

无所希望的劳作

自然界好像都忙着。虫儿出洞,
蜂儿乱飞,鸟儿也拍动翅膀;
冬神露宿于旷野,睡意蒙眬,
腮边的笑影透露出梦里的春光!
这会儿,只有我闲着,无事可忙:
不采蜜,不求偶,不营巢,也不歌唱。

可是我熟悉不凋花①开放的河洲,
我也寻访过甘泉——流的是仙酒②。
开放吧,不凋花!为谁开放都听便,
可不要为我!流往别处吧,甘泉!
彷徨着,我花冠失落,嘴唇惨白,
是什么咒语咒得我神魂倦怠?
无所希望的劳作——竹篮舀酒,
无所寄托的希望——易逝难留。

一八二五年二月二十一日

---

① 原文 amaranth,是传说中四季不谢的花。
② 原文 nectar,是希腊神话中诸神饮用的酒,也泛指美酒或甘美饮料。

歌*

尽管有桃金娘花环遮掩,①
爱情是利剑,把剑鞘刺穿;
从鞘上划破的道道裂痕,
看得见里边闪光的白刃!

从鞘上划破的道道裂痕,
同样看得出:爱情这利刃
已经锈损了,断成了两截,
剩下的只有残柄和废铁!

一八二五年(?)

---

* 这首小诗当系有感而发。作者一生中有过多次情场失意。一七九一年前后,他曾热烈爱上玛丽·艾文斯,但终成泡影。一七九五年与萨拉·弗里克尔结婚后,初期感情尚好,后来隔阂渐深,他于一八〇七年提出离婚,其妻不允,他遂携六岁幼子离家而去。一八一〇年,与他相恋达十年之久的萨拉·赫钦森(参看第 429 页题注)不得不迁居异地,两人关系被迫断绝。几次爱情经历都以破灭而告终。
① 桃金娘是爱神维纳斯的圣花,因而是爱情的象征。

关于《华兹华斯、柯尔律治诗选》(译后记)

把华兹华斯、柯尔律治两人的诗选合为一书,这是人民文学出版社做出的安排,译者是奉命行事。

一 对诗人的评价问题

如何评价华兹华斯和柯尔律治在文学史上的地位?对这一问题,既有相当广泛的共识,也有截然相反的论调。

这里想着重谈谈华兹华斯,谈谈不同的国度、不同的人们对他的或褒或贬的说法。

十九世纪,华兹华斯在国外远没有拜伦那样大的名气和影响;在英国国内也是毁誉不一,沉浮不定。直到十九世纪后期,才由权威评论家、诗人马修·阿诺德郑重指出:华兹华斯是英国浪漫主义诗人中成就最高的一个,也是莎士比亚和弥尔顿以后英国最重要的诗人。二十世纪以来,这种评价逐渐得到英美文学界多数人的认同,也被各种文学史、传记、辞书所沿用。现在,在英美各派文艺理论家、批评家、文学史家中间,对这一结论提出重大异议的已经不多了。

英美多数学者的这种共识,是建立在如下的论据之上的:(一)华兹华斯是英国浪漫主义诗歌的主要奠基人,他和柯尔律治共同开创了英国文学的浪漫主义时代,在诗艺上实现了划时代的革新。(二)他是二十世纪欧美新诗理论的先驱,他在《抒情歌谣集》序言中提出了一系列全新的论点和主张,把诗和诗人的地位、使命和重要性提到了空前未有的高度。(三)他的代表作《序曲》《廷腾寺》①《永生的信息》②和其他若干作品,以发掘人的内心世界为主旨,开了二十世纪现代诗风的先河,是英诗向现代诗过渡的起点,他因此而被称为"第一位现代诗人"。(四)他是"讴歌自然的诗人"(雪莱语),他以饱蘸感情的诗笔咏赞大自然,咏赞自然界的光景声色对人类心灵的影响;在自然与上帝、自然与人生、自然与童年的关系上,他用诗歌表达了一整套新颖独特的哲理。(五)他首创了一种洗尽铅华的新型诗歌用语,用以前的英国诗人从未用过的清新、质朴、自然、素净的语言来写诗,体现了深刻思想、真挚感情与朴素语言的完美结合,影响了一代又一代直至今日的诗人。(六)他终生定居于田园乡野,比其他任何浪漫派大诗人都更加接近和关切农村下层劳动群众;他以民主主义和人道主义的观点,以满腔的同情和敬意,描写贫贱农民、牧民、雇工、破产者、流浪者直至乞丐的困苦生活、纯良品德和坚忍意志,创作了诸如《迈克尔》③《玛格丽特》(即《村舍遗墟》)等许多篇传世杰作。(七)他热心关注国家命运和欧洲政治形势,为当时争取民族独立自由、反抗拿破仑帝国侵略压迫的各国人民写了不少激情洋溢的赞歌;而在拿破仑力图跨海进犯英伦三岛,祖国处于危急关头的日子里,他又写了若干首慷

---

① 本书第 133 页。
② 本书第 277 页。
③ 本书第 46 页。

慨壮烈的爱国诗篇,号召国民挺身捍卫祖国的自由和尊严,起到了振奋国魂、激扬民气的巨大作用,他本人也因此而名垂青史。(八)在诗歌体裁方面,他使素体诗和十四行诗获得了新的生命和力量。

英美学者在对华兹华斯做出高度评价的同时,也从未讳言或忽视诗人的令人遗憾的另一面,诸如:他中年以后政治立场转向保守甚至反动(在英美,人们对此也同样持批评态度);他诗才焕发、佳作迭出的鼎盛时期只持续了十年左右,此后即渐趋笔涩神枯;他的好诗与劣诗相差如天悬地隔,好诗"标志着十九世纪诗歌的最高水平"(爱默生语),劣诗则伧俗鄙陋,味同嚼蜡;他与英国另几位浪漫派大诗人相比,在不同的方面各有短长,在若干方面他确有逊色;等等。但是学者们认为,这些问题并不影响上文所述的对这位诗人的总体评价。

而在英美以外的某些国家里,对华兹华斯等人的看法和说法却与此大不相同。最激烈的反对声浪来自旧日的苏联,在我国也曾洋洋盈耳。义愤填膺的批评家们振振有词,把华兹华斯贬斥得几乎一无是处。他们的论据主要有以下这些:(一)华氏美化英国农村的宗法制小农经济,以小有产者的落后反动意识来反对资本主义工业文明,企图让历史倒退。(二)对于受压迫的劳苦大众,华氏不但不鼓励他们奋起抗争,反而极力宣扬和赞美他们忍辱负重的性格,并用宗教精神和道德说教来劝诱他们安于现状。① (三)对法国大革命,他

---

① 这种批评确有事实依据,但事实还有另一面:华氏也写过歌颂农民起义领袖的诗,如《罗布·罗伊之墓》,见本书第181页。

只同情温和的吉伦特派,而反对激进的雅各宾派,在革命深入发展时便惶惑、动摇以至变节转向。(四)他中年以后转而支持英国托利党政府的反动内外政策,晚年甚至写诗把革命咒骂为"瘟疫"。(五)他的历史观是反动唯心论的,认为人类的命运取决于神圣的"天意",带有浓重的宗教神秘色彩。(六)在宗教信仰方面,他也从反基督教的泛神主义者退化为英国国教的信奉者。(七)他的诗集里充斥着思想和艺术都很平庸甚至低劣的作品。应当承认,苏联等国的批评家们所指出的这些,也并非凿空之谈,而是凿凿有据。问题在于,从这几条论据不难看出,这些批评家论证作家和作品的优劣,基本上只用一个标准——以阶级斗争为纲的政治标准。那么,他们做出把华兹华斯全盘抹杀的结论也不足为奇。

至此,对上述正反两方面的说法,我们已做了一番全景式的鸟瞰。看来,我们更需要做的,是到华兹华斯的作品中去,去感受,去体察,去吟味,去领悟,去思索,去辨析。有了自己的主见,才能对上述正反两种说法做出恰当的判断和抉择,也才能对这位开宗立派的大诗人做出较为全面、较为公允的评价。

柯尔律治的经历与华兹华斯颇有相似之处。在政治思想上,他也是从激进到保守;在诗歌创作上,他也是从健笔凌云到才情耗尽。所以他也像华兹华斯那样,既受到一些人的盛赞,也遭到另一些人的丑诋,详情就不再缕述了。这里不妨举《烈火、饥馑与屠杀》一诗[1]为例。对这首诗持肯定态度的人们认为:这首诗是柯氏二十六岁所写,当时他还站在反对皮特政府的立场上,诗中对皮特抨击的猛烈程度,一点也不下于拜

---

[1] 本书第373页。

伦、雪莱对卡瑟瑞、艾尔登等人的抨击,①诗的结尾甚至扬言要把皮特捉起来"砍成几段",还要用烈火烧他,造反精神可谓臻于极致。而在苏联,批评家们却说:这首诗把皮特吹嘘为法力无边的魔王,凡人奈何他不得,全诗笼罩着恐怖气氛和绝望情绪,意在震慑人民使之不敢造反。这样两种针锋相对的论断,究竟是见仁见智,各具慧眼呢,还是盲人摸象,各执一端呢?我们别无他法,唯有去研读那首诗本身,到那八十一行戏剧对白中去寻求答案。

二 本书翻译的情况

我应人民文学出版社绿原先生之约,开始译华兹华斯的时候,女儿晓煜正准备从幼儿园升入小学;现在将《华兹华斯、柯尔律治诗选》向出版社交稿的时候,晓煜已经进入首都的高等学府了。回想起来,她读小学的六年,我的业余时间主要用于译华兹华斯(只需扣除住院大半年,修改和增补《朗费罗诗选》大半年);她读中学的六年,我的业余时间主要用于译柯尔律治(扣除住院一年多,修改《鲁克丽丝受辱记》大半年,以及出差几个月)。总之,改革开放新时期以来,我除了译出《拜伦抒情诗七十首》以外,十余年的精力和心血(在"痴儿了却公家事"之后),差不多都倾注在这本书上了,比古人所说的"十年磨一剑"犹有过之。可惜这把剑虽磨了十年以上,锋刃仍未能削铁如泥,说来令人惭愧。

本书共收华兹华斯的诗一百零八首(四千一百九十五行),柯

---

① 皮特曾任首相,卡瑟瑞曾任外交大臣,艾尔登曾任大法官兼上议院议长,三人都是英国反动政治家。

尔律治的诗三十三首(二千八百行)。本来还想从华氏长诗《序曲》中选译数百行,无奈近来缠绵病榻,力不从心,只得作罢。①

翻译时所据的原文华兹华斯诗集有以下四种:欧内斯特·德·塞林科特和海伦·达比夏校注的、牛津大学出版社的五卷全集(1940—1949);伦敦邓特父子公司"人人丛书"中的四卷全集(1913);马修·阿诺德编选的、纽约麦克米伦出版社的一卷选本(1936);牛津大学"世界名著"丛书中的一卷选本(1913)。所据的原文柯尔律治诗集也有四种:欧内斯特·哈特利·柯尔律治校注的、牛津大学出版社的两卷全集的两种版本(1912,1931);威廉·迈克尔·罗塞蒂编选的、伦敦莫克森父子公司的一卷选本(出版年份不详);约翰·比尔编选的、伦敦邓特父子公司"人人丛书"中的一卷选本(1974)。此外,译华兹华斯时,曾参照《英诗金库》(牛津大学出版社,1929)的有关注释;译柯尔律治时,曾参照梁实秋《英国文学史》(台湾协志工业丛书出版公司,1985)第三卷的有关部分。

华兹华斯曾明确反对把他的诗按照写作时间先后来排列,本书华氏诗篇的分类和排列顺序,都依照他本人生前编定的版本②。与华氏相反,柯尔律治则明确表示他的诗应该以写作年月为序,本书柯氏诗篇即据此编排。

入选的华、柯二氏作品基本上都是格律诗,有格律甚为严格的,也有不甚严格的。译者坚持以格律体译格律体,力求做到译诗每行顿数都与原诗音步数一致,韵式(包括行内韵)也

---

① 在我国,《序曲》已有广州楚至大教授的全译本,北京大学英语系也将推出另一种全译本。

② 有三首诗,作者本人没有把它们编入集子,本书把它们归入《杂诗》一类。

仿效原诗。素体诗每行以五顿代五音步,像原诗一样不用韵。综观全书,译诗的格律(顿数或韵式)与原诗有出入的,在华氏一百零八首中只有九首(这九首的题注中都有说明),在柯氏三十三首中只有两首(《克丽斯德蓓》和《失意吟》,详见第341页题注和第436页注①)。此外的一百三十首,诗行顿数和韵式都恪遵原作。

译华兹华斯诗选时,曾得到一些师友的指点或帮助,已在拙译《湖畔诗魂》(人民文学出版社,1990)的后记中一一致谢,这里不再重复。译柯尔律治诗选时,承钱锺书先生解答《克丽斯德蓓》一诗中的疑难问题,殷宝书先生细心审读《孤独中的忧思》一诗译稿,改正了其中若干谬误和不当之处,在此特向他们敬表谢忱。老友江枫先生惠允为本书撰写前言,更应该向他施礼道谢。

本书大概是译者最后一本译作了。从一九五六年开始业余译诗,至今已将近四十年,其中有二十多年光阴无端虚掷,剩下的十几年,成果也寥寥可数。日忽忽其将暮,未免去意徊徨。记得华兹华斯说过:

> 我们只求:自己的劳绩,有一些
> 能留存,起作用,效力于未来岁月;①

倘能如此,于愿足矣,夫复何求!

杨 德 豫
一九九四年十月

---

① 见《追思》,本书第238页。

"外国文学名著丛书"书目

第 一 辑

书 名	作 者	译 者
伊索寓言	〔古希腊〕伊索	周作人
源氏物语	〔日〕紫式部	丰子恺
堂吉诃德	〔西班牙〕塞万提斯	杨 绛
泰戈尔诗选	〔印度〕泰戈尔	冰 心 石 真
坎特伯雷故事	〔英〕杰弗雷·乔叟	方 重
失乐园	〔英〕约翰·弥尔顿	朱维之
格列佛游记	〔英〕斯威夫特	张 健
傲慢与偏见	〔英〕简·奥斯丁	王科一
雪莱抒情诗选	〔英〕雪莱	查良铮
瓦尔登湖	〔美〕亨利·戴维·梭罗	徐 迟
欧·亨利短篇小说选	〔美〕欧·亨利	王永年
特利斯当与伊瑟	〔法〕贝迪耶	罗新璋
巨人传	〔法〕拉伯雷	鲍文蔚
忏悔录	〔法〕卢梭	范希衡 等
欧也妮·葛朗台 高老头	〔法〕巴尔扎克	傅 雷
雨果诗选	〔法〕雨果	程曾厚
巴黎圣母院	〔法〕雨果	陈敬容
包法利夫人	〔法〕福楼拜	李健吾
叶甫盖尼·奥涅金	〔俄〕普希金	智 量
死魂灵	〔俄〕果戈理	满 涛 许庆道

1

书　名	作　者	译　者
当代英雄	〔俄〕莱蒙托夫	草　婴
猎人笔记	〔俄〕屠格涅夫	丰子恺
白痴	〔俄〕陀思妥耶夫斯基	南　江
列夫·托尔斯泰中短篇小说选	〔俄〕列夫·托尔斯泰	草　婴
怎么办？	〔俄〕车尔尼雪夫斯基	蒋　路
高尔基短篇小说选	〔苏联〕高尔基	巴　金　等
浮士德	〔德〕歌德	绿　原
易卜生戏剧四种	〔挪〕易卜生	潘家洵
鲵鱼之乱	〔捷〕卡·恰佩克	贝　京
金人	〔匈〕约卡伊·莫尔	柯　青

第 二 辑

荷马史诗·伊利亚特	〔古希腊〕荷马	罗念生　王焕生
荷马史诗·奥德赛	〔古希腊〕荷马	王焕生
十日谈	〔意大利〕薄伽丘	王永年
莎士比亚悲剧五种	〔英〕威廉·莎士比亚	朱生豪
多情客游记	〔英〕劳伦斯·斯特恩	石永礼
唐璜	〔英〕拜伦	查良铮
大卫·科波菲尔	〔英〕查尔斯·狄更斯	庄绎传
简·爱	〔英〕夏洛蒂·勃朗特	吴钧燮
呼啸山庄	〔英〕爱米丽·勃朗特	张　玲　张　扬
德伯家的苔丝	〔英〕托马斯·哈代	张谷若
海浪　达洛维太太	〔英〕弗吉尼亚·吴尔夫	吴钧燮　谷启楠
哈克贝利·费恩历险记	〔美〕马克·吐温	张友松
一位女士的画像	〔美〕亨利·詹姆斯	项星耀
喧哗与骚动	〔美〕威廉·福克纳	李文俊
永别了武器	〔美〕欧内斯特·海明威	于晓红

书 名	作 者	译 者
波斯人信札	〔法〕孟德斯鸠	罗大冈
伏尔泰小说选	〔法〕伏尔泰	傅 雷
红与黑	〔法〕司汤达	张冠尧
幻灭	〔法〕巴尔扎克	傅 雷
莫泊桑中短篇小说选	〔法〕莫泊桑	张英伦
文字生涯	〔法〕让-保尔·萨特	沈志明
局外人 鼠疫	〔法〕加缪	徐和瑾
契诃夫小说选	〔俄〕契诃夫	汝 龙
布宁中短篇小说选	〔俄〕布宁	陈 馥
一个人的遭遇	〔苏联〕肖洛霍夫	草 婴
少年维特的烦恼	〔德〕歌德	杨武能
德国,一个冬天的童话	〔德〕海涅	冯 至
绿衣亨利	〔瑞士〕戈特弗里德·凯勒	田德望
斯特林堡小说戏剧选	〔瑞典〕斯特林堡	李之义
城堡	〔奥地利〕卡夫卡	高年生

第 三 辑

埃斯库罗斯悲剧二种	〔古希腊〕埃斯库罗斯	罗念生
索福克勒斯悲剧二种	〔古希腊〕索福克勒斯	罗念生
欧里庇得斯悲剧二种	〔古希腊〕欧里庇得斯	罗念生
神曲	〔意大利〕但丁	田德望
西班牙流浪汉小说选	〔西班牙〕克维多 等	杨 绛 等
阿拉伯古代诗选	〔阿拉伯〕乌姆鲁勒·盖斯 等	仲跻昆
列王纪选	〔波斯〕菲尔多西	张鸿年
蕾莉与马杰农	〔波斯〕内扎米	卢 永
莎士比亚喜剧五种	〔英〕威廉·莎士比亚	方 平
鲁滨孙飘流记	〔英〕笛福	徐霞村

书　名	作　者	译　者
彭斯诗选	〔英〕彭斯	王佐良
艾凡赫	〔英〕沃尔特·司各特	项星耀
名利场	〔英〕萨克雷	杨　必
人性的枷锁	〔英〕威廉·萨默塞特·毛姆	叶　尊
儿子与情人	〔英〕D. H. 劳伦斯	陈良廷　刘文澜
杰克·伦敦小说选	〔美〕杰克·伦敦	万　紫　等
了不起的盖茨比	〔美〕菲茨杰拉德	姚乃强
木工小史	〔法〕乔治·桑	齐　香
恶之花　巴黎的忧郁	〔法〕波德莱尔	钱春绮
萌芽	〔法〕左拉	黎　柯
前夜　父与子	〔俄〕屠格涅夫	丽　尼　巴　金
卡拉马佐夫兄弟	〔俄〕陀思妥耶夫斯基	耿济之
安娜·卡列宁娜	〔俄〕列夫·托尔斯泰	周　扬　谢素台
茨维塔耶娃诗选	〔俄〕茨维塔耶娃	刘文飞
德国诗选	〔德〕歌德　等	钱春绮
安徒生童话选	〔丹麦〕安徒生	叶君健
外祖母	〔捷〕鲍·聂姆佐娃	吴　琦
好兵帅克历险记	〔捷〕雅·哈谢克	星　灿
我是猫	〔日〕夏目漱石	阎小妹
罗生门	〔日〕芥川龙之介	文洁若

第 四 辑

一千零一夜		纳　训
培根随笔集	〔英〕培根	曹明伦
拜伦诗选	〔英〕拜伦	查良铮
黑暗的心　吉姆爷	〔英〕约瑟夫·康拉德	黄雨石　熊　蕾
福尔赛世家	〔英〕高尔斯华绥	周煦良

书 名	作 者	译 者
月亮与六便士	〔英〕威廉·萨默塞特·毛姆	谷启楠
萧伯纳戏剧三种	〔爱尔兰〕萧伯纳	潘家洵 等
红字 七个尖角顶的宅第	〔美〕纳撒尼尔·霍桑	胡允桓
汤姆叔叔的小屋	〔美〕斯陀夫人	王家湘
白鲸	〔美〕赫尔曼·梅尔维尔	成 时
马克·吐温中短篇小说选	〔美〕马克·吐温	叶冬心
老人与海	〔美〕欧内斯特·海明威	陈良廷 等
愤怒的葡萄	〔美〕约翰·斯坦贝克	胡仲持
蒙田随笔集	〔法〕蒙田	梁宗岱 黄建华
悲惨世界	〔法〕雨果	李 丹 方 于
九三年	〔法〕雨果	郑永慧
梅里美中短篇小说选	〔法〕梅里美	张冠尧
情感教育	〔法〕福楼拜	王文融
茶花女	〔法〕小仲马	王振孙
都德小说选	〔法〕都德	刘 方 陆秉慧
一生	〔法〕莫泊桑	盛澄华
普希金诗选	〔俄〕普希金	高 莽 等
莱蒙托夫诗选	〔俄〕莱蒙托夫	余 振 顾蕴璞
罗亭 贵族之家	〔俄〕屠格涅夫	陆 蠡 丽 尼
日瓦戈医生	〔苏联〕帕斯捷尔纳克	张秉衡
大师和玛格丽特	〔苏联〕布尔加科夫	钱 诚
茨威格中短篇小说选	〔奥地利〕斯·茨威格	张玉书 等
玩偶	〔波兰〕普鲁斯	张振辉
万叶集精选	〔日〕大伴家持	钱稻孙
人间失格	〔日〕太宰治	魏大海

第 五 辑

书　名	作　者	译　者
泪与笑　先知	〔黎巴嫩〕纪伯伦	冰　心　等
华兹华斯柯尔律治诗选	〔英〕华兹华斯柯尔律治	杨德豫
济慈诗选	〔英〕约翰·济慈	屠　岸
汤姆·索亚历险记	〔美〕马克·吐温	张友松
大街	〔美〕辛克莱·路易斯	潘庆舲
田园三部曲	〔法〕乔治·桑	罗　旭　等
金钱	〔法〕左拉	金满成
果戈理小说戏剧选	〔俄〕果戈理	满　涛
奥勃洛莫夫	〔俄〕冈察洛夫	陈　馥
谁在俄罗斯能过好日子	〔俄〕涅克拉索夫	飞　白
亚·奥斯特洛夫斯基戏剧六种	〔俄〕亚·奥斯特洛夫斯基	姜椿芳　等
复活	〔俄〕列夫·托尔斯泰	草　婴
静静的顿河	〔苏联〕肖洛霍夫	金　人
谢甫琴科诗选	〔乌克兰〕谢甫琴科	戈宝权　任溶溶
维廉·麦斯特的学习时代	〔德〕歌德	冯　至　姚可崑
叔本华随笔集	〔德〕叔本华	绿　原
艾菲·布里斯特	〔德〕台奥多尔·冯塔纳	韩世钟
豪普特曼戏剧三种	〔德〕豪普特曼	章鹏高　等
铁皮鼓	〔德〕君特·格拉斯	胡其鼎
加西亚·洛尔卡诗选	〔西班牙〕加西亚·洛尔卡	赵振江
你往何处去	〔波兰〕亨利克·显克维奇	张振辉
显克维奇中短篇小说选	〔波兰〕亨利克·显克维奇	林洪亮
裴多菲诗选	〔匈〕裴多菲	孙　用

书 名	作 者	译 者
轭下	〔保〕伐佐夫	施蛰存
卡勒瓦拉(上下)	〔芬兰〕埃利亚斯·隆洛德	孙 用
破戒	〔日〕岛崎藤村	陈德文
戈拉	〔印度〕泰戈尔	刘寿康
三个火枪手(上下)	〔法〕大仲马	李玉民
约翰-克利斯朵夫(上下)	〔法〕罗曼·罗兰	傅 雷
都兰趣话	〔法〕巴尔扎克	施康强

第 六 辑

金驴记	〔古罗马〕阿普列尤斯	王焕生
萨迦	〔冰岛〕佚名	石琴娥 斯文
约婚夫妇	〔意大利〕曼佐尼	王永年
双城记	〔英〕查尔斯·狄更斯	石永礼 赵文娟
飘	〔美〕米切尔	戴 侃 等
狄金森诗选	〔美〕艾米莉·狄金森	江 枫
在路上	〔美〕杰克·凯鲁亚克	黄雨石 等
尤利西斯	〔爱尔兰〕詹姆斯·乔伊斯	金 隄
漂亮朋友	〔法〕莫泊桑	张冠尧
战争与和平	〔俄〕列夫·托尔斯泰	刘辽逸
陀思妥耶夫斯基中短篇小说选	〔俄〕陀思妥耶夫斯基	文 颖 等
阿赫玛托娃诗选	〔俄〕阿赫玛托娃	高 莽
布登勃洛克一家	〔德〕托马斯·曼	傅惟慈
西线无战事	〔德〕雷马克	邱袁炜
雪国	〔日〕川端康成	陈德文
晚年样式集	〔日〕大江健三郎	许金龙